KEIZERIN

(Die Kaiserin)

boekerij.nl

KEIZERIN

(Die Kaiserin)

GIGI GRIFFIS

Vertaald door Irene Paridaans

BOEKERIJ

ISBN 978-90-225-9735-4
ISBN 978-94-023-2005-3 (e-book)
ISBN 978-90-528-6552-2 (audio)
NUR 302

Oorspronkelijke titel: *The Empress*
Omslagontwerp: Evan Gaffney
Omslagbeeld: © Thomas Schenk
Illustraties binnenwerk: © val_iva / Adobe Stock (vogel), © channarongsds / Adobe Stock (mes), © OlgaKorneeva / Adobe Stock (bloem)
Zetwerk: Mat-Zet bv, Huizen

Inspired by the Netflix series *The Empress*

Voor mijn zussen, bloedverwant of gekozen:
RJ, Natalia, Sarah en David

Op de wilde golven van de Noordzee
Mijn geliefde
Daar strek jij je uit
Ik heb je stukje bij beetje tot me genomen
Bedekt met zout en schuim

– Uit het dagboek van hertogin Elisabeth in Beieren

1853

DEEL I

I

ELISABETHS MOEDER WAS EEN EN AL PANIEK EN RAZERNIJ, een wervelstorm van rokken en schnaps stampte door het huis alsof ze de doden wakker wilde maken.

'Sisi!'

Elisabeth had een hekel aan dat koosnaampje en dat wist haar moeder. Ze vond het een kindernaam, en voor haar moeder was het een excuus om haar als zodanig te behandelen.

'Sisi, waar zit je?' Moeders stem kwam steeds dichterbij.

Elisabeth verstopte zich achter een statig hemelsblauw gordijn dat helemaal tot op de vloer reikte. Het gordijn paste bij het diepe blauw van de pluchen stoelen in de zitkamer, die op hun beurt pasten bij het walnootbruin van de houten vloer, en het geheel paste weer precies bij de dure smaak van haar moeder. In de rest van het huis was het al niet anders: babyblauwe bogen en gewelven, bedlinnen in de kleur van edelstenen, warme houten vloeren bedekt met kleden, alles met slingerende bloempatronen of wijnranken.

Spatz, Elisabeths acht jaar oude zusje, glipte samenzweerderig naast haar achter het gordijn. Elisabeth keek naar de grote ogen van haar zusje, fronste haar wenkbrauwen en drukte haar wijsvinger tegen haar lippen. Maar eigenlijk was dat niet nodig, Spatz kende het spelletje verstoppen-voor-moeder maar al te goed. Ze kenden het allemaal. Alleen Helene was de laatste tijd opeens erg serieus geworden en speelde niet meer mee.

Bij die gedachte sloot Elisabeth onwillekeurig even haar ogen. Haar zus had gisteren nog gemopperd dat het tijd werd dat ze zich volwassen ging gedragen. Elisabeth was niet in staat geweest haar teleurstelling te verbergen. 'Je lijkt onze gouvernante wel,' had ze eruit geflapt. Voor straf had Helene al een halve dag niets meer tegen haar gezegd.

'Si-si!' gilde moeder weer. Ze sprak beide lettergrepen afzonderlijk uit, alsof ze Elisabeth daarmee uit haar schuilplaats kon lokken.

Elisabeth wist dat haar moeder iets met haar haar wilde doen. Ze zag de komende twee uur van haar leven al voor zich: zit stil, Sisi! Niet friemelen Sisi! Laten we je hoofd alle kanten op rukken en het vol steken met spelden, Sisi! Ook al deed ze precies wat haar moeder van haar wilde, het was nooit goed. Elke ademhaling was een friemel. Elke zucht een klacht. De laatste keer dat er een hertog met een huwelijksaanzoek op bezoek was gekomen had Elisabeth haar best gedaan, écht haar best gedaan, maar het eindigde altijd hetzelfde: haar moeder was boos en de hertog was verdwenen.

Vandaag verstopte ze zich liever.

Elisabeth wreef met haar duim over de dikke, zijdeachtige stof van de gordijnen. Door het open raam achter haar waaide een zacht briesje dat de haartjes in haar nek overeind zette. Alle drie de meisjes waren talloze keren door dat raam naar buiten geklauterd als ze verstoppertje aan het spelen waren, of als ze snel wilden ontsnappen. Maar nu Helene haar gevoel voor avontuur was verloren zou ze vast niet langer langs het latwerk naar beneden willen klauteren, het gras in, zeker niet nu ze was voorbestemd met de keizer te trouwen.

Het was nog erger, besefte Elisabeth: Helene zou niet alleen saai en afstandelijk zijn, ze zou wég zijn. Trouwen met de keizer betekende verhuizen naar Wenen, en Elisabeth achterlaten met...

'Waar zít je?' Dit keer werd haar moeders vraag gevolgd door een bijna dierlijk geluid, zo eng en zo dichtbij dat Elisabeth zich rot schrok en Spatz een hand voor haar mond sloeg om een giechel te onderdrukken. Moeder was de kamer in gelopen zonder dat zij het hadden gehoord, een prestatie van formaat gezien haar zware tred.

Elisabeth herstelde zich en knipoogde naar haar zusje.

'In hemelsnaam, Sisi. De hertog kan elk moment hier zijn!'

De hertog. Moeders enige hoop voor Elisabeths toekomst, en een van de hoogdravendste mannen die er bestonden. Moeder hoopte dat hij vandaag een aanzoek zou doen, Elisabeth hoopte dat hij onderweg van zijn paard zou vallen.

Een tweede paar voetstappen kwam snel dichterbij. Ongetwijfeld een dienstmeisje, Helene was te deftig om nog te rennen.

'Is ze nog niet eens gekleed? Hoe bestaat het!'

Elisabeth rolde met haar ogen. 'Elk moment' was overdreven. De hertog werd pas over een paar uur verwacht. Ze grijnsde naar Spatz en trok een wenkbrauw op. Ze waren allebei nog niet aangekleed. Ze liepen nog in hun witte nachthemd, op blote voeten en met ongekamde haren.

Voorzichtig gluurden de zusjes om het gordijn. Het dienstmeisje hield Elisabeths jurk in haar armen, een prachtige jurk vol ruches en linten, met een zeer strak lijfje en zo veel stijfsel erin dat het wel leek of hij ook zonder haar kon blijven staan. Misschien was dat wel de oplossing voor alle ellende: die jurk kon haar plaats wel innemen. Ze betwijfelde of de hertog wel zou opmerken dat er geen echte vrouw in zat. Misschien vond hij het zelfs wel een verbetering.

Moeder greep dramatisch met twee handen haar zij beet en

leunde zwaar op het arme dienstmeisje dat alle zeilen bij moest zetten om haar en de zelfstandige jurk te ondersteunen.

Ondanks haar zenuwen zag moeder er zoals gewoonlijk perfect uit; ze droeg een donkergroene jurk met een diepe halslijn en pofmouwen. Een kettinkje met bloemmotief accentueerde haar delicate hals en haar prachtige botstructuur. Haar haar was honingblond en ze had fijne gelaatstrekken, een schril contrast met de donkere lokken en guitige gezichtjes van Elisabeth en Spatz. Helene had echter haar moeders fraaie uiterlijk en elegante manieren geërfd, en ze had zich nu ook het bijbehorende fatsoen aangemeten.

Elisabeth en Spatz doken weer terug achter het gordijn, bang dat moeder hen elk moment zou kunnen betrappen. Toen de vrouwen hun gesprek in een andere kamer voortzetten draaide Elisabeth zich naar Spatz en klauwde overdreven met haar handen in haar zij. 'Ik bloed helemaal dóód vanbinnen, en dat allemaal vanwege dat kind! Breng me wat schnaps!'

Spatz giechelde en sloeg een hand voor haar mond.

Een eindje verderop klonk nog steeds de schrille stem van moeder, dit keer had ze het tegen Helene, die waarschijnlijk de pech had net op dat moment haar kamer uit te komen en de hal in te lopen. 'Het mag nu niet meer mislopen, niet wéér, niet op het laatste moment!'

Dat was nu juist het probleem, de hertog was vanaf het eerste moment al mis, vanaf het moment dat hij voor de eerste keer over de drempel was gestapt wilde Sisi niets van hem weten. Maar hoe vriendelijk Elisabeth dat ook kenbaar had gemaakt, niemand wilde naar haar luisteren.

Spatz keek nieuwsgierig naar haar oudere zus. 'Moeder zegt dat hij je ten huwelijk wil vragen.'

Elisabeth boog zich samenzweerderig naar haar zusje. 'Nou, hij kan vragen wat hij wil, maar ik hoef hem niet.'

Ze glimlachte wrang en kroelde door Spatz' warrige bruine

haar. Spatz leek op Elisabeth toen zij die leeftijd had: adelaarsneus, bleke huid, en van ondeugd gloeiende wangen. Het enige verschil waren de ogen: die van Elisabeth waren mysterieus blauwgroen, die van Spatz als het vloeibare bruin van bosgrond na een regenbui.

'Waarom niet?'

Elisabeth gaf haar zusje een stomp. 'Heb je gezien hoe hij zich kleedt?' fluisterde ze verontwaardigd.

Bij hun eerste ontmoeting, tijdens een zeer ongemakkelijk diner, droeg de hertog zo'n dikke kraag dat hij eruitzag als een kerstkalkoen. Het ergste was natuurlijk dat hij maar door bleef zaniken over zichzelf en opeens onder tafel heel bezitterig een hand op Elisabeths knie had gelegd. Maar dat hoefde Spatz niet te weten, de jongste hertogin zou zich alleen maar dat kostuum herinneren.

Spatz rolde met haar ogen toen ze eraan terugdacht.

Elisabeth veegde een haarlok uit haar zusjes gezicht en zei toen serieus: 'Ik houd niet van hem, en ik wil mijn eigen beslissingen nemen.'

Spatz knikte ernstig, maar voordat ze nog een vraag kon stellen hoorden ze door het open raam het geratel van een naderende koets over de oprit. Elisabeth zette grote ogen op. Ze dacht dat het 'elk moment' van haar moeder sterk overdreven was geweest. Zoals gewoonlijk. Maar daar was de hertog al, hij was net uitgestapt. Door de takken van de bomen tussen het raam en de oprit zag ze hem dichterbij komen. Haar zogenaamde geliefde: zijn bleke huid, zijn krulsnor en de belachelijk zelfingenomen uitdrukking op zijn gezicht onder de grootste pluimhoed die ze ooit had gezien. Ze keek hem na tot hij om de hoek van het huis verdween.

Elisabeth keerde zich van het raam af, nam het gezicht van haar zusje in haar beide handen en keek haar diep in haar vragende ogen. 'Ik wil een man die mijn ziel vervult. Snap je dat?'

Spatz knikte en schudde toen giechelend haar hoofd.

'Dat is wat ik ook voor jou wil. Ooit.' Elisabeth gaf haar zusje een kus op haar voorhoofd. Spatz' huid voelde warm en droog aan en rook naar de honing en de thee waarvan hun zeep was gemaakt.

'Sisi!' Moeders stem klonk nu weer heel dichtbij. Té dichtbij.

Voordat moeder haar kon vinden en haar het noodlot tegemoet kon sturen, tilde Elisabeth haar nachthemd op, klom over de vensterbank en sprong in het bedauwde gras.

Toen ze om de hoek van het huis verdween hoorde ze nog steeds haar moeders stem. 'Waar zit ze?'

En Spatz, die lieve, lieve Spatz antwoordde serieus: 'Ze zei dat ze een man wilde die haar ziel vervult.'

Ja, kleine zus. Elisabeth wilde echte liefde, en anders niets. Dat was de grens die ze had getrokken en ze was niet bereid daaroverheen te stappen.

2

FRANZ VOND ALLES AAN SCHERMEN GEWELDIG: DE KOUDE lucht in zijn keel, zijn schouders gespannen als een boogpees, de zoete geur van nat gras en de manier waarop de wereld om hem heen kleiner en kleiner werd, totdat er niets meer overbleef dan focus. Beweging en tegenbeweging. Dit was het enige moment waarop hij zich op zijn plaats voelde in de wereld, volkomen zeker van zichzelf. Het enige moment waarop hem niet werd gevraagd na te denken over een alliantie, een edelman of een mooi meisje dat geschikt zou zijn als keizerin. Iedereen wilde altijd iets van hem, en Franz was uitgeput.

Als hij schermde kon hij dat allemaal vergeten, dan kon hij, voor eventjes, gewoon Franz zijn. Niet de keizer. Niet een Habsburger. Niet een bron van financiering, steun of nageslacht. Gewoon een man met een zwaard die zijn slimheid en zijn vaardigheden kon tonen tegen de achtergrond van een paleistuin: hoge struiken en hagelwitte grindpaden. Alleen, op zijn tegenstander na en Theo, zijn persoonlijke lijfknecht, die langs de kant stond.

'Aha!' Zijn tegenstander slaakte een triomfantelijke kreet en dook in een opening die Franz hem had geboden. Maar zoals gewoonlijk deed Franz dat expres. Hij ontweek de stoot en bereidde de genadeklap voor.

'Jij ook aha!' riep hij, ervan overtuigd dat hij zijn tegenstander bijna op de knieën had.

Maar nee. Zijn tegenstander blokkeerde met groot gemak zijn stoot en viel vol overtuiging aan. 'Had je wat?' klonk de vertrouwde stem van achter het masker van de andere man. 'Je kunt niet alles winnen, toch?'

Franz verstijfde even van verrassing en irritatie. Hij dacht dat hij met de schermleraar oefende. Sinds Franz hem had gevraagd de beleefdheden achterwege te laten werd er tijdens deze vreedzame partijtjes nauwelijks gesproken. Maar dit was niet het lage, rustige stemgeluid van de schermleraar. De stem klonk te hoog en te scherp. Zo scherp dat hij maar van één persoon kon zijn: Franz' jongere broer Maxi.

Maar sinds wanneer was Maxi terug in het paleis? De minst betrouwbare Habsburger was al maanden weg om Joost mocht weten wat met Joost mocht weten wie te doen. Franz had hem op een verkennende missie naar Italië gestuurd, maar zoals gewoonlijk had Maxi niets van zich laten horen, dus of hij daar echt was geweest was maar de vraag.

Franz klemde zijn kaken op elkaar. Echt iets voor Maxi om hem op het enige moment waarop hij zichzelf kon zijn te grazen te nemen. Hij kon het gewoon niet laten. En uitgerekend vandaag, nu hij zijn ontspanning meer dan ooit nodig had.

Hij stapte nerveus heen en weer en haalde uit, het leek wel of zijn voeten vanzelf bewogen. Maxi zou onverdraaglijk zijn als hij won. Opeens was winnen belangrijker dan mooi spel.

De zwaarden sloegen klinkend tegen elkaar en hielden de broers in een ingewikkelde dans gevangen: twee stappen vooruit, terug, terug, naar voren en weer terug. Franz viel aan en bijna struikelde hij. En opeens...

Hij had hem. Hij drukte zijn floret tegen Maxi's hart, de stompe punt drukte de stof van het schermvest van zijn broer een stukje in.

'Touché.' Franz deed hijgend een stap terug en zette zijn masker af.

Maxi liet zijn schouders zakken, gooide zijn masker in het gras en haalde nonchalant een hand door zijn stroblonde haar. Hij leek onaangedaan en Franz wilde dat hij er zelf zo zorgeloos uit kon zien. Als hij zijn broer niet beter zou kennen zou hij kunnen denken dat Maxi het niet erg vond om te verliezen. Maar Maxi vond het altijd erg. Ze vonden het allebei erg. Competitie zat jonge mannen in het bloed. Dat was de mening van hun moeder en zo had ze hen opgevoed. En nu konden ze beiden niet meer tegen hun verlies.

'Je hebt lekker getraind, broertje.' Maxi lachte maar zijn ogen lachten niet mee. 'Ik kan merken dat de geruchten over je teloorgang overdreven waren.'

'Wel prettig om te zien dat je vanwege die geruchten over mijn gezondheid een paar maanden geleden halsoverkop naar huis bent gekomen.' Er zat een scherp randje aan zijn stem. Franz wist dat hij zich niet meer moest laten kwetsen door Maxi en diens onbetrouwbaarheid. Maar hij was wel degelijk gekwetst. Toen hij op zijn sterfbed lag, was zijn broer niet komen opdagen.

Maxi maakte een verontschuldigend gebaar. 'Ik werd helaas opgehouden, en bovendien ben je als een feniks uit de as verrezen, zoals ik al dacht.'

Dat was waar. De dokters stonden te kijken van de snelheid waarmee Franz opknapte. Ondanks een messteek in zijn hals was hij uit bed gekomen, en voordat de dokters het in de gaten hadden was hij weer gaan wandelen, trainen en regeren.

De waarheid is dat hij wel móést. Als hij niet uit bed was gekomen, zou hij zijn ingestort. De huid van zijn hals was weer genezen, maar de tranen in zijn hoofd nog niet. Een bepaald geluid, een geur, een bepaalde lichtinval, alles kon hem regelrecht terugvoeren naar de hel. Elke dag voelde hij het lemmet weer door zijn huid snijden, voelde hij het leven uit zijn lichaam wegvloeien en voelde hij de haat achter deze handeling. In beweging zijn en alles in de hand houden was het enige redmiddel.

Franz liet zijn schouders rollen en schudde met zijn hoofd om de nare gedachten te verjagen. Juist vandaag kon hij het zich niet veroorloven na te denken. Hij hoopte maar dat het leek alsof hij zijn spieren uitrekte, Maxi mocht geen spoortje zwakheid bij hem bespeuren.

'Majesteit, het is tijd.'

Franz keerde zich naar Theo, die gedurende de afgelopen maanden ook zijn vertrouweling was geworden. De enige persoon in het paleis die zijn geheimen kende en die om zijn grapjes lachte. Ze wisselden nu slechts een kort knikje uit, maar zelfs dat gaf hem het gevoel dat hij gesteund werd. Hij had geen idee hoe hij al die maanden zonder Theo door had moeten komen.

Franz liet zijn blik langs Maxi in de richting van het paleis dwalen. In het vroege ochtendlicht lag er een gouden gloed over de witte gevel, en het dak kreeg een groene glinstering. Een prachtige buitenkant die de koude en strenge binnenkant verborgen hield. Hij balde zijn vuist.

Maxi keek hem onderzoekend aan en dus schudde Franz nog maar eens met zijn schouders en probeerde te glimlachen. Het voelde vreemd, zijn gezicht was het lachen verleerd.

Maxi raapte zijn masker op en liep achter Theo aan de heuvel op, langzaam en met tegenzin gevolgd door Franz. Als hij naar binnen moest begon zijn hart sneller te kloppen, alle alarmbellen gingen af. Hij liet zijn vingertoppen over de zijdezachte blaadjes van een roos glijden en prentte zichzelf in waar hij was.

Je bent niet stervende, Franz. Je bent niet in gevaar.

Je gaat alleen maar naar een executie.

3

Nu was Elisabeth zelf de wervelstorm. Onder haar ging Puck, haar paard, van draf over in galop, wild en vrij. Haar nachthemd plakte aan haar lichaam en haar haar deinde mee op het ritme van de bewegingen van het paard. Wég van zelfingenomen hertogen, van moeders die haar een maatje kleiner probeerden te maken, alsof ze haar ziel in een korset wilden rijgen. Ze zou niet inkrimpen, voor niemand.

Ze wist dat ze op een dag verliefd zou worden, en dat die liefde haar juist ruimte zou geven in plaats van haar in te perken. Ze had er gedichten over geschreven, waarvan haar favoriete regels diep in haar ziel stonden gegrift. Terwijl ze met Puck door de bossen galoppeerde en over kronkelende kreekjes sprong zei ze ze zachtjes op:

In diepe, rotsachtige kloven
In baaien omwoekerd door ranken
Daar zoekt de ziel
Naar hem alleen

Hem alleen. Elisabeth wist met haar hele hart dat ze zeker van haar zaak zou zijn als ze hem had gevonden. Haar ziel zou de kloof overbruggen en die van hem onmiddellijk herkennen. Ze wist dat het niet de pompeuze hertog was, en dus reed ze door. Weg, weg, wég! Wind, hagelbuien en storm. De heuvels in, waar de lage struiken, de golvende akkers en de spiegelgladde meren zich naar alle kanten uitstrekten.

Het enige wat ze wilde was dat ze Helene hier een keer mee naartoe kon nemen, om haar zichzelf terug te laten vinden. Ze zouden bessen kunnen plukken zodat de zoom van hun jurk nat zou worden van de dauw. 's Nachts naar de sterrenhemel staren. Leven, ademhalen en ophouden met proberen te zijn wie je niet bent. Niets was het waard jezelf kwijt te raken: niet de grillen van je moeder, zelfs niet de keizer. Dat had Elisabeth vorige week nog tegen haar zus gezegd toen Helene tijdens de etiquettelessen per ongeluk de vorken door elkaar had gehaald. 'Als hij niet van je houdt om wie je bent, dan verdient hij je niet.' Als je je de hele tijd keurig netjes moest gedragen en van elke vork moest weten hoe die heette, zou je dan niet stikken in het kleine doosje waarin ze je probeerden te proppen?

Trouwens, Elisabeth had de roddels wel gehoord. Er was een aanslag gepleegd op de keizer. Als ze eraan dacht dat deze verloving ook Helene in gevaar kon brengen voelde ze een steek door haar hart gaan.

Ze klemde haar handen strakker om de teugels en spoorde Puck aan harder te lopen. Ze was een wild meisje, ontembaar als een storm of een vuur. Ze zou nooit worden wat haar moeder wilde dat ze werd: een meisje zonder hoop, zonder dromen, zonder liefde. Op een dag zou ze haar grote liefde vinden, en samen zouden ze ontembaar zijn.

Vandaag was Puck de enige die dit begreep. Haar geliefde paard was de enige die haar echt kende, die wist wat het was om vrij te zijn. Ze voelde een golf van genegenheid voor haar paard, en toen ze een heuvel beklommen minderde ze vaart. Ze liepen nu over een kam, aan weerskanten van het pad was een steile, rotsachtige afgrond. In de verte stond de zon als een roodgele bol aan de hemel.

Ze sloot haar ogen en koesterde zich in de warmte van de zonnestralen, de geur van dennenbomen en de kracht van Puck. Kon het leven maar altijd zó aanvoelen, zo doorleefd, zo echt.

Opeens begon de wereld te kantelen. Puck bokte en Elisabeth vloog door de lucht en landde op handen en knieën. Happend naar adem keek ze naar haar kapotte knieën, en klampte zich vast aan het gras alsof die kwetsbare groene steeltjes haar laatste strohalm waren. Toen ze opkeek zag ze Puck nog net verdwijnen over het smalle pad, onrustig door wat het dan ook was dat hem zo had laten schrikken.

Daar was het: een slang. Deze soort was niet giftig, maar dat wist Puck niet. Hij had een hekel aan slangen, net zoals zij een hekel had aan hertogen. Ze sloegen allebei op de vlucht voordat ze gebeten konden worden.

'Puck!' Haar stem was zwak. Hij was al te ver weg, maar dat gaf niets. Het belangrijkst was dat ze niet gewond waren. Ze zou Puck weer terughalen en alles zou goed komen. Sterker nog: nu had ze een prima verklaring waarom ze niet thuis was geweest toen de hertog op bezoek was.

'Het komt allemaal goed,' bleef ze maar zeggen terwijl ze achter het paard aan de heuvel af liep. Daar stond Puck, aan de oever van een meertje; zijn kastanjebruine vacht glansde in de zon. Wat was hij prachtig. Wat hield ze veel van hem.

Maar toen draaide hij zich om. En het was helemaal niet goed.

Toen ze de slaapkamer van haar vader binnenliep sliep hij, maar hij was niet alleen. Er lagen maar liefst twee vrouwen naast hem, en geen van beiden was Elisabeths moeder. De kamer was prachtig, net als alle andere kamers die haar moeder had ingericht, maar overal stonden wijnglazen en lege flessen. Elisabeth glipte de kamer in en stapte voorzichtig over de kleren die die vrouwen aan hadden moeten hebben, wat beslist niet het geval was. Haar vader lag te midden van een kluwen armen en benen, borsten en ontblote dijen. De heuvels en dalen waar haar vader zo dol op was, waren van een andere aard dan die waar Elisabeth zo veel van hield.

In de kamer rook het naar seks, verschaalde wijn en sigarenrook. Toen Elisabeth naar het voeteneinde van het bed liep trok ze onwillekeurig haar neus op en werd begroet door de tepels van een derde vrouw die ze in eerste instantie over het hoofd had gezien.

Dit was nu precies waarom ze weigerde te trouwen om een andere reden dan uit liefde. Ze wilde niet het leven dat haar moeder leidde, die net moest doen of ze niet wist dat haar man in haar eigen huis andere vrouwen huis ontving. En ze wilde ook niet het leven dat haar vader leidde, die altijd zijn pleziertjes buiten zijn huwelijk moest zoeken omdat hij nog geen dag in zijn leven van haar moeder had gehouden.

Het was niet de seks die haar dwarszat. Ze was zelf nog nooit met een man naar bed geweest, maar door het schaamteloze gedrag van haar vader wist ze er wel genoeg van. Ze was niet preuts en ze was ook niet bang, maar dit onderstreepte zo duidelijk het gebrek aan liefde tussen haar ouders, de twee mensen die op de eerste plaats van elkaar zouden moeten houden.

Maar vanochtend had ze geen tijd om daarbij stil te staan. Puck was gewond. Bovendien was dit niet de eerste keer dat ze haar vader in deze situatie aantrof en het zou ook niet de laatste zijn.

'Papa? Ik heb je hulp nodig,' riep ze in de duisternis.

Slaapdronken opende haar vader zijn ogen. Zoals gewoonlijk was zijn blik eerder brutaal dan schaapachtig. Haar vader, de rokkenjager.

'Puck is gewond,' fluisterde ze.

Zonder te antwoorden begon haar vader zich te bevrijden uit de kluwen van armen en benen in zijn bed. Elisabeth keerde zich af. Ze had genoeg gezien.

Toen haar vader zich weer in haar gezichtsveld bevond was hij aangekleed; hij had zijn sigaar en zijn geweer gepakt, twee dingen die hij altijd bij zich had. Hij gebaarde dat ze voor hem uit moest lopen.

'Wat is er gebeurd?' vroeg hij toen ze eenmaal buiten stonden.

'Iets met zijn been... hij wil niet meer lopen.' Tot haar opluchting constateerde Elisabeth dat haar stem rustig klonk. Zeker van haar zaak.

'We zullen eens kijken.' Haar vader zette de pas erin, maar grijnsde toen hij zich realiseerde welke dag het was en keek zijn middelste dochter aan. 'Ik dacht dat jij je vanochtend zou verloven. Zitten je moeder en de hertog niet op je te wachten?'

Elisabeth wierp hem een veelbetekenende blik toe.

'Ik ben benieuwd wat voor idiote kleren hij vandaag weer aanheeft.' Haar vader trok guitig zijn wenkbrauwen op en Elisabeth lachte een beetje wrang. Vader was een vreemde en wispelturige bondgenoot, maar hij begreep in elk geval hoe belachelijk al die mannen waren.

'Jij zou het kunnen laten ophouden,' antwoordde Elisabeth. 'Jij zou al die hertogen weg kunnen sturen.'

Hij wapperde verontschuldigend met zijn hand. 'Je weet dat dat je moeders zaken zijn. Daar heb ik niets mee te maken.' Hetzelfde antwoord als altijd. Zeker, vader had hen leren paardrijden en lachte hartelijk om hun grappen en grollen. Maar als het erop aankwam gaf hij niet thuis. Elisabeth begreep niet waarom ze nog steeds op iets anders hoopte.

Eindelijk waren ze er. Puck stond voor hen met één been opgetrokken. Hij ademde veel zwaarder nu, zijn borst trilde en in zijn ogen stond angst. Hij was er veel ernstiger aan toe dan Elisabeth zich herinnerde. Uit haar ooghoeken zag ze dat haar vader zijn ogen samenkneep en zijn mondhoeken liet zakken. Haar hart ging als een razende tekeer. Dit was haar schuld. Zij had Puck meegenomen om de vrijheid van de wind op haar gezicht te kunnen voelen, en nu...

Nu zou die rare hertog het einde betekenen van hen allebei.

Vader deed een stap naar voren en onderzocht het been.

'Het is gebroken,' zei hij eerder geïrriteerd dan bezorgd. Voor Elisabeth mocht Puck dan een vriend zijn, voor haar vader was hij gewoon een stuk bezit. Iets wat vervangen moest worden.

De tranen sprongen in Elisabeths ogen, maar haar vader schudde zijn hoofd. 'Zijn been is gebroken, Elisabeth. Je weet wat we doen met een paard met een gebroken been. Hij kan niet meer lopen en jij kunt niet meer op hem rijden.'

Rijden. Dat was alles wat haar vader in een paard zag: een ding waar je op reed. Iets nuttigs, verder niets. Toen Elisabeth nog klein was had hij tegen haar gezegd dat je een paard met een gebroken been moest afmaken omdat het geen volwaardig leven meer kon leiden. Maar dat was gewoon een excuus, een koele, zakelijke beslissing. Zij zou nog best verder willen leven als ze haar been brak. Waarom zou dat voor Puck anders zijn? Wie was haar vader om te beoordelen of Puck zijn leven nog volwaardig vond?

Vader haalde zijn geweer tevoorschijn en gaf het aan Elisabeth. Het gewicht voelde vertrouwd en zwaar in haar handen. 'Doe het,' zei hij met een hoofdknik naar het paard.

Elisabeth kreeg kippenvel en haar handen begonnen te trillen. Puck was meer dan tien jaar haar paard, haar vriend, haar troost geweest.

'Ik kan het niet,' fluisterde ze.

'Jij hebt de schade veroorzaakt, dus jij betaalt de prijs.'

Haar vader was heel goed in het aanwijzen van een schuldige. Hij keek nooit naar zijn eigen tekortkomingen. Elisabeth beet op de binnenkant van haar wang.

'Puck is geen kapot apparaat dat je zomaar kunt weggooien. Hij is mijn vriend.'

Ze wist wat haar vader zou gaan zeggen, maar Puck was het waard om voor te vechten. Zelfs een strijd die ze zou verliezen.

'Het is een paard, Elisabeth. Geen mens. En je had hier niet eens mogen zijn.' Vader nam het geweer weer van haar over en richtte het op Puck. Haar arme, dierbare, wilde, vrije Puck.

Elisabeth pakte de kolf van het geweer beet. 'Nee, wacht. Het geneest wel. Ik weet het zeker.' Ze maakte geen schijn van kans, maar toch zei ze het. Als ze het hardop zei zou haar vader haar misschien wel geloven. Of er lang genoeg niet meer aan denken zodat Puck zijn leven kon slijten in een rustige stal en appeltjes kon eten uit haar hand.

Vader hield zijn poot stijf en vertrok geen spier van zijn gezicht. Elisabeths adem stokte in haar keel en ze kon geen woord meer uitbrengen. Langzaam maar zeker leek de tijd te vertragen. De vogels stopten met zingen en de wind ging liggen, zelfs de natuur nam een paar minuten stilte in acht voor haar lieve, lieve Puck.

Voor de laatste keer liep ze naar Puck toe, drukte haar handen tegen zijn zachte hoofd en haar wang tegen zijn neus. Ze hoopte dat hij haar gedachten kon lezen. *Het spijt me Puck. Ik zal je missen.*

'Opzij, Elisabeth,' hoorde ze achter zich.

Ze stapte opzij. En huilde.

4

Het was maar goed dat het Habsburgse uniform zo onbuigzaam was als een tank, want Franz trilde als een espenblad. Hij vond het vreselijk dat hij het niet kon stoppen. Het enige wat hij kon doen was hopen dat niemand het zag. De kraag van zijn hemd schuurde langs het litteken in zijn hals; daardoor werd hij er elke keer aan herinnerd, maar in elk geval was het bedekt. Hij weigerde die hufters te tonen welke sporen hun actie bij hem hadden achtergelaten: het litteken, noch het beven.

Franz stond in zijn kamer, omringd door een legertje bedienden met strak achterovergekamd haar en witte handschoenen, die een kwartier bezig waren geweest met hem in zijn monsterlijke uniform te persen. Vanuit zijn ooghoeken zag hij zijn reflectie – elegant, koninklijk – in de goudomrande spiegel links van hem. Maar vandaag leek de ruimte om hem heen net zo stijf als zijn uniform, het behang was grauw en de rijke amberkleur van de gordijnen onverzettelijk. Verbazingwekkend hoe een kamer zijn stemming kon weergeven.

De enige in de kamer die zich nog ongemakkelijker voelde dan Franz was de nieuwe lijfknecht, die strak naast de spiegel stond opgesteld. Leefde die man eigenlijk wel? Hij zag er net zo opgezet uit als de beer in de hoek van de kamer, die die ochtend was bezorgd als cadeau van de Russische tsaar. Opnieuw een teken dat er iemand iets van hem wilde: militaire steun.

Franz verbrak de stilte. 'Theo, wil je me een plezier doen?'

'Natuurlijk, majesteit.'

'Wil je even controleren of die nieuwe man wel ademt?' Ondanks de saaie toon waarop Franz dit vroeg glimlachte Theo om het grapje, en Franz voelde zich alweer wat beter.

Franz ademde diep in en trok zijn kraag recht. Die nieuwe leek een beetje op Maxi, iets met zijn ogen en zijn kaaklijn. Hij vroeg zich af waar zijn broer was en of hun moeder hem ook zou dwingen naar de executie te gaan. Na hun potje schermen had Maxi zich, zoals te verwachten was, meteen uit de voeten gemaakt. Dat kon Franz natuurlijk niet maken, maar Maxi was zo vrij als een vogeltje. Nog vrijer zelfs. Vogels moesten nog nestjes bouwen en hun jongen voeren. Maxi's nestjes waren al gebouwd, en hoewel Franz vermoedde dat er ergens wel een paar schreeuwende peuters rondliepen met de ogen van zijn broer, was Maxi niet degene die hen voedde.

Franz hoorde zijn moeder aankomen in de hal. Ze liep altijd heel doelgericht, een eigenschap die hij als kind heel handig had gevonden als hij onder zijn taken uit probeerde te komen, en die hem nu de gelegenheid bood rechtop te gaan staan.

Gravin Esterházy, zijn moeders favoriete hofdame, nam in hoog tempo met haar heldere, koele stem het programma voor die dag door. 'Na het ontbijt is er een korte ontmoeting met de Boheemse delegatie, en daarna gaat u uw wintergarderobe passen. Maar eerst de executie.'

De voetstappen stopten abrupt, en Franz trok verbaasd zijn wenkbrauwen op. Het was niets voor zijn moeder om terughoudend te zijn als het om executies ging. Voelde ze soms iets van de angst in zijn eigen hart?

Maar meteen gingen de voetstappen weer verder, en Franz begreep dat zijn moeders weerstand niet de executie betrof. 'Niet wéér kleding passen. Stel het maar uit.'

Zijn moeder: aartshertogin Sophie van Habsburg, de pragmaticus. Ook wel de enige man in De Hofburg genoemd. Dat was bedoeld als een sneer naar Franz, maar dat had hem nooit iets kunnen schelen. Ze hadden gelijk. Zij was de beste strateeg en ze had de scherpste geest van heel Wenen. Als een helderziende wist ze altijd precies wat er moest gebeuren, en ze zag het gevaar al voordat het zich aandiende. Op de dag van de aanslag had ze zelfs tegen Franz gezegd dat hij niet naar buiten moest gaan. Ze had tegen hem gezegd dat het onrustig en gevaarlijk was buiten.

Het was zijn eigen schuld. Hij had niet geluisterd. Hij had maar één bewaker meegenomen. Dus als zijn besluit voortaan naar haar te luisteren tot roddels leidde dan was dat maar zo. Zo veel was hij haar wel verschuldigd.

Toen de deuren opengingen en zijn moeder binnenkwam draaide Franz zich om. Ze zag er zoals altijd indrukwekkend uit in haar zwarte jurk met een hoge, stijve kraag. Zoals gewoonlijk vulde ze elke centimeter van de ruimte met haar machtige aanwezigheid.

'Moeder.'

Ze maakte een kleine reverence en glimlachte. 'Majesteit.'

Franz liep naar haar toe en kuste haar hand, blij dat die van hem niet meer trilde.

'Ik hoor dat je al naar buiten bent geweest. Heb je wel geslapen, lieverd?'

Hij schudde zijn hoofd. Sinds de aanslag had hij nooit meer een hele nacht doorgeslapen. Hij vroeg zich af of dat na de executie goed zou komen, als hij wraak had genomen op de revolutionairen die hem hadden willen doden. Maar het had geen zin zijn moeder daarmee te belasten, ze zou er niets van begrijpen.

'Je ziet er perfect uit, Franz.' Sophie wees naar de deur, en zij aan zij liepen ze de glanzende marmeren gang in, het geluid van hun voetstappen weergalmend tegen de hoge plafonds.

Soms hield zijn moeder stil om enkele details te bewonderen: de portretten van hun voorgangers aan de muur, of de fijn bewerkte stenen pilaren, maar vandaag niet. Vandaag was ze een en al zakelijkheid. Opeens keerde ze zich naar haar zoon en keek hem ernstig aan. 'Dit wordt geen prettige ochtend, maar je zult eraan moeten wennen.'

Franz hield haar blik vast. 'Ik denk dat er zaken zijn waar je niet aan kúnt wennen.'

Een uur later stonden Franz en zijn moeder op een plein vol galgen. Op een ruwhouten plankier stonden vijf mannen, vuil, en met een stalen gezicht. Naast hen hingen vijf touwen. Franz keek naar hun handen, de nagels blauw met zwarte randen, sommige ontbraken. Was dat altijd al zo geweest of hadden de bewakers dat gedaan? Bij die gedachte keerde zijn maag zich om. Betekende lijden vergelden met lijden niet alleen maar meer lijden?

Zijn moeder doorbrak zijn gedachtestroom. 'Laat je gezicht zien. Soms moet een leider zijn kracht tonen.'

Met veel moeite bracht Franz zijn blik van de handen naar de ogen van de mannen, en probeerde zijn gezicht in de plooi te houden. Onder zijn kraag en zijn hoed brak het zweet hem uit, de druppels liepen gloeiend heet en daarna ijskoud over zijn nek naar zijn rug. Hij ademde door zijn neus in en door zijn mond uit, maar de ademhalingen kwamen steeds sneller en zijn hart bonkte in zijn borstkas. Zijn bovenlip tintelde weer. Hij wist, en hij was de enige die dat wist, dat hij op het punt stond flauw te vallen. Soms gebeurde dat, als de herinnering aan die dag te sterk werd. Zijn lichaam zou langzaam gevoelloos worden, zijn gezichtsveld zou vernauwen en dan ging het licht uit. Tot nu toe was dat niet in het gezelschap van anderen gebeurd. *Laat het alsjeblieft nu niet gebeuren,* bad hij in stilte.

Om hem heen begon de menigte te joelen, de steeds luidere uitroepen versmolten tot een onverstaanbaar gebrul. Dat maakte het nog moeilijker om zijn ademhaling regelmatig te houden. Naast hem knikte zijn moeder in de richting van de politiechef.

'Stroppen!' brulde de chef, en Franz' knieën begaven het bijna toen hij zag hoe de stroppen om de nekken van de mannen werden gelegd. Hij bracht zijn hand naar zijn revers, sloot hem om een van de medailles en drukte de scherpe punten hard in de palm van zijn hand. *Focus, Franz. Voel de snijdende randen in je huid. Je bent nu hier. Niet toen, niet daar.* Als hij dit maar vaak genoeg tegen zichzelf zou zeggen, zou zijn lichaam het op een dag misschien gaan geloven en ophouden met hem al tintelend terug te voeren naar het verleden.

'U bent ter dood veroordeeld wegens majesteitsschennis en opruiend gedrag, diefstal en hoogverraad.' De politiechef vervolgde: 'Slechts de keizer heeft de bevoegdheid gratie te verlenen aan hen die gedoemd zijn.'

Franz balde zijn vuist nog steviger en drukte het metaal nog dieper in zijn handpalm; de scherpe randen sneden door zijn huid. Hij keek recht in de ogen van de revolutionair die in het midden stond: een van de leiders van de beweging die hem had geprobeerd te doden.

Geen van deze mannen had het mes daadwerkelijk in zijn hals gestoken, maar ze vormden een gevaar. Ze hadden het beraamd. Ze hadden het goedgekeurd. Zij belichaamden de onrust onder het volk die de vorm van een wapen had aangenomen dat zich in het hart van Habsburg had geboord.

Franz hield de blik van de man vast.

'Hebben de veroordeelden nog iets te zeggen?' vroeg de politiechef, en de menigte verstomde. Franz' hart bonkte in zijn keel.

'U zit in uw paleis, terwijl wij in vuiligheid leven,' sprak de middelste man. 'Wij hebben niets te eten. Wij kunnen niet aan de dingen komen die we nodig hebben. En u negeert ons lijden. U negeert uw volk.'

Franz dwong zichzelf onbewogen voor zich uit te blijven kijken.

'Majesteit,' vervolgde de man verongelijkt en met een lichte buiging, zijn hoofd nog steeds in de strop. 'U kunt ons doden, maar het zal geen enkel verschil maken. Het volk zal tegen u in opstand komen.'

De menigte beaamde dit met een golf van bevestigende uitroepen. Franz concentreerde zich op zijn ademhaling en op de pijn in zijn hand. Waar de huid beschadigd was ontstonden kleverige bloedvlekken.

Dit was de zoveelste bevestiging van wat hij juist probeerde te verdringen: *hij was nog altijd in gevaar*. Dat was wat die man beweerde. Nog een mes, of misschien dit keer een revolver, een zwaard, honderd vuisten van honderd boze mannen, hun stemmen aanzwellend als vloedgolven. Zijn moeder wisselde een blik met de politiechef en Franz wist dat de reactie van de menigte haar net zo verbaasde als hem. De mensen hadden aan hun kant moeten staan, maar in plaats daarvan juichten ze voor de veroordeelden.

'Ik sterf voor het volk...' vervolgde de man.

De mensenmassa joelde instemmend.

Opeens, midden in het tumult, werd de hefboom overgehaald. De luiken onder de voeten van de mannen openden zich, en met één klap werd de man de mond gesnoerd. Franz probeerde strak voor zich uit te blijven kijken, maar hij voelde dat geluid in zijn botten, in zijn tenen, in zijn vingertoppen. De beulen haalden nu ook de andere hefbomen over en daarmee viel de andere revolutionairen hetzelfde lot ten deel als hun leider.

De menigte verstomde. De beulen stapten van het plankier.

Het was voorbij.

5

INADEMEN, UITADEMEN.

Elisabeth stond bij de deur van de zitkamer en herhaalde steeds weer die twee woorden in een poging haar ademhaling en haar razende hartslag onder controle te krijgen. Puck was dood. Haar nachthemd zat vol bloed- en grasvlekken van toen ze hem had vastgehouden. Haar gezicht prikte van de opgedroogde tranen. En achter die deur zat een belachelijke man die met haar wilde trouwen. Ondanks alles was ze goedgehumeurd aan de dag begonnen, maar hier was ze nu echt te moe voor.

Ze bevond zich op een van haar lievelingsplekjes in huis: overal hoge plafonds en stenen trappen die zich elegant naar de eerste verdieping uitstrekten. De hal was van een charmante eenvoud; de enige ruimte die aan het bladgoud en de zware stoffen van haar moeder was ontsnapt. In de houten trapleuning waren wijnranken en rozen uitgesneden en hier en daar zaten er kleine knoesten in het hout. Alsof de natuur binnen een dansje deed. Meestal troostte dit haar, maar vandaag was het benauwend: het was de toegang tot een leven dat ze niet wilde.

Door de deur heen hoorde ze haar moeder praten. 'Sisi zal zo wel komen. Haar ochtendgebed is erg belangrijk voor haar.'

Als ze er de energie voor had gehad zou Elisabeth met haar ogen rollen.

'Vorige zomer is ze opgebloeid en nog volwassener geworden. Ze is klaar voor het huwelijk...'

Zoals gewoonlijk babbelde haar moeder maar door. Elisabeth verafschuwde de manier waarop ze werd gereduceerd tot het ideaalbeeld dat haar moeder van een meisje had. Ze vroeg zich af wat ervoor nodig zou zijn om haar moeder te laten zien wie ze echt was: een grappig, wild en spontaan meisje. Dat zou haar maagzweer ter plekke doen openbarsten.

'Mijn dochter is gezegend met een scherp verstand. Maar niet té scherp, natuurlijk.'

Elisabeth zuchtte geïrriteerd.

'Bovendien is ze heel bescheiden en zal ze u in alles gehoorzamen.'

Elisabeth draaide zich om. Haar moeder mocht dan blijven liegen, dat betekende nog niet dat zij ernaar hoefde te luisteren.

'Elisabeth!' Onder aan de trap stond Helene. 'Ik geloof dat de hertog op het punt staat te vertrekken.'

Elisabeth keek haar oudere zus bedachtzaam aan: haar haar was keurig opgestoken, haar wangen roze gemaakt, het speelse geel van haar jurk stond haar beeldig. Een paar maanden geleden had Helene Elisabeth nog in een hutkoffer verborgen toen een van de hertogen op bezoek kwam, maar nu stond ze aan moeders kant. De kant van verplichtingen. Het verlies van haar zusje sneed haar diep door haar hart.

'Kan me niks schelen, Néné.' Ze sprak het koosnaampje voor haar zus vriendelijk uit, er klonk berusting door in haar stem.

Helene schudde zachtjes haar hoofd. 'Het is al geregeld. Hij is hier om zich te verloven.'

'Neem jij hem dan maar,' antwoordde Elisabeth met verstikte

stem. Ze was een meisje met een moeder die niet van haar hield zoals ze was, met een zus die haar niet steunde en met een vader die zich overal aan onttrok, en nu had ze ook geen paard meer waarop ze kon ontsnappen.

Voordat ze langs Helene de trap op kon glippen, ging de deur van de salon opeens open en liep moeder samen met de hertog de hal in.

Elisabeth bleef op de eerste trede staan, draaide zich om en keek naar de hertog. Vandaag had hij ervoor gekozen zijn gele pluim te combineren met gele kousen, een geel vest en een paarse jas. Hij zag er nog belachelijker uit dan de vorige keer.

Haar moeder hapte naar adem toen ze Elisabeth zag, maar Elisabeth maakte een kleine reverence. 'Hertog.'

'O, daar is ze.' Haar moeders stem klonk schril en haar ogen puilden uit terwijl ze haar uiterste best deed net te doen alsof haar kostbare, huwbare dochter niet met een betraand gezicht en een nachthemd vol modder en bloedvlekken voor haar stond. 'Sisi, je kent hertog Friedrich von Anhalt nog wel. De hertog wil graag iets belangrijks met je bespreken.'

Moeder wees naar de hertog alsof er ook nog maar íéts romantisch aan dit moment was, alsof de hertog het nu nog in zijn hoofd zou halen een aanzoek te doen. Elisabeth wist niet of ze moest lachen, huilen of gillen.

De hertog keek haar een poos zwijgend aan en toen begon hij bulderend te lachen. Zijn buik schudde en zijn schouders schokten. Elisabeth vond dit beter dan een aanzoek, maar toch was het ook brutaal.

Ze kon het niet laten. 'U lacht míj uit? Met díé hoed?'

De hertog zweeg verbijsterd. Zijn wangen werden rood van schaamte en zonder te buigen stormde hij weg.

Als blikken konden doden zou Elisabeth ter plekke neervallen. Maar haar moeder had geen tijd voor sterfgevallen. Ze rende achter de hertog aan en verzon intussen een verhaal over hoe het kwam dat Elisabeth niet helemaal zichzelf was op dit moment.

'Je kunt dit niet blijven doen, Sisi.' Achter haar klonk de vermoeide stem van haar zus en Elisabeth draaide zich om. 'Je maakt ons allemaal te schande.'

Was dat het enige waar Néné zich druk over maakte? Waarom vroeg haar zus niet hoe ze zich voelde, of ze verdrietig was? Waarom vroeg ze niet wat er die ochtend was gebeurd waardoor ze onder de moddervlekken zat? Ze snapte niet dat een hertog die zij niet wilde en een keizer die Helene nog nooit had ontmoet belangrijker waren dan een verdrietige zus in een met bloed besmeurde nachtjapon.

Een paar minuten later stapte Elisabeth de salon in om haar moeder onder ogen te komen. De helderwitte muren vormden een schril contrast met haar sombere stemming. Helene liep achter haar aan en deed op verzoek van moeder de deur achter hen dicht.

Helene ging wat opzij staan; ze vormde in alles Elisabeths tegenpool. Geen bemodderde blote voeten. Geen ondoordachte uitspraken. Elisabeths hart ging naar haar uit. *Néné, ik mis je. Waar ben je gebleven?*

Ze maakte aanstalten iets te zeggen, maar omdat ze niet goed wist wat deed ze haar mond weer dicht. Het had trouwens geen enkele zin, moeder had heel duidelijk gemaakt dat ze niet geïnteresseerd was in Elisabeths mening.

Moeder stond bij het raam, naast de erker waar Elisabeth zich zo vaak terugtrok om te dagdromen en te schrijven. Het uitzicht over de grasvelden was een uitstekende bron voor gedichten over liefde en verlangen, over bergen en luchten, maar nu was die ruimte slechts gevuld met moeders woede. Die straalde van haar af als hitte van smeulend houtskool.

Moeder draaide zich met een ruk om, liep naar Elisabeth toe

en boog zich naar haar toe. 'Je hebt nu twee graven en twee hertogen weggejaagd. Uitstekende mannen!' Ze spuugde de woorden bijna in haar dochters gezicht.

Hoe vaak haar moeder dit soort dingen ook tegen haar zei, de onredelijkheid ervan bleef Elisabeth verbijsteren. De eerste hertog had zijn broek opengeknoopt toen ze taart zaten te eten, en de graaf vond dat vrouwen één woord mochten zeggen voor elke tien woorden van een man. Was dat haar moeders definitie van 'uitstekende mannen'? Ze verweet haar eigen echtgenoot dat hij zich gedroeg als die eerste hertog. De hypocrisie en de dubbele moraal waren verbluffend. Hoe ongemanierd de hertogen en graven zich ook gedroegen, altijd was Elisabeth degene die de schuld kreeg en gestraft werd.

'Je weet dat ik een maagzweer heb.' Haar toon was nu minder stellig, maar meer beschuldigend. 'De dokter zegt dat hij kan openbarsten en dan bloed ik dood vanbinnen. En dat komt door jou, Sisi.' Moeder deed een stap achteruit en steunde zwaar op de leuning van een stoel.

Elisabeth was altijd de oorzaak van haar moeders ellende, omdat ze de brutaliteit had mannen te weigeren die rokkenjagers waren, arrogant of twee keer zo oud als zij. Misschien ook wel omdat ze niet wilde wat haar moeder wilde, omdat ze niet wilde zijn zoals zij. Nu had ze er genoeg van.

'Ik heet Elisabeth,' zei ze langzaam en nadrukkelijk.

Haar moeder staarde haar aan, geschoktheid maakte langzaam plaats voor woede. Ze tilde haar rokken op, stormde op Elisabeth af en hief haar hand. Nog voordat de klap viel voelde Elisabeth de heftigheid en de woede die erachter staken. Alsof haar moeder haar niet alleen sloeg om wat er vandaag was gebeurd, maar om alle overtredingen die Elisabeth in haar leven had begaan. Ze zette zich schrap, niet alleen voor de klap, maar ook voor de minachting, de woede en de teleurstelling.

Maar –

Trillend deed Helene een stap naar voren.

'Moeder,' fluisterde ze terwijl ze haar moeder een glas donkere sherry aanbood. 'Een verfrissing misschien?'

Moeder liet haar arm zakken, nam de sherry aan en gebaarde ermee naar Elisabeth. 'Waarom ben jij niet net zoals je zus? Wat doet zij als ze ergens ongelukkig over is?'

Elisabeth keek naar Helene, in de hoop dat ze iets zou zeggen, dat ze haar het antwoord zou geven.

Toen Helene zweeg keerde Elisabeth zich naar haar moeder. 'Dat weet ik niet.'

'Ik weet het ook niet! En ik wíl het ook niet weten!'

Elisabeth ademde diep in en probeerde duidelijk te maken wat voor haar belangrijk was. 'Ik wil mijn eigen beslissingen nemen. Ik wil een goed leven leiden. Wat is daar zo verkeerd aan?'

'En wat wil je dan doen met je leven? Gedichten schrijven?'

'Waarom niet?' Waarom zou ze zichzelf haar poëzie ontzeggen, haar dromen? Beter dan alles te dempen met alcohol, zoals moeder, of het te verspillen aan betekenisloze affaires, zoals vader.

Moeder schudde haar hoofd. 'Je hebt geen idee hoe de wereld er buiten deze muren uitziet.'

'Ik weet dat er iets op mij ligt te wachten,' fluisterde Elisabeth.

Moeder keek haar met samengeknepen ogen aan.

'Ach, mijn lieve kind...' Als een dolkstoot stak ze haar woorden in Elisabeths hart. 'Geloof me, er wacht daar helemaal niets of niemand op je.'

Elisabeth voelde een ijskoude wanhoop opkomen. Ze hadden dit soort gesprekken al eerder gevoerd, maar moeders toon was nu anders. Zekerder, misprijzender. Voor het eerst in haar leven vroeg Elisabeth zich af of haar moeder misschien gelijk had, of ze misschien voor niets aan het vechten en roepen was, of ze zich tevergeefs aan het leven vastklampte. Of er inderdaad niets anders bestond dan het verlies van een paard, een zus, haar hoop.

Nee. Ze weigerde de hoop op te geven.

'Je kunt me niet dwingen.' Haar woorden weerkaatsten in de stilte. 'Ik zal niet met een van deze mannen trouwen.'

Moeder liep op haar af, haar gezicht stond ernstig en haar stem klonk onderkoeld. 'Weet je, er bestaan inrichtingen voor jonge vrouwen die hun verstand hebben verloren.'

Elisabeth voelde haar maag samentrekken. Moeder had al eerder gedreigd met kloosters, maar nog nooit met een inrichting, en ze wist waarom. Ze kon de brief op moeders bureau zien liggen, haar moeder had hem duidelijk meerdere keren gelezen. De brief die een paar maanden geleden was aangekomen, met daarin de afspraak dat Helene de keizer zou ontmoeten en zich met hem zou verloven.

Nu besefte Elisabeth wat die brief voor haar betekende. Voor haar dagdromen was geen plaats aan het hof, in de woning van de toekomstige keizerin. Als zij zich niet aanpaste aan de keizerlijke familie zou moeder haar wegsturen.

Helene deed een stap naar voren en doorbrak het stilzwijgen. 'Niet een instelling, moeder. Dat gaat te ver.'

Néné. De opluchting dat Helene haar verdedigde kon de knopen in haar maag en de brok in haar keel niet wegnemen, maar Elisabeth was dankbaar. Néné gaf nog altijd om haar.

'Genoeg!' snauwde moeder. 'Helene heeft een prachtige toekomst voor zich. Die ga jij niet voor ons verpesten, Sisi. Heb je dat goed begrepen?'

Elisabeth stak haar hand uit naar haar moeder. 'Alsjeblieft moeder. Ik ben niet gek.'

Het deed pijn toen moeder haar hand wegsloeg, pijn in al die oude wonden die maar niet wilden genezen.

'Bewijs dat dan eerst maar eens.'

6

Helene klopte zachtjes op de deur van Sisi's slaapkamer. 'Sisi!'

Stilte.

'Sisi, kan ik even met je praten?' Helene drukte haar nagels achter de speels uitgesneden bloemen in het donkere hout van de deur.

Stilte.

'Moeder was te streng.' Helene beet op haar lip en keek over haar schouder, alsof ze bang was dat moeder haar van achter had beslopen.

Misschien was Sisi weer uit het raam geklommen. Haar slaapkamer bevond zich op de eerste verdieping, maar de boom voor haar raam was sterk. Helene hield het heel goed voor mogelijk dat ze in de leegte stond te roepen.

'Sisi?'

Helene drukte de klink naar beneden. De deur was niet op slot. Ze vond het vreselijk om Sisi's privacy te schenden, maar ze moest weten of alles goed was met haar zus. Nooit eerder had ze haar moeder haar zus zo ernstig horen bedreigen. Als Helene daar al zo van geschrokken was, wat had het dan met Sisi gedaan?

Voorzichtig duwde ze de deur open en liep naar binnen. Het was bijna middag, maar Sisi had de dikke blauwe gordijnen dichtgedaan, en de kamer was verduisterd. Kleren en boeken waren lukraak op het bankje neergesmeten. Een paar schoenen stak half onder het bed vandaan. Door een kier in de gordijnen viel een straaltje licht op het goudkleurige tapijt. Op het bed lag Sisi, haar rug naar Helene gekeerd. Ze leek zo klein, het was alsof moeders dreigement de helft van haar persoonlijkheid had weggenomen. Helene zag zichzelf en Sisi vaak als volwassen vrouwen, maar op dit moment leek Sisi weer een kind.

Aarzelend zette Helene een stap in de richting van het bed, maar toen stopte ze. Sisi had zich niet omgedraaid en haar geen antwoord gegeven. Misschien wilde ze alleen zijn.

'Sisi?' Negeerde haar zus haar omdat ze dat koosnaampje gebruikte? Helene wist niet zeker of ze die naam nog mocht gebruiken. Sisi had het nooit erg gevonden, maar de laatste tijd vroeg ze moeder steeds vaker haar echte naam te gebruiken. Gold dat ook voor Helene? Ze wist het niet zeker. Ze wist de laatste tijd niets meer zeker.

'Gaat het?' vroeg ze, ook al wist ze dat het een rare vraag was. Natuurlijk ging het niet. Vader had Helene even daarvoor verteld wat er met Puck was gebeurd. Als moeder niet de oorzaak van haar verdriet was, dan toch zeker haar paard.

Maar misschien was het ook wel goed dat dit gebeurde. Sisi kon zo niet doorgaan. Ze zou zichzelf te gronde richten, en haar familie ook. Een beetje verdriet nu zou haar later veel besparen. Zelf was ze op die manier ook volwassen geworden, en ze wist dat dat goed voor haar was geweest.

Aan de andere kant was het niet bepaald een béétje verdriet geweest dat Helene had moeten doormaken. Haar verandering was het gevolg van het ergste moment in haar leven, waarbij haar vertrouwen in de wereld die ze zo goed dacht te kennen met geweld was ondermijnd.

Het was in de lente van het jaar daarvoor. Zij, Sisi en Spatz speelden buiten, hun losse haar danste in de wind en de zon kleurde hun neus roze. Ze waren helemaal naar de rivier gerend, en Helene had gezegd dat ze het water zou oversteken via een pas omgevallen boom. Ze waren nog nooit aan de overkant geweest, en Spatz wilde weten of daar elfjes woonden.

'Daar gaan we dan,' zei Helene. Met haar blote voeten danste ze over de ruwe schors van de boom die anderhalve meter boven het water lag. Ze was niet altijd de meest welbespraakte van de zusjes, maar wel de elegantste.

Daarna ging Spatz. Ze kroop op handen en knieën naar de overkant omdat ze niet durfde te lopen, en dat was misschien maar goed ook want door de zware regenval stond het koude water in de rivier hoog en stroomde het wild onder hen door.

'Nu ik!' had Sisi geroepen. Met haar armen uitgestrekt liep ze als een koorddanser over de stam.

Helene lachte om de malle fratsen van haar zusje, maar opeens stokte die lach in haar keel.

Nog voordat het gebeurde wist Helene dat Sisi zou vallen. Ze merkte dat ze haar arm al naar Sisi uitstak, een zinloos gebaar omdat Sisi nog ver van de oever was verwijderd.

Sisi zette grote ogen op, wankelde en verdween in de rivier. De rivier, die een paar ogenblikken daarvoor alleen maar een beetje eng had geleken, had haar zusje opgeslokt.

Helene hoorde zichzelf schreeuwen. Spatz zette grote ogen op en drukte een hand tegen haar open mond.

'Blijf staan!' riep Helene tegen Spatz. Ze liet zich van de oever glijden, haar ogen strak gericht op het lichaam van haar zusje onder het wateroppervlak, dat nu snel met het water werd meegesleurd.

Slechts één keer kwam Sisi hoestend en proestend boven, en meteen daarna verdween ze weer, terwijl haar rokken als grote kwallen om haar lichaam dreven. Hoe lang kon iemand zijn adem inhouden? Helene had geen idee.

Alsof de duivel haar op de hielen zat rende Helene naar de brug; steentjes en scherpe stokjes prikten in haar voetzolen. Als ze op tijd bij de brug zou zijn kon ze misschien Sisi's jurk vastgrijpen.

Toen ze echter bij de brug kwam stond daar al een man, klaar om Sisi aan haar haar uit het water te sleuren. Even later stond Sisi spugend, hoestend en huilend op de kant.

Het was Helenes schuld. Dat dacht ze op dat moment al, en later maakte moeder haar dat nog eens duidelijk. Zij was de oudste. Zij was degene die geacht werd verstandige keuzes te maken. Ze was verdorie twintig jaar oud, maar gedroeg zich als een twaalfjarige. Ze had haar zus bijna om het leven gebracht, op zoek naar elfjes nota bene, en het schuldgevoel drukte zwaar op haar, zelfs maanden later nog. Het had zich in haar onderbuik genesteld en manifesteerde zich in hoofdpijn en een trekkend gevoel in haar huid.

Steeds als Helene hierna met haar zusjes naar buiten ging had haar moeder het haar weer ingepeperd: de enige manier om de meisjes te beschermen was volwassen gedrag en ophouden met wilde spelletjes.

Dat was het moment waarop Helene zich had voorgenomen geen kinderlijk gedrag meer aan te moedigen, niet bij zichzelf en niet bij Sisi. Dan kon hun niets meer overkomen. Maar wat Helene ook zei of deed, Sisi bleef zich als een wilde gedragen, en elke keer liep ze weer schrammen op. Daarmee bewees ze steeds weer dat moeder gelijk had en dat was genoeg om Helene te overtuigen.

En nu dreigde ze met haar wildheid in een klooster te belanden of, erger nog, in een inrichting. Bij die gedachte drukte Helene haar hand tegen haar borst, alsof ze haar angst kon verpletteren als ze maar hard genoeg drukte. Ze liep verder naar het bed, klom erin, legde een hand op Sisi's schouder en leunde over haar heen om haar aan te kunnen kijken. Sisi mocht dan de hele wereld buitensluiten, Helene wilde dat Sisi wist dat ze aan haar kant stond. Maar Sisi had haar ogen dicht, haar mond stond een beetje open. Ze sliep, midden op de dag. Vreemd. Sisi sliep altijd als een blok, dus ze had Helene waarschijnlijk niet eens binnen horen komen.

Opgelucht haalde Helene adem. Slapen was altijd goed. Slaap heelde veel wonden. Voorzichtig liet ze zich zakken en kroop tegen Sisi's warme rug aan. *Ik hou van je, Sisi. Ik doe mijn best om voor je te zorgen.*

Ze hoopte dat haar zus dat eindelijk zou inzien als ze wakker werd. Hoe harder je vocht, hoe meer je gekwetst raakte. Maar als je het leven omarmde zoals het was... nou ja, Helenes leven was in elk geval veiliger geworden en haar vooruitzichten rooskleuriger.

Bij die gedachte maakte haar hart een sprongetje. Ze kon het nog steeds nauwelijks geloven. Als alles volgens plan verliep zou ze keizerin worden. Zij zou degene zijn die met haar charme de buitenlandse hoogwaardigheidsbekleders moest betoveren. Zij zou degene zijn die de keizerlijke bloedlijn mocht uitbreiden. Keizerin Helene. Majesteit. Dat was de beloning die je van het leven kreeg als je afzag van kinderachtig gedrag, als je had geleerd je mond te houden en naar je moeder te luisteren, hoe belachelijk die soms ook mocht klinken.

Die eerste brief, die eerste uitnodiging voor een nieuw leven, was maanden geleden gekomen, niet lang nadat Helene zich vol overgave op etiquettelessen en Franse literatuur had gestort.

Aartshertogin Sophie, de moeder van de keizer en Helenes tante, had haar persoonlijk geschreven. Zij schreef dat ze dacht dat Franz en zij perfect bij elkaar zouden passen, dat Helene was uitgegroeid tot de persoon die de Habsburgse monarchie nodig had. Die brief zat nog altijd in haar hoofd, ze had elke regel zo vaak gelezen dat ze hem uit haar hoofd kende.

Helene drukte haar slapende zusje dicht tegen zich aan. Sisi zou nooit zo'n goede partij vinden als zij, er was per slot van rekening maar één keizer, maar ze was mooi en slim, en als ze zou willen zou ze ongetwijfeld een veelbelovend aanzoek krijgen. Ze hoopte alleen dat ze voor een dergelijk aanzoek open zou staan.

Terwijl haar lichaam opwarmde en ze zelf door slaap dreigde te worden overmand, wist Helene wat ze moest doen. Ze zou Sisi op de verjaardag van de keizer neemnemen naar Bad Ischl. Misschien zou een van de broers van de keizer verliefd worden op haar. Misschien zou de liefde haar temmen, en zouden ze samen deze nieuwe levensfase tegemoet gaan.

7

FRANZ LIET ZIJN WIJSVINGER OVER DE VERSE WONDKORSTEN in zijn handpalm glijden, overblijfsel van die ochtend toen hij zijn medaille in zijn vlees had gedrukt om de duisternis op afstand te houden. Vreemd hoe troostend zo'n korst kon zijn. Het was iets waar hij controle over had in een situatie die hem totaal had overrompeld.

Nu diende er zich weer iets aan waar hij geen controle over had.

'De woede van het volk, de onrust, de chaos... het gaat allemaal weer voorbij, Franz. Zo gaat het altijd. Wees geduldig.' Zijn moeder zat tegenover hem aan de overladen eettafel en hield haar lepel boven een bord pittige goulash.

Franz zag zichzelf aan alle kanten weerspiegeld in de glanzend gewreven schalen, karaffen en lepels om zich heen. Gevangen en verkleind, sterk contrasterend met de rest van de ruimte: hoge plafonds, lange spiegels, en tapijten die zo dik waren dat het leek of je er in kon wegzinken.

De eetkamer rook naar paprikapoeder en langzaam gegaard vlees, en als hij niet wist wat zijn moeder zou gaan zeggen zou hij de goulash verorberen alsof het zijn laatste maaltijd was. Maar hij kreeg geen hap door zijn keel en zette zich schrap voor wat er ging komen. Hij had zijn leven aan zijn moeder te danken, en nu kwam ze het opeisen.

'Je weet wat het volk nodig heeft.' Zijn moeder keek hem ernstig aan en knipte toen met haar vingers.

Twee bedienden kwamen binnen met een portret dat al een uur lang op de gang had gestaan. Franz had al even onder het papier gegluurd en gezien dat het, o, verrassing, weer een mooi adellijk meisje was dat ongetwijfeld nu door zijn moeder werd opgevoerd als mogelijke huwelijkskandidate.

Ze had het al een peer keer eerder geprobeerd, maar het was hem elke keer gelukt onder de verplichting uit te komen. Hij voelde zich niet goed. Hij moest nog zo veel leren. Hij was nog maar zo kort keizer en hij moest zich daarop kunnen concentreren. Het idee van een huwelijk benauwde hem evenzeer als zijn uniform. Het was de zoveelste verplichting in een leven dat hij al nauwelijks kon bolwerken. Een verplichting die hem wel eens de das kon omdoen.

Hij was jaloers op Maxi, en niet voor het eerst. Zijn broer was zo vrij, niet belast met welke verplichting dan ook. Zelfs de taken die hij serieus zou moeten nemen, lapte hij aan zijn laars. Desondanks hield zijn moeder van Maxi en verwende hem zoals ze Franz nooit zou verwennen.

Hoe zou het zijn om zo zorgeloos te leven, door iedereen geliefd te zijn zonder daar je best voor hoeven te doen, al was het maar voor een dag? Franz kon er zich niets bij voorstellen.

Zelfs het kleine beetje vrijheid om een huwelijk uit te stellen was nu voorbij. Hij kon het verwekken van een erfgenaam niet langer uitstellen, hoezeer hij er ook tegen opzag nog iemand om zich heen te hebben die zijn tijd en aandacht zou opeisen. Zijn moeder had gelijk, zoals ze altijd overal gelijk in had, hij wist het, maar zijn hart wilde er niet aan.

Op een teken van zijn moeder trok een van de bedienden met een zwierig gebaar het papier van het schilderij. 'Dit is Helene in Beieren.' Moeder klonk formeler dan anders.

Franz had al lang besloten zich niet langer tegen haar te verzetten, maar temperde desondanks zijn moeders enthousiasme. De mensen hebben werk nodig, voedsel, bloeiende ondernemingen, wegen, spoorlijnen. Een huwelijk is niet de oplossing voor een lege maag, voor armoede, of voor een tocht van vijf dagen in een koets die je ook in één dag met de trein zou kunnen maken. Mensen vergeten hun honger en hun pijn niet zomaar. Maar dit was niet het moment om zijn moeder over zijn plannen te vertellen. Later, als alles geregeld was, zou hij haar op de hoogte brengen. Ze zou ervan staan te kijken. Ze zou trots op hem zijn.

'Je vergist je, lieverd.' Sophie leunde voorover en keek haar zoon ernstig aan. 'De mensen zullen je weer vertrouwen als je hun een bruid schenkt. En een troonopvolger. Geloof me, ze hebben lang genoeg gewacht.'

Het klonk allemaal zo eenvoudig. Alsof het vertrouwen winnen van een miljoen mensen een soort verkoudheid was die je kon genezen met warm water met honing en gember. Franz had échte plannen waarmee hij het vertrouwen van het volk terug wilde winnen, ook al had hij zijn moeder daar nog niet van op de hoogte gebracht.

'Kijk nou eens naar haar. Helene is mooi, en haar moeder vertelde me dat ze ook heel vroom is.'

Franz knikte naar zijn moeder maar lachte niet. Het was duidelijk dat de eerste voorbereidingen al waren getroffen. En het was ook duidelijk dat het tijd was om zich over te geven. Hij zou trouwen. Hij zou zijn plicht doen. Maar hij zou niet net doen alsof hij dacht dat dit alle problemen van de Habsburgse monarchie zou oplossen. Hij zou niet net doen alsof dit hem, hen allemaal, veilig zou stellen. Hij zou altijd dat mes in zijn hals voelen en de menigte horen scanderen bij de executie. De onrust was een levend organisme, een slang die zich klaarmaakte om toe te slaan.

En dan had hij het nog niet eens over het gevaar van een dreigende oorlog tussen Rusland en Frankrijk. De leiders van beide landen stuurden hem zowel cadeaus als subtiele dreigementen om steun van hem te krijgen.

Zijn moeder zweeg in de veronderstelling dat hij aarzelde. 'Franz, ik heb geen opstand neergeslagen zodat jij kieskeurig kon zijn over je bruid. Nu er oorlog dreigt aan onze grenzen kunnen we ons de luxe niet permitteren ruzie te maken over je huwelijk. Beieren is een stevige en eerlijke optie voor een verbintenis. Trouwens, alles is al geregeld. Op je verjaardagsfeest in het zomerverblijf in Bad Ischl zul je haar ontmoeten. Daar kunnen we dan ook meteen de verloving bekendmaken.'

Sophie hield haar hoofd een beetje schuin en leunde over tafel om Franz' hand te pakken. Haar hand voelde warm en zacht om de zijne. Hoe machtig ze ook mocht zijn, ze was nog altijd zijn moeder. Dat kneepje in zijn hand moest duidelijk maken dat ze oprecht dacht dat dit het beste voor hem was, niet alleen voor het koninkrijk, maar ook voor hem als keizer.

'Het volk wil weer dromen,' zei ze terwijl ze haar hand weer wegnam.

Op dat moment boorde een schuldgevoel zich een weg naar zijn hart. Zijn moeder was niet gek. Zij wist wat het land nodig had. Zij had hem op de troon gezet en hem daar gehouden. Levend. Franz hield van zijn moeder en respecteerde haar. Hij zou haar een bruid schenken, een bruiloft en een erfgenaam. Het zou voor zijn moeder rust betekenen en de toekomst van het keizerrijk veiligstellen.

In de schemering liep Franz terug naar zijn sombere en spaarzaam verlichte vertrekken. Hij trok zijn schoenen uit, drukte zijn tenen in het dikke, rode Perzische tapijt en slaakte een zucht van verlichting. Toen hij zijn jasje uittrok ving hij een glimp van zichzelf op in de spiegel: zwarte bretels tegen een wit overhemd, zijn bruine ogen diep in hun kassen. Hij wreef met een hand over zijn wang en voelde de plakkerigheid van vingertoppen op huid, de scherpte van de punten van zijn snor en de vermoeidheid die door zijn aderen stroomde.

Uit de hoek van de kamer klonk in het donker een vertrouwde stem. 'Majesteit.'

Franz verstrakte, klemgezet tussen het verlangen alleen te zijn en dat andere verlangen dat die stem bij hem opriep. De stem was speels, sensueel. Zijn maîtresse kende hem goed genoeg om te weten dat hij haar juist vandaag hard nodig had, dat hij haar huid tegen de zijne wilde voelen.

Louise stapte in het licht, haar vertrouwde rondingen verborgen onder een ruig, wit berenvel. Het zoveelste cadeau van Rusland. Het zoveelste signaal dat de Habsburgse monarchie op het punt stond verwikkeld te raken in een oorlog.

Franz drukte die gedachte ver weg.

Toen hij het berenvel zag naderen ontspanden zijn schouders. Met elke stap die Louise verleidelijk en langzaam in zijn richting zette werd er een lang, fraai gevormd been zichtbaar, dat even daarna ook weer verdween.

'Is dit je geheime fantasie?' vroeg ze plagerig. 'Uwe Majesteit de beer, en ik het hulpeloze eekhoorntje?'

Ze stond nu voor hem en rook naar kaneel en temperamentvolle passie.

'En wat dan nog?' Hij liet zijn vinger zachtjes over het berenvel glijden en zag haar naakte hals en schouders daaronder voor zich.

Louise zette het berenhoofd af en in het zwakke lamplicht werd haar gezicht zichtbaar, het ravenzwarte haar, de hoge jukbeenderen, de ogen met resten make-up alsof hij haar al te pakken had genomen. Een gloeiende vlam schoot door zijn lichaam.

'Toe maar, als je het lekker vindt.' Ze streelde zijn lippen met een berenklauw. 'Ik kijk nergens vreemd van op.'

Dat was waar, en zelfs na een jaar van dit soort geheime ontmoetingen vond hij het nog steeds opwindend.

'We hebben niet veel tijd,' zei Franz terwijl hij zijn bretels liet zakken en wegliep van de spiegel. Hij werd die avond nog op een bijeenkomst verwacht en was alleen binnengekomen om een paar minuten alleen te kunnen zijn.

Louise wendde zich af en liep naar het portret van Helene dat naar Franz' vertrekken was gebracht. Plagend keek ze hem aan. 'Ik hoor dat je je hebt verloofd.'

Franz gaf geen antwoord. Hij had geen zin om over verplichte verlovingen te praten terwijl alles wat hij echt wilde hier in de kamer voor hem stond.

'Ze ziet er heel volgzaam uit. Vind je haar leuk?' Louise liet haar vinger over de lijst van het schilderij glijden.

Franz liet zich in een diepe stoel zakken en keek naar haar bewegingen: afgemeten, sensueel, alsof alleen het gevoel van lucht op haar huid haar al plezier verschafte. Zij was een van die mensen waar je wel naar móést kijken.

Louise trok een wenkbrauw op. Als je haar niet beter zou kennen zou je denken dat ze jaloers was. Maar Franz wist dat ze maar deed alsof. Louise wist dat zij sexyer, wilder en begeerlijker was dan wie dan ook. Het geheimpje van het hof: ongehoorzaam, onbereikbaar.

Ooit had hij gedacht dat hij van haar kon houden, maar uiteindelijk besefte hij dat verlangen iets anders was dan liefde. Als hij haar vertelde wat hij had gedroomd, dat hij het keizerrijk wilde hervormen, dat hij het volk een beter leven wilde geven, dan vroeg ze waar hij zich druk over maakte. Als hij haar hand vasthield, liet ze die hand in zijn broek glijden. Niet dat hij iets te klagen had, maar dit was niet meer dan twee lichamen die elkaar ontmoetten, geen geesten, geen harten. Dat wisten ze allebei.

'Kom hier.' Franz' stem weerklonk zwaar en laag door de stille ruimte. 'Nu.'

Louises blote voeten gleden zachtjes over het dikke vloerkleed. Toen ze voor hem stond liet ze de berenhuid over haar armen, borsten, buik en heupen zakken. Ze was een en al zachte rondingen en scherpe, alleswetende blikken, en Franz' lichaam verkrampte van verlangen.

Louise leunde op de armleuningen van de stoel en kuste hem. Lang, traag en diep. Zoals zij dat prettig vond. Toen ze zich terugtrok glansden haar ogen ondeugend.

'Ik vraag me af wat er mis is met haar? Heeft ze misschien een snor?' Even zweeg ze. 'Kom op, keizertje van me. Wat moet ik zeggen om je één keertje aan het lachen te maken?'

Franz stond op en drukte haar naakte lichaam tegen zich aan, door de dunne stof van zijn overhemd voelde hij haar harde tepels tegen zijn borst. Hij kuste haar hals, haar huid smaakte zoet onder zijn lippen en zijn tong. Hij wilde zich in haar verliezen.

Toen hij haar op de mond kuste was ze gewillig, klaar om zichzelf aan hem te geven. Ze kuste hem lang en traag en beet zachtjes op zijn lip, om hem te laten weten dat ze meer was dan haar zachte rondingen. Zijn lichaam verlangde naar haar, zijn kleren beknelden hem. Maar hij zou haar nog niet nemen. Hij wist hoe hij haar kon plezieren en genoot van de geluiden die ze maakte als hij dat deed.

Hij legde haar op het berenvel.

'Raak ik je kwijt?' fluisterde ze. Die vraag klonk niet als een zorg, maar als een bevel.

'Elke keizer heeft een keizerin,' zei hij zonder haar blik los te laten. 'Zo gaat dat nu eenmaal. Verder verandert er niets.' Hij kuste haar hals, schouders, borsten en liet zijn lippen verder naar beneden glijden, totdat ze geen vragen meer kon stellen en alleen nog maar naar adem kon happen.

8

HELENES VERSCHIJNING WAS ZORGVULDIG VOORBEREID. Ze droeg een witte zijden blouse met een roze jasje, kleuren die haar teint mooi deden uitkomen. Haar met de hand geborduurde rok golfde lichtjes naar buiten, net als de gerimpelde uiteinden van haar mouwen. Op haar kunstig gevlochten haar droeg ze een hoedje met een donkerpaars lint. Ze voelde zich mooi en levendig, bespeurde een combinatie van zenuwen en opwinding die ze niet goed van elkaar kon onderscheiden. Als de keizer al aanwezig zou zijn voordat ze arriveerden, was zij er in elk geval klaar voor.

Voor de hele wereld was ook Sisi het toonbeeld van de ware adel. Haar haar was perfect gekapt met lange vlechten opgestoken rond haar oren en haar wenkbrauwen waren geëpileerd. Ze droeg een witte blouse met een grote zwart-witte strik aan de hals, met een bijpassend gestreept jasje. Met gekruiste enkels zat ze tegenover Helene in de zachtjes schommelende koets.

Maar Helene zag wat haar moeder niet zag: Sisi verborg een paar dingen op plekken waar moeder niet had gekeken. In haar haar zat een vlechtje van Pucks haar en net boven haar enkel zat een spat modder die daar terecht was gekomen toen Sisi vlak voordat ze vertrokken nog even de tuin in was gelopen. Helene hoopte dat dit een teken van inschikkelijkheid was. Sisi mocht haar malle fratsen houden, zolang de rest van de wereld er niets van merkte. Vooral moeder niet, die intussen in slaap was gevallen, haar kin op haar goudgele jas, haar hoed scheef tegen het raampje.

De koets ratelde geruststellend over het kiezelpad. Helene staarde naar het kleine portret van Franz, haar verloofde in spe, dat Sophie bij haar laatste brief had ingesloten. Nerveus steek ze met een vinger over zijn gezicht. Hoe zou hij er in het echt uitzien? Minder hardvochtig waarschijnlijk. Warmer als hij haar zou zien. Tenzij hij haar niet mocht.

O god, stel dat hij haar niet mocht?

Natuurlijk mocht ze zo niet denken. Moeder had het talloze keren gezegd: het deed er niet toe of ze elkaar aardig vonden of niet. Het enige wat telde was dat ze allebei geschikt waren voor hun rol.

Helene wist dat haar moeder gelijk had, maar toch hoopte ze dat hij haar aardig zou vinden. Dat hij haar zag en onmiddellijk zou begrijpen dat ze voor elkaar bestemd waren. Dat was het enige wat ze wilde.

Toen ze weer opkeek zag ze dat Sisi haar aandachtig aankeek, ogen vol ondeugd, potlood in de aanslag. Helene wist het: gedichten. Gedichten, gedichten en nog eens gedichten. Ze had er inmiddels misschien wel duizend geschreven. Vroeger las ze ze altijd voor aan Helene, zelfs de aanstootgevende. Helene herinnerde zich nog een paar regels:

Zie haar in het maanlicht gehaast naar haar geliefde gaan...
We wisselden wellustige kussen uit, zwoel als de nacht bij volle maan...
We dachten niet aan de naderende ochtendschemer...

Die regels hadden Helene vervuld met een verlangen waarvan ze eerder niet wist dat het bestond. Dat was voordat Franz ter sprake was gekomen, vóór die brief die haar hele leven op zijn kop zette, en als ze probeerde zichzelf met een geliefde in het maanlicht te verbeelden bleef zijn gezicht verborgen in de schaduw, anoniem. Nu zag ze het gezicht van het kleine portret, nu was zij het die zich naar hem toe haastte, en hij was het die niet aan de naderende ochtend dacht. Haar gelukkige mijmeringen werden verstoord door een schuldgevoel. Sisi speelde met vuur, Helene mocht haar niet aanmoedigen.

'Je weet dat die gedichten de reden zijn dat moeder je naar een inrichting wil sturen,' zei ze fluisterend om moeder niet wakker te maken.

'Nou, als dat portretje tegen je begint te praten moet je het even zeggen, dan kun je met me mee naar het gekkenhuis,' grapte Sisi luchthartig.

Ondanks zichzelf schoot Helene in de lach en rolde met haar ogen. Toen, als een teken van verzoening: 'Ik ben blij dat je erbij bent.'

Sisi lachte flauwtjes en gebaarde in de richting van hun slapende moeder. 'Zij wil me in de gaten houden, meer niet.'

Helene schudde haar hoofd. 'Ik wilde zelf dat je meeging.'

Sisi keek Helene vragend aan.

'Ik heb het aan moeder voorgelegd, en ze vond het goed.'

'Wat zei ze dan?

Helene tuitte haar lippen. 'Dat de drie broers van de keizer er ook zullen zijn en... nou ja, iets over een stukje worst dat soms van het bord valt, zó in de bek van de hond.'

'Aha, en ben ik dan het stukje worst of de hond?'

Helene haalde veelbetekenend haar schouders op. 'Geen idee.'

Sisi lachte en Helenes hart maakte een sprongetje. Het was lang geleden dat ze samen grapjes hadden gemaakt. Ze leefden onder hetzelfde dak, maar Sisi was zo ver weg; ze kwam nooit naar de lessen omdat ze altijd ergens in de bergen zat. Miste Sisi haar evenveel als zij Sisi? Wist ze wel hoe graag Helene wilde dat ze zich volwassen ging gedragen, zoals het een vrouw aan het hof betaamt, zodat zij hier niet helemaal alleen voor stond?

'Sisi, ik maak me zorgen om je.' Helene ving Sisi's blik en hield hem gevangen. 'Ik ben bang dat je verloren raakt.'

Verbaasd trok Sisi haar wenkbrauwen op en maakte een wegwerpgebaar met haar hand. 'Maak je geen zorgen. Je kent me, ik heb een dikke huid.'

'Niet waar.'

Even zwegen ze, toen stak Helene haar hand uit naar het dagboek. Opnieuw een teken van verzoening. 'Laat eens zien.'

Elisabeth gaf haar het dagboek en Helene las hardop voor:

Zwaluw, leen me je vleugels
Neem me mee naar een land hier ver vandaan
Als ik zweef
Vrij
Met jou
Door het eeuwig blauwe firmament
Zal ik de God van de vrijheid prijzen

Het was goed. Maar ze waren altijd goed. Dat was het probleem niet. Helene gaf Sisi het dagboek terug. 'Laat moeder het niet zien.'

Ze zei het op luchthartige toon maar hoopte dat Sisi zou begrijpen dat ze het meende.

Haar zusje keek haar met een uitgestreken gezicht aan, wat meestal betekende dat er weer een grap aan zat te komen. Maar Helene haalde opgelucht adem toen ze Sisi's reactie hoorde. Geen grap, maar een belofte.

'Ik zal me gedragen. Ik zal onzichtbaar zijn. Erewoord.'

Helene zuchtte van opluchting. Maar voordat die opluchting helemaal kon indalen knipoogde Sisi ondeugend naar haar, draaide zich naar het raampje en spuugde uitdagend naar buiten.

Helenes mond viel open toen Sisi haar serieuze gezicht weer opzette en zei: 'Vanaf nu.'

9

Tegen de tijd dat ze de Kaiservilla in Bad Ischl hadden bereikt was moeder weer wakker, en leek het wel of de koets twee keer zo klein was geworden. Elisabeth wilde er dolgraag uit.

Helene voelde waarschijnlijk hetzelfde. Met een glimlach van oor tot oor stapte ze uit de koets. Haar ogen glansden van opwinding toen ze haar blik over de elegante villa liet dwalen.

Ook Elisabeth liet alles op zich inwerken: de ruisende groene bomen, de ijzeren lantaarns langs de oprit en het warme roze van de stenen gevel. Midden op de oprit stond een marmeren fontein; vrolijk stortte het water zich over kunstig uitgesneden vissen en lachende en spelende kinderen. Meteen kreeg Elisabeth zin mee te spelen.

Maar voordat ze voor de verleiding kon bezwijken nam Helene haar bij de hand en voerde haar mee, langs de vrolijke blauwe luiken, naar de ingang van de Kaiservilla.

'Luister,' zei moeder, toen ze uit de hete zomerzon de koele marmeren hal binnenliepen. 'De keizer is hier niet om babbeltjes te maken. Jullie mogen hem dus geen persoonlijke vragen stellen, en hij is niet geïnteresseerd in gevoelens. Geen vrouwelijke meningen of commentaren graag.'

Toen Helene haar hand losliet en gehoorzaam naast haar moeder ging lopen, draaide Elisabeths hart zich om. Wat een tegenstrijdigheid: Helene werd hiernaartoe gebracht om de keizer te leren kennen, maar ze mocht niet zeggen wat ze dacht. Elisabeth hoopte maar dat het niet waar was dat de keizer niet geïnteresseerd was in gevoelens. Als zij dat deel van zichzelf op zou moeten geven zou ze helemaal verdwijnen. En voor haar zus gold waarschijnlijk hetzelfde.

Nog geen uur na hun aankomst in de villa zaten de zussen in de sauna en schrobden het stof van de reis van hun huid. Toen Elisabeth een kam door Helenes haar haalde rilde haar zus. Ze moest vreselijk nerveus zijn. Elisabeth was blij dat er verder niemand bij was. Nu konden ze alle vrouwelijke observaties uitwisselen die Helene niet met haar toekomstige echtgenoot mocht delen. *Gooi het er maar uit, Néné. Net als vroeger.*

'Voorzichtig, Sisi!' riep Helene toen de kam in een klit bleef steken.

Elisabeth gaf haar zus een kus op haar hoofd. 'Sorry, gelukkig heb je straks hofdames die dit voor je kunnen doen.'

Helene lachte en even koesterden ze zich in de stilte die hen omgaf. Elisabeth genoot ervan. Ze konden nog steeds samen zijn op dit soort momenten, zonder verwachtingen of verplichtingen die tussen hen in stonden.

'Stel dat ik hem niet uit kan staan, Sisi?' fluisterde Helene nauwelijks verstaanbaar.

Elisabeth had dezelfde angst, maar ze wilde niet dat Helene zich te veel zorgen maakte. Helene koesterde hoop, en hoop was kostbaar.

'Nou, ik heb gehoord dat hij helemaal behaard is, net als een beer. En hij vindt het heerlijk als vrouwen door zijn vacht kroelen. Dus je weet wat je moet doen om hem op te fleuren.' Helene draaide zich om maar Sisi vertrok geen spier.

Eén seconde, toen nog een, en toen schoot Helene in de lach, gaf Elisabeth een por met haar elleboog en maakte een geluid dat Elisabeth maar al te goed kende: je bent heus niet zo grappig als je denkt.

Elisabeth stak haar tong uit en knipoogde.

Helene trok een raar gezicht, en even brak de oude Néné door de beheerste buitenkant. Het herinnerde Elisabeth aan de tijd dat ze nog klein waren en samen in de tuin zaten en pluisjes van de paardenbloemen bliezen. Dan waarschuwden ze elkaar dat hun wensen niet uit zouden komen als ze niet alle parachuutjes van de knop hadden geblazen. Haar favoriete herinnering was toen Néné een uitgebloeide paardenbloem in haar mond had gestoken om het bewijs te verbergen dat haar wens niet uit zou komen.

Die versie van Helene zat hier nu voor haar. Helene had gezegd dat het haar idee was geweest om haar mee naar Bad Ischl te nemen. De tranen sprongen in haar ogen. Stel dat Helene de keizer echt niet kon uitstaan? Néné verdiende een serieus antwoord op die vraag. Ze pakte de hand van haar zus beet en zei in alle ernst: 'Ik weet zeker dat het een goede man is.'

'Maar stel dat hij mij niet aardig vindt? Of saai?'

Dat bestond niet. Echt niet. Natuurlijk zou hij van haar houden. Zij was Helene, en hoeveel haar zus ook was veranderd in de afgelopen maanden, Elisabeth wist zeker dat iedereen die haar zus zou ontmoeten niet anders kon dan haar onmiddellijk in het hart sluiten.

'Jij wordt een geweldige keizerin,' antwoordde ze zonder enige aarzeling. 'Je bent altijd elegant zonder te doen alsof. Je weet altijd wat goed is en wat niet. Wat je moet zeggen en wat niet.'

Helene glimlachte. 'In tegenstelling tot jou.'

Zeker, in tegenstelling tot haar. Elisabeth wist dat haar leven makkelijker zou worden als ze wat minder scherp uit de hoek zou komen, als ze haar mond kon houden en met twee benen op de grond kon blijven.

'Kom eens hier.' Helene draaide zich naar haar om, trok Sisi's gezicht naar zich toe en drukte haar voorhoofd tegen het hare, een gebaar dat Elisabeth altijd heel troostrijk had gevonden. Hoe bang ze ook was voor alles, voor haar moeder die dreigde met een inrichting, voor het verlies van Helene, ze hield van niemand op aarde zo veel als van haar.

'Ik zal je missen,' fluisterde ze.

Maar ze wist dat dat niet helemaal waar was. Ze miste Helene nú al, nog voordat ze verdwenen was.

10

O, WAT EEN SCHANDAAL ZOUDEN ZE VEROORZAKEN OP DE verjaardag van de keizer! Elisabeth hield met moeite haar lach in.

Het was de ochtend na hun aankomst in Bad Ischl, en moeder rommelde driftig door de koffers. Ondergoed was er. Nachthemden ook. Zwarte rouwkleding? Aanwezig, keurig netjes. Maar de rest van de spullen, de prachtige jurken die hun moeder zo uiterst zorgvuldig voor haar dochters had uitgekozen voor de eerste ontmoeting met de keizer: nergens te vinden.

'Dat bestaat niet!' krijste moeder op volle sterkte. 'Dit kan gewoon niet waar zijn!'

Helene zag er beroerd uit en keek toe hoe haar moeder door de inhoud van haar koffer woelde alsof die jurk opeens toch tevoorschijn zou komen. Met gefronste wenkbrauwen draaide ze zenuwachtig krullen in haar haar.

Elisabeth zat op het bed, de geborduurde afbeeldingen in de witte zijde drukten in haar blote benen. Ze leunde over het hoofdbord en luisterde naar de paniekerige uithalen van haar moeder.

'Er was nóg een koffer.' Moeder bedaarde even en sprak nu het kamermeisje aan dat zich angstig in een hoek van de kamer had teruggetrokken.

'Dit zijn alle koffers die zijn meegekomen,' zei het meisje aarzelend. 'Misschien komen de andere later.'

'Hoe bestaat het,' kermde Helene vol ongeloof.

Moeder plofte neer in een stoel aan het voeteneinde van Helenes bed.

Elisabeth kon haar nieuwsgierigheid niet langer bedwingen. 'Waarom hebben we eigenlijk rouwkleding meegenomen?'

'Oom Georg is dood. Op weg naar huis gaan we daar even langs.'

Elisabeth keek haar moeder verbaasd aan. 'Wie is oom Georg?'

'Dat doet er nu niet toe, Sisi!' Moeder schudde haar hoofd ten teken dat Elisabeth zich op dit moment geen zorgen hoefde te maken over een dode oom van wie ze nog nooit had gehoord.

'Dus het enige wat we aan kunnen trekken zijn de vuile kleren van gisteren?' Helene stond nu op het punt in tranen uit te barsten.

'Het is niet zo belangrijk wat je aanhebt, Néné,' zei Sisi in een poging haar zus te troosten.

'Natúúrlijk is dat belangrijk!' Helenes stem klonk opeens onnatuurlijk scherp. 'Hij is de keizer van Europa, en hij is jarig!'

Verslagen zweeg Elisabeth.

Moeder wuifde zichzelf wat koelte toe en keerde zich weer naar het trillende dienstmeisje. 'Breng me een glas sherry, wil je?'

Elisabeth pakte haar rouwjurk van het bed, waar haar moeder hem had neergegooid. Ze vond het altijd jammer dat ze die jurk alleen maar aan mocht als ze naar een begrafenis gingen. Het was een mooie jurk, niet zo stijf en kriebelig als de andere jurken waar haar moeder haar altijd maar inpropte.

'Ik heb gelezen dat de kunstenaars in Londen en Parijs alleen nog maar zwart dragen,' zei ze in de hoop een oplossing voor het probleem te bieden.

Blijkbaar vond niemand dat een troostende gedachte. Moeder kneep haar ogen tot spleetjes en Helene klemde haar vuisten om haar eigen jurk en keek haar vernietigend aan. 'Je begrijpt er niets van! Ga weg, laat ons even alleen.'

Elisabeth knipperde gekwetst met haar ogen. Ze wilde alleen maar helpen, en nu stuurde Helene haar de kamer uit. Sloeg ze dan altijd de plank mis? Goed dan. Laten ze zich maar druk maken om dingen waar ze niets aan kunnen doen. Als de liefde van een man niet opwoog tegen twee vermiste jurken dan was die liefde niets waard. Als zij dat niet konden zien waren zíj degenen die er niets van begrepen.

Ze stond op en trok de jurk die ze de dag daarvoor had gedragen aan. Als ze dan toch verbannen werd, kon ze net zo goed op ontdekkingstocht gaan.

Het was nog vroeg, het ochtendgloren kleurde de hemel oranje en roze. De voorbereidingen voor het verjaardagsfeest van de keizer waren in volle gang, en toen Elisabeth een eetzaal binnenslenterde liepen er overal bedienden af en aan. Een roodharig dienstmeisje stofte de vleugel af, twee oudere vrouwen veegden elk een kant van de zaal en de geuren van versgebakken brood en allerlei kruiden die uit de nabijgelegen keuken haar kant op dreven, deden haar het water in de mond lopen.

Toen ze wat verder doorliep zag ze hoe een jonge man met zijn voet achter het roomkleurige Perzische tapijt bleef haken en struikelde; het fruit dat op de zilveren etagère lag die hij in zijn handen had belandde op de vloer. Ze haastte zich naar hem toe, hielp hem met het oprapen van de sinaasappels, citroenen en perziken en legde ze weer voorzichtig op hun plaats.

Uit de kamer daarnaast klonk een vreemd gepiep. Elisabeth keek op. Door de openstaande deur was een vogel naar binnen gevlogen, en voordat ze iets kon doen vloog het dier met een harde klap tegen het raam en viel op de vloer.

Elisabeths hart brak. Vogels waren haar lievelingsdieren. Snelle sperwers, elegante zeemeeuwen, vrolijke zangvogeltjes. Ze voelde een zekere verwantschap met die vrijheid zoekende wezentjes die altijd een liedje floten. Dit vogeltje wilde alleen maar ontsnappen.

Ze liep naar het bundeltje veren en tilde het voorzichtig op. Het was een klein vogeltje met een bruine rug en een witte buik, en zwart-witte veertjes die recht op zijn kopje stonden. Een kuifmees, als ze het goed zag. Het arme ding was gewond. Het fladderde verward met zijn vleugeltjes, wankelend als haar moeder na een paar glazen schnaps. Toen viel hij stil.

Elisabeth droeg het geschrokken maar nog levende vogeltje de tuin in en wandelde over de met bloemen omzoomde paden en onder de bomen die hun takken zachtjes lieten meedeinen op het zomerse briesje. Achter haar piepte het vrolijke roze van de villa door het gebladerte als de belofte van een mooie dag. Ze droeg geen schoenen en genoot van het gevoel van het koele zachte gras tussen haar tenen.

Links van haar hinnikte een paard en even schrok ze op uit haar gemijmer. Ze had gedacht dat ze alleen was, maar bij een kleine fontein zag ze een man staan in een wit overhemd, zijn rug naar haar toe, die zijn roomkleurige merrie zachtjes over de neus aaide.

Nieuwsgierig keek ze toe hoe de man het paard over de hals wreef, en met zijn uitgespreide vingers de lange manen uit de knoop haalde. Hij zag er goed uit in zijn zwarte rijbroek en zijn glanzend gepoetste rijlaarzen. Er zat iets vertederends in de manier waarop hij omging met het paard. Die brede schouders en dat blonde haar voelden vertrouwd. Ze vroeg zich af wie hij was.

Toen hij zich omdraaide wist ze het. Dezelfde hoekige kaaklijn en donkere ogen als op het portret dat haar zus onder haar rokken verborgen hield.

Franz. De keizer.

Omdat hij enkel oog had voor zijn paard had hij haar nog niet gezien. Hij gespte het zadel vast, deed een stap opzij, keek het paard in de ogen en glimlachte alsof ze samen een geheimpje deelden. Hij fluisterde iets en de merrie spitste haar oren. Er zat iets vertrouwds in dat gebaar, iets intiems. Elisabeth werd er bijna verlegen van, het leek wel of ze hem halfnaakt had betrapt.

O god, wat was er met haar aan de hand? Waarom dacht ze aan de verloofde van haar zus in half ontklede toestand? Ze bloosde ervan. Ze schudde haar hoofd en probeerde de ongepaste gedachten te verjagen. Maar toen draaide Franz zich naar haar toe en het enige wat ze nog kon denken was dat hij niet mocht ontdekken dat ze naar hem had staan staren. Geschrokken dook ze achter een boom en sloot haar ogen in de hoop dat hij weg zou gaan.

Maar nee. Ze hoorde hoeven naderen. Ze haalde diep adem en opende haar ogen.

'Goedemorgen.' Zijn stem klonk lager dan ze had verwacht. 'Waarom verstop je je?'

Schoorvoetend kwam ze uit haar schuilplaats tevoorschijn. 'Ik verstop me niet,' loog ze.

'Jij bent de zus van Helene.'

Elisabeth besefte dat ze vergeten was te buigen en om zich uit de situatie te redden maakte ze alsnog een kleine reverence; het vogeltje in het kommetje van haar handen leek wel een offer.

'Majesteit.'

'Begluur je altijd andere mensen?'

Elisabeths hart bonkte in haar keel. Haar moeder zou dit vreselijk vinden.

'Nee, majesteit.' Ze ontweek zijn blik en keek naar haar blote tenen die onder haar rok uit piepten.

Toen ze even opkeek zag ze dat hij met opgetrokken wenkbrauwen dezelfde kant op keek. 'Mag ik vragen waarom je geen schoenen draagt?'

Snel trok ze haar voeten onder haar rok. De vraag had natuurlijk moeten zijn: waarom wilde iedereen per se schoenen dragen als het zo veel fijner was om de aarde, het zachte gras en zijdeachtige zand op je blote huid te voelen? 'Ik loop graag op blote voeten.'

Franz hield zijn hoofd een beetje schuin. 'En waarom heb je een vogel in je hand?'

Elisabeth hield het verenbundeltje dichter tegen zich aan. 'En waarom stelt u zo veel vragen vroeg in de ochtend?'

Onmiddellijk beet ze op haar tong. Waarom kon ze toch nooit een gesprek voeren met een man zonder meteen de confrontatie aan te gaan? En dan nog wel met de keizer zelf! Had ze nou precies datgene gedaan waar haar moeder bang voor was: Helenes toekomst verpest met een paar onnodig scherpe woorden? Haar moeder had gelijk: ze was knettergek.

Maar nee. Even later begon de keizer te lachen. Bijna onmerkbaar, een glimlachje en daarna een zachte uitademing. Ze kreeg de indruk dat die reactie hem zelf ook verbaasde, alsof ze een deur had geopend die al heel lang op slot zat en waarvan de sleutel kwijt was.

'Dit vogeltje zat gevangen in het paleis. Het kon er niet meer uit.'

Daar waren ze weer: dat lachje, die rimpeltjes rond de diepliggende, bruin met goud dooraderde ogen.

'Ik ken dat gevoel.'

Elisabeth lachte terug. Hij was grappig, maar ook serieus. En nu ze hem eens goed bekeek: ook knap. De stoere kaaklijn, de donkere wenkbrauwen, dat golvende haar. Brede schouders en een intense blik. Ze realiseerde zich dat ze stond te staren.

Net toen ze zich afvroeg wat ze moest zeggen verscheen het paard in haar blikveld. 'Mooie ochtend om te gaan paardrijden.'

Hij knikte. 'Dan kan ik helderder denken.'

'Ik ken dat gevoel.'

Nu lachte hij voluit. Onwillekeurig constateerde Elisabeth dat zijn gezicht zachter werd, het maakte hem meer benaderbaar. In haar ogen was een keizer een en al macht en ernst, maar deze man vond haar grappig, was lief voor zijn paard en lachte als ieder ander mens. Hij zou zomaar iemand kunnen zijn met wie ze kon praten, misschien werden ze wel vrienden.

Franz keek haar een poosje bedachtzaam aan. 'Excuseer me.'

Hij knikte naar haar, draaide zich om naar zijn paard, leidde het langs de fontein en verdween tussen de bomen. Ze keek hem na en weerstond de verleiding hem te volgen.

In haar handen kwam het vogeltje bij zijn positieven en fladderde met zijn tere vleugeltjes. Elisabeth opende haar handen en liet het beestje vrij.

II

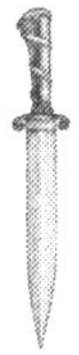

FRANZ KON ZICH DE LAATSTE KEER NIET MEER HERINNEREN dat hij zo had gelachen. Zijn gezicht tintelde nog als hij eraan terugdacht. Hij had zich ingehouden, maar zijn hele lichaam voelde de ontspanning, de opluchting. Zijn schouders, die een paar minuten daarvoor nog zo gespannen aanvoelden, waren losser. Zijn onrustige geest was tot bedaren gekomen.

Hij besteeg zijn paard en keek nog even achterom naar het meisje; in een poeltje zonlicht dat tussen de bomen door viel kreeg haar donkere haar tientallen tinten bruin en goud. Ze keek het wegvliegende vogeltje na. Het beestje was vrij, zij had hem gered.

Hij had niet gevraagd hoe ze heette, maar natuurlijk wist hij wel wie ze was: de jongere zus van Helene. Zijn moeder had vast wel eens haar naam genoemd, maar die was hem weer ontschoten. Nu kon hij zich wel voor het hoofd slaan. Daar stond een mooi meisje dat een vogeltje had gered in plaats van zich voor te bereiden op een officiële ontmoeting met zijn familie. Daar stond iemand wiens naam hij wílde kennen, in plaats van dat hij werd gedwongen hem te onthouden.

Hij mocht haar. Hij mocht haar meer dan al die mensen die hij in de afgelopen jaren aan het hof had ontmoet.

Zijn paard liet een ongeduldig geluidje horen en Franz boog zich voorover en klopte haar op de hals. 'Ja, ja, we gaan naar de heuvels.'

Hij wendde het paard en reed de tuin uit, een stukje bos door en naar de groene weides die de villa omzoomden. Over het landschap lagen een paar laatste mistflarden die nog niet verdampt waren door de zon. Onder zich voelde hij de merrie ontspannen. Ze vond het heerlijk weg te zijn van het paleis; hij zou haar vaker mee moeten nemen. Zou Helenes zus later misschien zin hebben nog een eindje te gaan rijden? Misschien kon hij haar uitnodigen.

Bij die gedachte verscheen er bijna weer een glimlach op zijn gezicht, maar die gedachte had ook een bittere keerzijde. Wat zou zijn moeder woedend zijn als ze wist dat hij wilde gaan rijden met een andere vrouw dan Helene. Maxi mocht met zo veel vrouwen omgaan als hij maar wilde, maar hij niet. Elke flirt, elke vriendschap die hij tot nu toe had opgebouwd moest hij verborgen houden. De enige die wist dat Franz er een maîtresse op nahield was Maxi.

Maxi, die Louise eigenlijk voor zichzelf had willen hebben. Toen hij ontdekte dat ze 's nachts Franz' slaapkamer binnensloop had hij Franz op zijn gezicht geslagen. Alsof hij zelf niet genoeg vrouwen tot zijn beschikking had. Alsof hij die vrouwen niet allemaal voor schut zette met zijn reputatie van rokkenjager.

Aan de andere kant waren de jongens altijd al elkaars concurrent geweest. Die klap ging over meer dan alleen over Louise. Misschien wel over al die keren dat Maxi een gevecht had verloren. Over het feit dat hij geen ambassadeur was geworden terwijl hij vond dat hij daar recht op had. Over Louises keuze voor Franz. Maxi scheen al zijn overwinningen te zijn vergeten: die keer dat hij Franz' eerste liefde, Isabella, had weggekaapt, die keer dat moeder hem mee naar Italië had genomen en Franz had achtergelaten bij de gouvernante, om nog maar te zwijgen over al die keren dat Franz op zijn kop had gekregen terwijl Maxi overal mee wegkwam.

Terugdenkend aan die klap wreef Franz over zijn kaak.

Achter hem hoorde hij het geluid van andere paardenhoeven, en hij draaide zich om. Zijn eerste gedachte was dat hij met zijn geestkracht wellicht Helenes zus had laten verschijnen, maar nee. Het was Maxi. Hij reed op een honingkleurige merrie en zag eruit alsof hij net uit bed was gestapt. Zijn haar stond alle kanten op, zijn overhemd zat vol kreukels en zijn glimlach maakte duidelijk dat hij meer dan één vrouw tussen de klamme lakens had achtergelaten.

'Broertje!' Maxi grijnsde en liet zijn paard stilhouden naast dat van Franz.

'Broertje,' antwoordde Franz weinig enthousiast. Zoals gewoonlijk gebruikte Maxi zijn titel niet. Een speldenprik.

'De stalmeester zei dat je uit rijden was gegaan.' Hij knikte in de richting van de rivier. 'Nou, blijven we hier staan of gaan we een eindje rijden?'

'Wat wil je, Maxi?'

'Een eindje rijden met mijn oudste broer.'

'Verder niets?'

'Nou, ik zou ook geen nee zeggen tegen een goed glas Franse wijn en een meisje met hartvormige lipjes en een zwoegende boezem.'

Franz keek Maxi zwijgend aan.

Na een paar seconden nam Maxi weer het woord. 'O, nu snap ik het. Je meende het niet echt. Nou, laten we dan maar een eindje gaan rijden.'

Franz spoorde zijn paard aan, en Maxi volgde hem.

'Hoe was de executie? Heerlijk gruwelijk, neem ik aan?'

Franz' hart bonkte in zijn keel. Hij was de beelden net kwijt. Het meisje met haar vogeltje had ze verdreven zoals de lentezon het ijs. Maar nu verstrakte zijn lichaam weer en zette zich schrap. De gezichten van de dode mannen verschenen weer op zijn netvlies.

'Ik wil er niet over praten.'

Maxi trok verbaasd zijn wenkbrauwen op, maar voor deze ene keer besloot hij het verzoek van zijn broer te respecteren. 'Oké, geen dode mannen dus. Levende vrouwen dan? Ik zag je toekomstige bruid vanochtend voor het raam staan. Wil je weten hoe ze eruitziet?'

Franz slaakte een diepe zucht. 'Ik heb portretten van haar gezien.'

'O, maar portretten worden altijd opgesmukt.'

'Mocht je me willen vertellen dat ze niet mooi is, dat kan me niets schelen.'

'Nee, natuurlijk niet, plichtsgetrouwe keizer die je bent. Maar ze is in elk geval mooier dan dode revolutionairen, dus deze week is zij het leukste wat je te zien krijgt.'

Daar had je het weer. Maxi kon nooit iets loslaten, hij wilde altijd onverwacht toeslaan. Alsof het gesprek dat je met hem voerde een schermwedstrijd was en geen discussie.

Toen Franz niet reageerde nam Maxi weer het woord. 'Ik neem aan dat dit betekent dat je je maîtresse niet meer nodig hebt. Ik neem aan dat je haar gewoon opzijschuift, iets waar je mij altijd van beschuldigt. Staan we eindelijk op hetzelfde niveau.'

Franz trok de teugels van zijn merrie aan. 'Ga weg.'

Maxi stopte naast hem en grijnsde.

'Ik zei: ga weg. Ik kan er niet meer tegen.'

Blij dat het hem was gelukt het bloed onder Franz' nagels vandaan te halen grinnikte Maxi. Hij tikte tegen zijn onzichtbare pet en wendde zijn paard in de richting van de villa. 'Zoals u wilt, Uwe Majesteit.'

Toen Maxi verdwenen was probeerde Franz zijn kaken weer

te ontspannen. Voor de zoveelste keer had zijn broer zijn innerlijke rust verstoord. Hij had er talent voor.

Zou dat meisje nog in de tuin zijn? vroeg hij zich af. Zou hij haar weer terugvinden als hij nu om zou keren? Zou ze nog een vogeltje aan het redden zijn, of zich verstoppen achter een boom? Zou ze hem weer aan het lachen maken zonder iets van hem te willen? Als er iets was wat ze van hem wilde dan was het wel juist níét gezien te worden. Dat had hij nog nooit meegemaakt aan het hof.

Bij die gedachte ontspande hij. Het meisje had iets ontwapenends, iets wat nog niet was overschaduwd door de steeds donker wordende wereld.

Opeens besefte hij dat hij uitkeek naar de ontmoeting met zijn toekomstige schoonfamilie. Hij zou het meisje weer zien. Ontdekken of hij nog een keer zo kon lachen.

12

In Helenes hart woedde een wervelstorm aan twijfel, en ze was bang erin te verdrinken. Sinds ze hadden ontdekt dat er koffers ontbraken was er niets meer goed gegaan. Nu liep ze in een rouwjurk! Stel je voor! Ze zou de keizer, de machtigste man van het hele rijk, misschien wel van de hele wereld, ontmoeten in een rouwjurk. Hij zat te strak dicht geregen. Hij was te zwart. De halslijn was te hoog. Helene wist dat ze zelf wel een lijk leek, doodsbleek en net zo stil.

En de plek waar zij en haar moeder zouden zitten maakte het nog erger: op pluchen gouden stoelen in de mooiste zaal die Helene ooit had gezien. Grote kristallen kroonluchters hingen aan kunstig beschilderde roze met witte plafonds. De muren waren in vele tinten blauw en grijs geschilderd die het paars in de marmeren zuilen en de goudkleurige kapitelen mooi uitdeden komen. En dan die vazen... o, die vazen! Zo prachtig beschilderd, met zo veel subtiele details en kleuren dat Helene er de hele dag naar kon kijken. Schitterend! Adembenemend gewoon. Maar ze wist ook dat de lichtheid van de zaal haar nog fletser zou maken.

Zó had ze zich haar eerste ontmoeting met Franz niet voorgesteld. Ze had het zo vaak voor zich gezien: in haar dagdromen droeg ze een witte jurk met geborduurde madeliefjes en had ze verse bloemen in haar haar waarvan de groene stengels en de roze blaadjes prachtig afstaken tegen het wit en goud van haar jurk. De blauwe pofmouwen versterkten het blauw van haar ogen. Franz' mond zou openvallen als hij haar zag. Dat zou een beetje ongepast zijn, maar hij zou het niet kunnen helpen.

Maar nu was alles anders. Zou hij haar wel leuk vinden? Waar moest ze de moed vandaan halen charmant te glimlachen als ze die verbijsterende entree niet kon maken? Ze had zich ook voorgesteld dat ze hem aan het lachen zou maken, maar ze had zich nog nooit zo weinig grappig gevoeld als nu. Lieve hemel, stel dat ze flauw zou vallen als hij binnenkwam? Die kans was niet gering. Om nog maar te zwijgen over het feit dat Sisi nergens te vinden was en de derde stoel leeg zou blijven.

'Helene,' zei haar moeder streng terwijl ze zich in de snikhete ruimte wat koelte toewuifde. 'Je ziet bleek. Knijp even in je wangen, kind. Stel dat je tante je zo zou zien.'

Haar tante. Nóg iets om je druk over te maken. De moeder van Franz. De ware macht achter de troon. Zelfs al zou Franz haar charmant vinden, dan was het nog Sophie op wie ze vooral indruk moest maken. Dat had moeder maar al te duidelijk gemaakt. Sophie was degene die het allemaal regelde. Stel dat ze Helene ongeschikt zou vinden? Bleek, misselijk en zenuwachtig? Ze huiverde bij de gedachte.

Helene wilde dat Sisi er was om haar gerust te stellen. Hoewel ze bij nader inzien niet veel aan haar zou hebben. Zoals gewoonlijk. Helene hoorde Sisi al praten: 'Het doet er helemaal niet toe of de aartshertogin je mag of niet; je trouwt toch zeker niet met haar?' En Helene zou tegen haar uitvallen omdat Sisi maar niet leek te begrijpen dat Helene door keizerin te worden het hele pakket trouwde: de positie, de man, de familie en het hele keizerrijk.

Sisi zag nooit de ernst ergens van in. Nooit. Helene wist dat dat kwam doordat haar vader haar tot op het bot had verwend. Omdat hij haar had meegenomen op zijn belachelijke uitstapjes naar het platteland waar ze bergwandelingen maakten en aten met dorpsbewoners. Alsof ze niet tot de adelstand behoorden.

Sisi genoot van dat soort dingen. Van elk nieuw avontuur en iedereen die ze tegenkwam. En die mensen genoten ook van haar. Ze hoefde nooit haar best te doen geliefd te zijn, ze hoefde zich geen zorgen te maken dat iemand haar niet zou mogen.

De enige die niet van Sisi hield was haar moeder, maar Helene vermoedde dat haar moeder van niemand hield. Ze waardeerde iemand, of niet. Met name die laatste lijst was behoorlijk lang.

In de kamer was het nu doodstil. De rouwjurken die moeder en zij droegen sloten naadloos bij de sfeer aan. Helene beet op de binnenkant van haar wang en wenste dat ze niet zo lang op de keizer hoefden te wachten; ze wenste zelfs dat Sisi zich al bij hen had gevoegd. Dat ze niet halverwege de introductie van de gasten binnen zou stormen, blootsvoets, modderig en bezweet.

Helene had Sisi nodig. Met schoenen aan. Waarom kon haar zus dat niet voor haar opbrengen? Waarom kon ze zich niet voor één keer normaal gedragen?

13

ELISABETH WIST DAT ZE TE LAAT ZOU KOMEN EN DAT HAAR moeder woedend zou zijn. Bij dat besef kromp haar hart ineen. Ze was te lang in de tuin gebleven; leunend tegen de stam van een boom had ze in haar hoofd gedichten geschreven. De gedichten van vandaag gingen over toevallige ontmoetingen, verlegen glimlachjes en rijzige mannen. Toen ze haar kleding in orde had gemaakt en door de gangen rende bleven de regels door haar hoofd spelen:

Haar rode lippen glansden van leven en liefde
Ik zag duidelijk de slanke contouren van zijn lichaam
In het tegenlicht
Maar de details, verborgen in de schaduw
Waren onmogelijk te ontwaren

Elisabeth was trots op deze regels, maar nu kwam ze te laat. Ze had Helene beloofd geen moeilijkheden te veroorzaken tijdens dit uitstapje, ze had beloofd zich te gedragen. En als ze niet op tijd terug zou zijn om met gekruiste enkels naar haar toekomstige zwager te glimlachen zou ze op haar kop krijgen.

Bij die gedachte ging haar hart sneller kloppen. Franz. Hij had gelachen alsof ze de charme in eigen persoon was. Hoe zou hij zijn tijdens hun tweede ontmoeting, als hij werd omgeven door alle pracht en praal die het paleisleven, en haar moeder, met zich meebrachten? Hoe zou ze zich voelen als ze hem weer zag? Meteen riep ze zichzelf tot de orde. Het ging niet om haar gevoelens, maar om die van Helene. Zíj was degene die met hem ging trouwen.

Toen ze nóg een paar voetstappen hoorde verstijfde ze. Ze was bijna bij de salon waar ze de keizerlijke familie zouden ontmoeten, maar nu kwam er van de andere kant iemand de hoek om. Beschaamd omdat ze te laat was dook ze impulsief in de dichtstbijzijnde erker en verstopte zich achter het donkerpaarse gordijn.

De voetstappen hielden vlak bij haar stil, en Elisabeth voelde zich rood worden van schaamte. Waarom had ze zich verstopt? Ze moest zo snel mogelijk die salon zien binnen te komen, maar als ze achter het gordijn vandaan kwam zou degene die daar stond weten dat ze zich had verstopt. Ze zou zich belachelijk maken. Ze zouden denken dat ze gek was.

Aan de andere kant van het gordijn klonk een vrouwelijke stem die Italiaans sprak. Elisabeth was blij dat ze Italiaans had geleerd, ze kon alles woordelijk volgen. 'Stel je al die gezichten in Venetië eens voor als ik vertel dat ik op de verjaardag van de keizer ben geweest! Ze schrikken zich dood!'

Nieuwsgierig gluurde Elisabeth door een kier in de gordijnen. De spreekster was een vrouw met een olijfkleurige huid; ze leek iets ouder dan Helene, haar ogen straalden van opwinding en ze lachte innemend. Naast haar stond een kleine man met blond, warrig haar en imposante bakkebaarden. Hij staarde ongeïnteresseerd voor zich uit, zijn marineblauwe jasje hing open met een nonchalance waarvan Elisabeth wist dat die opzettelijk was. Ze wist niet of ze het aantrekkelijk of gevaarlijk moest vinden.

De man geeuwde en draaide zich om naar het gordijn. Met

bonkend hart trok ze zich terug. Zouden al haar ontmoetingen zo verlopen: eerst verstoppen en dan ontdekt worden? En dit keer had ze geen vogeltje waarmee ze haar gedrag kon rechtvaardigen.

De voetstappen begonnen zich te verwijderen en Elisabeth gluurde nog even om het hoekje. Het stel stond nu te wachten aan de voet van de trap, en toen ze zag op wie stokte Elisabeths adem in haar keel.

Aartshertogin Sophie: donkere ogen, donkere haren, bleke huid, met een kleine hartvormige moedervlek aan het einde van een perfect gevormde wenkbrauw, net als op de portretten die Elisabeth van haar kende. Ze droeg een jurk waarvan haar moeder in zwijm zou vallen. Een luchtig geel bovenlijfje met ijsblauwe, met de hand geborduurde bloemen op de manchetten en de kraag.

Sophies reputatie was sterk als staal en scherp als een mes, en alles in haar verschijning leek dat te bevestigen. Haar rug kaarsrecht, haar gezicht in de plooi en elk haartje op zijn plaats. Ze was de boze koningin uit de sprookjes, de sirene die mannen naar de allesverzwelgende diepten lokte. Ze was de macht in eigen persoon, een schoonheid van steen en ijs en muren die je nooit zou durven beklimmen.

Achter haar kwamen twee jongens de trap af, waarschijnlijk haar zonen: de ene voor in de twintig, stijf in zijn uniform dat al donker kleurde van het zweet, en de andere nog een kind, niet ouder dan een jaar of negen. Hij zag er een beetje belachelijk uit in zijn mini-uniform. Hij klemde een mooie pop tegen zich aan met heldergroene ogen en een jurkje dat gemaakt was van honderden met de hand geknoopte strikjes. Als Elisabeth zich niet vergiste moest die oudste zoon Ludwig zijn en de jongen Lodewijk Victor, die ook wel Luzi werd genoemd. Dat betekende dat die ruige vent Maxi was.

Toen Sophie de onderste trede van de trap had bereikt, glimlachte ze. 'Maximilian, wat een aangename verrassing. Je bent er.'

De man gaf zijn moeder een handkus.

'Welkom, mooie jongen van me.' Onmiddellijk werd de blik in Maxi's ogen rauw en kwetsbaar, een groot contrast met zijn liederlijke grijns van even daarvoor.

Elisabeth voelde een bekende steek door haar hart, het besef dat ze niet getuige hoorde te zijn van deze persoonlijke ontmoeting. Ze dook weer weg achter het gordijn en drukte haar handpalmen tegen haar warme, beschaamde wangen.

'En wie is dit?' Sophies luide stem weerklonk door de hal.

'Dit is de betoverende Francesca, barones van... iets.'

Elisabeth glimlachte. Maxi was grappig. Misschien waren ze allemaal wel grappig. Misschien had ze de keizerlijke familie verkeerd ingeschat toen ze ervan uitging dat ze net zo zouden zijn als de hertogen die ze had ontmoet. Maar de hertogen moesten zichzelf steeds weer bewijzen, en dat gold niet voor de keizerlijke familie. Dat zij zich grapjes konden veroorloven leek logisch.

'Ik dacht dat de Italianen ons op dit moment verachtten.' Weer een grapje, dit keer van Sophie.

'De barones kwam spontaan langs. Ik kon het je niet meer laten weten.'

Elisabeth gluurde weer door een kier in de gordijnen.

'Ach lieverd, dat geeft niets. Wat jij doet is helemaal niet belangrijk.' Sophie klonk toegeeflijk, maar aan de uitdrukking op Maxi's gezicht kon Elisabeth zien dat haar woorden hard aankwamen. Ze wist hoe het voelde als je er niet toe deed in de ogen van je moeder. Ze had met Maxi te doen.

'Waar zit Franz toch?' vroeg Sophie terwijl ze om zich heen keek. Voor haar was dit wellicht een onschuldige vraag, maar voor Maxi voelde het als een afwijzing, een andere manier van duidelijk maken dat hij niet belangrijk was. Dat zijn moeder met haar hoofd bij haar andere zoon zat.

'Die stikt waarschijnlijk onder de rokken van zijn maîtresse.' Maxi's stem klonk kalm maar verbitterd.

Elisabeth was verbijsterd. Was Maxi het type dat zomaar iets schokkends zou zeggen om zijn moeder op stang te jagen, of was Franz echt bij een andere vrouw? Haar hart kromp ineen. Zou Helene hetzelfde lot ondergaan als hun moeder en net moeten doen alsof haar man niet schaamteloos vreemdging?

Ook Sophie reageerde in eerste instantie verbaasd, maar al snel maakte die verbazing plaats voor afkeuring. 'Lieverd, Franz zou deze verbintenis nooit in gevaar brengen. Wees voorzichtig met wat je zegt.'

'Moeder, laten we niet net doen alsof hij geen geheimen voor ons heeft. We hebben allemaal geheimen. Jij ook.'

'Keizerlijke Hoogheid, uw gasten wachten op u in de salon,' kondigde een lakei aan.

Elisabeth gluurde om het gordijn en zag het groepje de hal door lopen. Ze wist dat de salon nog een andere ingang had. Ze zou nog op tijd kunnen komen, maar dan moest ze rennen.

Nauwelijks zat Elisabeth, rood aangelopen en buiten adem, op haar stoel toen een lakei de dubbele deuren opentrok en de salon in liep. 'Hare Keizerlijke Hoogheid de aartshertogin, en Hunne Keizerlijke Hoogheden de aartshertogen van Oostenrijk.'

Helene wierp Sisi een paniekerige blik toe. Ze had rode vlekken op haar wangen van de zenuwen, maar al snel kwam aartshertogin Sophie binnen en waren alle blikken op haar gericht. Hier stond een vrouw die ruimte kon innemen zoals Elisabeth dat tot nu toe alleen mannen had zien doen. Respectvol ging iedereen staan en maakte een buiging of een reverence.

'Ludovika, lieve zuster,' zei Sophie terwijl ze naar moeder liep en haar op beide wangen kuste.

'Excuses voor onze kleding,' zei moeder onderdanig. 'Er is iets misgegaan met de koffers.'

Sophie staarde naar de rouwjurken en keek moeder verbijsterd aan. Elisabeth wist niet of het uit teleurstelling of toegeeflijkheid was. Daarna liep Sophie naar Helene, maar net toen ze haar wilde begroeten kondigde de lakei aan: 'Zijne Majesteit de keizer.'

Iedereen verstomde. Elisabeth voelde haar adem stokken in haar keel. Uit een van haar vlechten ontsnapte een lok haar die in haar nek kriebelde. Ze keek opzij naar Helene, die eruitzag of ze elk moment kon flauwvallen.

Met stralende ogen liep Franz de salon binnen. Hij had zijn rijbroek en hagelwitte overhemd verruild voor een blauwgeruit jasje en een groene strik die zijn blond-bruine lokken mooi deed uitkomen. Hij leek zo licht, zo levendig, ook al stond zijn gezicht ernstiger dan eerder die ochtend in de tuin.

Hij liet zijn blik over de aanwezige vrouwen dwalen en bij Elisabeth...

... bleef hij haken.

Of misschien verbeeldde ze het zich.

'Dames.'

'Majesteit,' zei haar moeder met een buiging.

'Majesteit,' fluisterde Helene opgewonden.

'Majesteit,' zei Elisabeth met een knipoog.

Franz hield haar blik gevangen en er viel een stilte waar ze kippenvel van kreeg.

Sophie was degene die het zwijgen verbrak. 'Nou, dit is ze. Laat de keizer eens naar je kijken, Helene. Lijkt ze niet sprekend op haar portret?'

Helene boog het hoofd, maakte een reverence en stond stil zodat iedereen haar goed kon bekijken.

Na een poosje richtte Sophie haar blik op Elisabeth. 'En wie ben jij?'

'Dat is Sisi,' antwoordde moeder voordat Elisabeth iets kon zeggen.

'Elisabeth,' corrigeerde ze haar moeder voordat ze besefte dat dat ook wel eens onbeleefd over zou kunnen komen. Haar hart sloeg een slag over.

Elisabeth keek langs Sophie en zag dat zowel Franz als Maxi haar aanstaarde. Ze hielden hun hoofd schuin alsof ze elkaars evenbeeld waren, ook al wist ze inmiddels dat dat niet gold voor hun karakter.

Voordat ze zich kon verontschuldigen vroeg Franz: 'Hoe gaat het met het vogeltje?'

Elisabeth lachte, maar onmiddellijk boog ze haar hoofd en trok haar gezicht in de plooi. Ze mocht helemaal niet lachen. Niemand wist iets van het vogeltje, van de tuin, van hun toevallige ontmoeting. Van het feit dat ze samen gelachen hadden. En als ze eerlijk was wilde ze ook helemaal niet dat iemand dat wist, ze wilde niet dat iemand de magie van dat moment stuk zou maken. Het was zo volmaakt en zo kwetsbaar als een sneeuwvlok, die nu wegsmolt onder de starende ogen van haar familie.

14

Gelukkig hoefde Elisabeth zich niet nader te verklaren want een van de bedienden kwam zeggen dat de lunch werd geserveerd. De gasten stonden op en liepen naar twee schitterend gedekte tafels. Aan de andere kant van de zaal, onder een Habsburgse adelaar tegen een waterig, etherisch blauwe achtergrond, begonnen twee violisten te spelen. De melodieën dansten vrolijk door de ruimte.

'Wat was dat daarnet over een vogeltje?' fluisterde Helene terwijl ze Elisabeth passeerde op weg naar de tafel.

'Niets. Maak je geen zorgen.'

'Als de keizer ernaar vraagt is het niet niets.'

Elisabeth schudde haar hoofd.

'Helene, lieve, jij zit hier,' commandeerde Sophie. 'Naast Franz.'

Helene hield haar mond, knikte naar haar zus en liep de andere kant op. Elisabeth zuchtte van opluchting en volgde Sophies tweede bevel op om plaats te nemen aan de andere tafel, naast Luzi en zijn enorme pop, die op een eigen stoel naast hem zat. Dit was prima. Van alle gasten was Luzi de laatste die zou informeren naar een vogeltje. Misschien afgezien van barones Francesca, die tegenover haar zat en overduidelijk de conversatie in het Duits niet kon volgen. Maxi zat ook aan haar tafel, maar Elisabeth hoopte dat hij zijn date interessanter zou vinden dan haar vogel.

De lunch bestond uit een mals runderstaartstuk, gekookt in kruidige bouillon en geserveerd met mierikswortel en schijfjes appel. Elisabeth viel er vol overgave op aan; met haar mond vol kon ze Helene in elk geval niet beschamen, en kon ze ook niet tot zich door laten dringen dat Helene aan de andere kant van de tafel op gedempte toon met Franz zat te praten. Hij leunde schuin achterover om iets te vertellen over een van de schilderijen aan de muur, en zij glimlachte.

Was dit hoe verliefdheid eruitzag?

Aan de andere kant van de tafel voerde Maxi geanimeerd het woord. 'De tsaar heeft onze hulp nodig om de sultan te verjagen en het Ottomaanse Rijk te verdelen.' Hij boog zich voorover naar Luzi. 'Maar dat is een slecht idee.'

'Waarom?' vroeg Luzi.

'Omdat de Britten en de Fransen het niet goed vinden. Het zou een onnodige oorlog worden.'

'Is Habsburg onverslaanbaar?' Luzi was een ernstig kind. Net als Spatz. Opeens miste Elisabeth haar zusje zo erg dat het pijn deed.

'Niemand is onverslaanbaar, Luzi. Zelfs Habsburg niet,' antwoordde Maxi.

De gedachte aan een oorlog bezorgde Elisabeth de kriebels. Zou Franz de tsaar te hulp komen? Wat zou dat betekenen voor Habsburg? Wat zou dat betekenen voor Helene als toekomstige keizerin? Er was al een keer een aanslag gepleegd op Franz, zou er nog een volgen?

Elisabeth keek uit haar ooghoeken naar Luzi die zorgvuldig een losgeraakte strik van zijn pop vastmaakte. Ze fronste. Dat kind zou gewoon kind moeten kunnen zijn, zonder al dat gepraat over oorlog. Ze vouwde de gele waaier die ze had gekregen open. Toen Luzi klaar was met zijn klusje ving ze zijn blik en trok malle gezichten naar hem van achter de veren van haar waaier. Hij grinnikte en ontspande een beetje.

'Is hij altijd zo?' fluisterde ze samenzweerderig terwijl ze in de richting van Maxi keek.

Nu lachte Luzi breeduit. Net als Spatz vond hij het heerlijk geheimzinnig te doen met een volwassene.

'Wat is je haar prachtig ingevlochten, Helene.' Sophies stem klonk vanaf de andere tafel. 'Vind je ook niet, Franz?'

'Heel mooi,' zei Franz vriendelijk.

'Ik doe het zelf,' antwoordde Helene, bescheiden als altijd.

'Helene is nog geen dag van haar leven moeilijk geweest.' Moeders stem klonk zoals gewoonlijk twee keer zo hard als die van een ander.

En zoals gewoonlijk loog ze ook weer.

Wat was moeder tekeergegaan die dag bij de rivier. Helene was niet haar volmaakte engeltje, die dag was Helene haar állermoeilijkste kind. Om nog maar te zwijgen over die keer dat Helene een nestje jonge slangen in de tuin had gevonden en mee naar binnen had genomen om ermee te spelen. Of die keer dat hun vader hen mee de stad in had genomen en hen op het plein liedjes had laten zingen voor geld. Of toen Helene in een diefstalfase zat en warme pasteitjes van vensterbanken pikte die zij en Elisabeth dan onder de treurwilg bij de rivier opaten.

Elisabeth hoopte dat die Néné nog bestond. Dat ze zich alleen maar verborgen hield voor hun moeder, iets wat ze zelf nooit zou doen. Ze keek naar haar zus in de hoop dat ze haar van een afstandje kon steunen, maar haar zoekende blik vond Franz. Zwijgend zat hij naast Helene, die met Sophie in gesprek was, en staarde...

... naar haar.

De haartjes op haar arm gingen overeind staan. De eetzaal werd steeds kleiner. Met haar ogen volgde ze de elegante boog van zijn wenkbrauwen, zijn krachtige kin, en zijn lippen die een gemoedstoestand uitdrukten die het midden hield tussen nieuwsgierigheid en ernst. Wat dacht hij? Wat zag hij als hij naar haar keek?

'En jij?' Maxi verbrak de betovering. Elisabeth schrok op en draaide zich naar Maxi. 'Welke zus ben jij? De saaie of de stoute?'

Elisabeth keek de schavuit vragend aan en beroerde zachtjes de huid van haar gezicht met de veren van haar waaier. Dit was niet het soort vraag die je tijdens een formele lunch stelde, maar hij was dan ook niet het type voor formele lunches. En zij eerlijk gezegd ook niet.

Elisabeth kaatste de vraag terug. 'Wat denk je zelf?'

Nu begonnen Maxi's ogen te glinsteren van herkenning. 'Dat dacht ik al.'

Onwillekeurig begon Elisabeth te lachen en ze klapte de waaier in.

Nu keek hij naar de andere tafel met dezelfde samenzweerderige blik waarmee zij even daarvoor naar Luzi had gekeken. 'En die zus van je, is dat de juiste vrouw voor mijn broer?'

Elisabeth hield Maxi's blik vast. 'Dat lijkt me iets waar Zijne Majesteit zelf over moet beslissen. En mijn zus natuurlijk.'

'Nou kijk, ik moet namelijk alle potentiële bruiden goedkeuren.'

Elisabeth schudde lachend haar hoofd. 'Klinkt als een belangrijke taak.'

'Dat is het ook.' Grijnzend leunde Maxi achterover op zijn stoel. 'Maar ik denk dat jij degene bent die gaat trouwen.'

Elisabeths hart klopte in haar keel. Had Maxi gezien hoe ze naar Franz keek? Had Franz iets tegen hem gezegd? Dat kon haast niet. Ze hadden maar één keer met elkaar gesproken, alleen over dat vogeltje en over dat ze zich had verstopt in de tuin.

'Pardon?'

'Nou, jij zult nooit dik worden. Dat zie ik aan je polsen.'

Elisabeth wist niet goed of dit antwoord een opluchting was of een belediging. Hij had haar niet naar de verloofde van haar zus zien staren, maar hij had wel naar haar polsen gekeken en voor zich gezien hoe ze er over tien jaar uit zou zien. Was dat het belangrijkste van een echtgenote? Dat ze niet dik werd? Het deed er blijkbaar niet toe of ze aardig was, of slim, of ze zich om anderen bekommerde of van haar man hield of niet, als ze maar niet dik was. Waar maakten mensen zich toch druk om?

Elisabeth haalde haar handen van tafel. Zonder iets in de gaten te hebben ging Maxi door. 'Zij daar' – hij wees met zijn vork naar Francesca naast hem die opschrok van het plotselinge gebaar – 'is andere koek. Ik moet maken dat ik wegkom voordat het te laat is.'

Elisabeth zweeg. Grappig zijn was één ding, maar dit was ongepast.

'Maak je geen zorgen,' zei Maxi die haar afkeuring verkeerd begreep. 'Ze verstaat er niets van.'

Hij glimlachte naar Francesca, die snel van de een naar de ander keek.

'Je bent beeldschoon,' zei hij in het Italiaans.

'Dank je,' zei ze vrolijk.

Maxi boog zich naar haar toe en deed net alsof hij in haar nek beet. Giechelend leunde ze achterover. Dit deed Elisabeth op een onplezierige manier aan haar vader denken en beschaamd keerde ze zich af. Naar dit soort liederlijk gedrag hoefde ze niet te kijken.

Nu werd de taart geserveerd. Luzi zette de enorme hoed van zijn pop recht en voerde haar mooie rozenmondje kleine stukjes taart. Elisabeth lachte, blij dat haar aandacht van Maxi werd afgeleid.

Maar daar dacht Maxi anders over. 'Luziwuzi, je verpest mijn eetlust,' zei hij. 'Misschien kun je beter in je kamer je pop gaan aaien.'

Met een ruk keek Elisabeth op. Dit ging te ver. Ze rechtte haar rug en keek Maxi strak aan. 'Wat grappig. Ik wilde net hetzelfde tegen jou zeggen.'

Ze had waarschijnlijk luider gesproken dan ze zelf wist, want de hele zaal viel stil. Ze beet op haar tong. Dit is niet wat moeder bedoelde met 'je gedragen'. Zou moeder meteen de koets laten voorrijden om haar naar de inrichting te brengen? Of zou ze daarmee wachten tot ze weer thuis waren? Moeilijk te zeggen.

Maar Maxi staarde haar aan met iets van... geen walging of krenking, zoals ze had verwacht. Meer... bewondering.

Verrukking zelfs.

Alsof hij elk moment in lachen uit kon barsten.

Elisabeth keek vanuit haar ooghoeken naar Franz en in zijn blik zag ze iets vergelijkbaars: geen afkeuring, meer verbazing. En ook iets van vrolijkheid; rond zijn mondhoeken, zijn ogen, de boog van zijn wenkbrauwen.

Naast hem wierp Helene haar een beschaamde blik toe. Elisabeth schudde bijna onmerkbaar haar hoofd in de hoop dat haar zus dat als een verontschuldiging zou beschouwen. Ze meed de ogen van haar moeder.

Elisabeth leunde over tafel. 'Vergeef me. Dat bedoelde ik niet zo.'

Maxi lachte, zijn gezicht klaarde op en hij schudde verbaasd zijn hoofd.

Hij vond het grappig, dacht ze opgelucht, en verheugd constateerde ze dat dit gedrag van haar, dat haar meestal afkeurende blikken van haar moeder opleverde, nu opeens... wat? Charmant werd gevonden?

Ze keek in de richting van Helene en zag dat moeder en Sophie een blik van verstandhouding wisselden. Oké, niet iedereén vond het charmant.

'Zullen we even een eindje gaan wandelen?' stelde moeder voor. 'Dan kunnen de jongelui elkaar wat beter leren kennen, zonder gestoord te worden.' Elisabeth voelde de steek onder water.

'Een middagwandeling, wat een geweldig idee.' Sophie stond op en iedereen volgde haar voorbeeld.

Helene glimlachte verlegen naar Franz, en langzaam maar zeker vonden Franz' ogen die van haar. Ook hij glimlachte.

Elisabeth drukte haar vingernagels in haar handpalm.

Hou op!

Laat je zus verliefd worden.

15

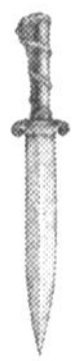

FRANZ BOOG ZICH OVER DE GROEN-WIT GEMARMERDE WAStafel en spatte water in zijn gezicht. De hele maaltijd had hij geprobeerd zich op Helene te concentreren, elke glimlach en elk knikje had hij beantwoord, maar aan de randen van zijn gezichtsveld was steeds Elisabeth opgedoken. Ze had haar gele waaier voor haar gezicht gehouden, iets tegen Luzi gefluisterd en Maxi op zijn nummer gezet.

Maxi op zijn nummer gezet. Hij had er oprecht om moeten lachen, en ook nu krulden zijn mondhoeken omhoog als hij eraan dacht. Hoe kon hij zich nou op Helene concentreren als er aan de andere tafel zo veel gebeurde?

Hij droogde zijn gezicht af en staarde naar zijn spiegelbeeld. Zijn moeder zou het vreselijk vinden wat hij nu dacht, hoe geïntrigeerd hij was door de zus van Helene.

Even dacht hij terug aan een gesprek dat hij een jaar geleden had gevoerd, nog vóór de aanslag op zijn leven, nog vóórdat hij ooit van Helene had gehoord. Na maandenlang hertoginnen en prinsessen te hebben ontmoet voor wie hij helemaal niets voelde, had Franz gevraagd waarom hij niet zelf zijn bruid uit mocht kiezen. Zijn moeder vond dat een domme vraag en zei dat het erom ging dat ze het juiste meisje vonden voor de positie naast Franz. 'Verliefd worden is niet belangrijk. Aardig vinden is genoeg, dat is al meer dan de meesten van ons in hun huwelijk hebben meegemaakt.'

Franz wist dat ze ook over haar eigen huwelijk sprak. Zijn vader aanbad zijn moeder, zij was alles voor hem. Hij was de zonnebloem, zij de zon. Maar Franz wist ook dat zijn moeder niet hetzelfde voor hem voelde. Hij had haar eens horen zeggen dat ze van zijn vader hield als van een kind dat haar zorg nodig had. Misschien was dat ook wel de reden dat zijn vader niet meer bij hen woonde: Sophie was het beu om nóg een kind op te voeden.

En nu werd Franz geacht Helenes zon te zijn. Wat zou zijn moeder zeggen als hij haar vertelde dat hij helemaal niet de zon wilde zijn, maar liever de zonnebloem met zijn kopje richting...

Er werd op de deur geklopt. Een bediende kwam waarschuwen.

'Ik kom!' riep hij en rechtte zijn rug.

Hij vroeg zich af wat zijn moeder zou zeggen als hij haar vertelde dat niet Helene maar Elisabeth die stralende zon was. Hij herinnerde zich weer een ander gesprek en meteen voelde hij een knoop in zijn maag.

'Haar familie is wel een beetje wild, moet je weten,' had zijn moeder in de koets op weg hierheen gezegd.

'Hoezo wild?'

'Nou, om te beginnen gaat haar vader met boeren om. Weet je nog dat hij in zijn boek voor de grap beweerde dat wij hem censureerden? Belachelijk. En dan heb je nog dat jongere zusje, Sisi. Mijn zus zegt dat ze altijd ergens in de bergen rondhangt in plaats van haar lessen te volgen.'

Dat had hij toen best grappig gevonden, maar nu deed de herinnering pijn. Het was het bewijs dat zijn moeder Elisabeth niet waardeerde en dat ook nooit zou doen.

‘Maar laten we ons niet druk maken over Helenes familieleden. Daar kunnen we niets aan doen. Richt je vooral op Helene zelf. Je zult haar aardig vinden, en op den duur zul je van haar gaan houden. Vergeet je plicht niet. Elk keizerrijk heeft een keizerin nodig.’

Op dat moment waren die woorden slechts woorden geweest. Hij had zich voorbereid op een huwelijk met Helene, in het belang van Habsburg. Maar nu was er iets verschoven. Iémand had iets verschoven. En de woorden van zijn moeder waren in ketenen veranderd, ketenen die hem steeds meer beknelden.

16

MET DE ZAKEN WAAR MOEDER ZICH IN VERGISTE KON JE alle hoeken en gaten van de Kaiservilla vullen, ze zouden de zuurstof kunnen opzuigen uit alle elegante, etherische, goudomrande kamers. Ze vergiste zich als ze zei dat Franz alleen maar wilde dat Helene mooi en bescheiden was. Ze vergiste zich in haar aanname dat alles goed zou komen als Helene zich maar aan de regels zou houden, en ze vergiste zich als ze dacht dat een wandelingetje kon goedmaken wat steeds duidelijker zichtbaar werd: Franz was niet geïnteresseerd.

Toen Helene zich nog niet aan de regels hield was ze gelukkiger geweest. Toen ze nog kikkers onder haar rokken verborg en met Elisabeth naar de sterren lag te kijken. Ze was zelfs gelukkiger toen haar moeder haar sloeg omdat ze verse pasteitjes had gepikt, en zij uit wraak een van haar moeders favoriete oorbellen had verstopt en tevreden toekeek hoe haar moeder tekeerging toen ze het ding niet kon vinden.

Was ze maar thuis. In elk geval niet hier, waar ze zo haar best deed de man te bereiken met wie ze zich geacht werd te verloven, en merkte dat die inspanning niet van twee kanten kwam. Ze deed zo erg haar best dat ze het er benauwd van kreeg, maar sinds ze hier waren was alles misgegaan. Eerst de jurken, toen de ontmoeting met Franz, en daarna de lunch waarbij Sisi hen allemaal te schande had gemaakt.

Nu wandelden ze door de tuinen, misschien wel de meest magische tuinen die Helene ooit had gezien. Een speels stroompje kringelde door het groen, overal stonden bloemen in alle kleuren, van stralend paars tot roomwit, en hier en daar voorzag een groepje bomen in de behoefte aan schaduw. Langzaam kuierden ze langs gedecoreerde fonteinen en over paadjes met perfect ingelegde stenen. Het rook naar rozen en kamperfoelie. Het had volmaakt kunnen zijn, maar het enige wat Helene voelde waren zonnestralen die als een moker door haar parasol beukten, muggen die in haar bezwete huid prikten, en de afstandelijkheid van de man die naast haar liep.

De tranen sprongen haar in de ogen.

'Ik heb een cadeautje voor je,' zei ze toen ze over een paar smalle, met mos begroeide treden liepen en ze Franz' uitgestoken hand beetpakte. 'Voor je verjaardag.'

Ze trok een pakje onder de band van haar rok vandaan. Tot haar grote schrik voelde ze dat het dunne pakpapier klam was van haar zweet. Ze was bang dat ze flauw zou vallen van schaamte.

Verbaasd mompelde Franz een bedankje en nam het aan zonder haar hand aan te raken. Alsof hij bang was vergiftigd te worden.

Het was natuurlijk ook niet de bedoeling dat ze elkaar aan zouden raken, behalve als hij haar een trap af hielp of haar hand kuste ter begroeting. Toch wilde Helene dat hij dat wel zou doen. Misschien zou ze iets voelen als hij haar aan zou raken. Misschien zou haar huid zich ontspannen als een knappend elastiek en haar bevrijden uit deze ellendige spanning.

Maar Franz deed beleefd een stapje achteruit en pakte het cadeautje uit. Het was een zakdoek die ze had geborduurd. Destijds hadden de groene, paarse en blauwe bloemetjes die zo prachtig afstaken tegen het roomwit van het doekje haar gelukkig gemaakt. In een hoek had ze een F geborduurd, in dezelfde stijl als het lint dat de bloemen bij elkaar hield.

'Heb je dit zelf gemaakt?'

'Ja, majesteit.'

'Dank je,' zei hij met een flauw glimlachje.

Franz stopte de zakdoek in het borstzakje van zijn jas en liep verder. Zwijgend liep Helene achter hem aan. Vond hij het echt mooi? Ze had niet verwacht dat hij in verrukking zou zijn, helemaal niet, maar toch had ze graag zijn gezicht beter kunnen lezen. Het was een vriendelijk, maar ondoorgrondelijk gezicht. Als ze deze stilte maar konden verbreken zou ze van dat gezicht kunnen houden.

Misschien had Sisi al die tijd gelijk gehad. Helene had gedacht dat ze de juiste keuzes had gemaakt: volwassen worden, haar verantwoordelijkheden serieus nemen en haar eigen mening voor zich houden. Ze had de kant van hun moeder gekozen, en aanvankelijk leek dat de juiste keuze. Ze zou er een verloving en een keizerrijk voor terugkrijgen. Maar nu leek die beloning erg mager voor alles wat ze had opgegeven. Dit uitstapje zou haar groter, belangrijker, geliefder moeten maken, maar in plaats daarvan voelde ze zich steeds kleiner worden. Hoe kon Franz nou ooit verliefd op haar worden als ze zichzelf amper de moeite waard vond? Ze had al haar scherpe kantjes afgevijld, en het enige wat er overbleef waren zenuwen.

'Ben je hier al eens vaker geweest?' vroeg Franz eindelijk.

Helene raakte in paniek. Bedoelde hij nou het paleis, de tuinen of nog iets heel anders? Het enige wat ze kon bedenken was: 'Nee.'

'En wat vind je ervan?'

Helene besloot dat hij het over de tuinen moest hebben.

'Prachtig!' Ze wilde er nog iets substantiëlers aan toevoegen, maar haar keel zat dichtgesnoerd. Moeder had tegen haar gezegd dat ze niet te veel mocht praten, maar nu kreeg ze toch het gevoel dat ze Franz teleurstelde.

'Fijn.' Franz was een en al beleefdheid en glimlachte vriendelijk naar haar.

Zwijgend liepen ze verder. De warmte drukte zwaar op Helene, en het koude zweet liep over haar rug, kroop onder haar oksels en vormde druppeltjes op haar voorhoofd. Ze probeerde ongemerkte de druppeltjes weg te vegen voordat ze in haar ogen zouden belanden.

Toen Franz dat zag kwam hij naar haar toe. Helenes hart sloeg een slag over. Zou hij haar nu aanraken?

Maar nee. In zijn handen had hij het zakdoekje dat zij zo ijverig voor hem had geborduurd. Heel even vroeg ze zich af of hij het terug wilde geven en ze kromp ineen van schaamte. Er was nog niet eens een vonk overgesprongen, dat moment waarop twee zielen elkaar herkennen waarover je in gedichten altijd las. En nu zag hij haar al badend in het zweet, en moest hij haar hoffelijk beledigen door haar een zakdoek aan te bieden.

Ze nam het zakdoekje aan en depte opgelucht maar schaamtevol haar voorhoofd. Ze wist niet goed of ze het zakdoekje weg moest stoppen of teruggeven aan Franz, en dus hield ze het discreet in haar hand.

Een eindje achter hen keek moeder tevreden toe. Van een afstandje had het aanbieden van het zakdoekje er waarschijnlijk heel galant uitgezien. En misschien was het dat ook. Misschien zaten Helenes twijfels haar zelf in de weg. Die vonk kon bij een eerste ontmoeting toch niet overspringen als een bosbrand, of wel? Nee, de liefde moest groeien. Een zakdoekje aanbieden was geen belediging, het was een zaadje. Beleefde conversatie ook.

Het moest groeien.

Bij die gedachte vatte ze moed, en zachtjes legde ze twee vingers op Franz' arm. 'Bedankt voor de wandeling.'

17

Als Spatz bij hen was geweest zou ze denken dat het park betoverd was. Elisabeth zag het al voor zich: ze zou pretlichtjes in haar ogen krijgen, ze zouden allebei in holle bomen gluren op zoek naar fladderende elfenvleugeltjes. Ze zouden hun vingers over boomstammen laten glijden en hun gezicht schaamteloos tegen de schors duwen. Ze zouden de geur van de met mos begroeide stenen opsnuiven en de koele lucht die opsteeg van de beekjes. Elisabeth wilde dat ze haar zusje deze plek kon laten zien, ze zou het hier fantastisch vinden.

Dit poëtische park was de perfecte plek om verliefd te worden, en dat was precies wat Helene op dat moment aan het doen was. Ze kon het gesprek dat Helene met Franz voerde niet verstaan, maar ze kon zien dat ze met elkaar praatten en dat Helene hem de zakdoek aanbood waar ze zo veel uren aan had gewerkt. Elisabeths hart kromp ineen. Wat zou zij graag zo verliefd worden!

Achter haar waren moeder en Sophie diep in gesprek.

'Maak je geen zorgen zus, Franz vraagt haar heus wel ten huwelijk,' zei Sophie warm en vol zelfvertrouwen.

'Omdat alle mannen in jouw familie doen wat jij zegt?' vroeg haar moeder. Het was bedoeld als een grapje, maar moeder was niet zo goed in grapjes.

Toen Elisabeth omkeek zag ze dat Sophie haar hand op haar moeders arm legde. 'Omdat hij weet dat het het juiste is.'

Wat zou het fijn zijn als je altijd wist wat het juiste was, dacht ze.

'En nog bedankt dat je die zwerver thuis hebt gelaten,' zei Sophie.

Elisabeth werd overspoeld door verontwaardiging. Zeker, haar vader was een vreemde man en een ontrouwe echtgenoot, maar de kwalificatie zwerver verdiende hij niet. Ze wist dat het hof niet erg onder de indruk was geweest van zijn boek, vooral niet van de grapjes over de censuur die de koninklijke familie zou hebben opgelegd. Vreemd dat Sophie zo weinig gevoel voor humor had, zeker met een zoon als Maxi, die haar vaders grapjes ongetwijfeld buitengewoon leuk had gevonden.

'O, hou op alsjeblieft! Het laatste waar mijn man zin in heeft is zijn broek aantrekken en op reis gaan!' grapte moeder.

'Hij zou bij mijn Karl in Auhof moeten intrekken.' De vrouwen lachten.

'Margarete!' Sophie liet het onderwerp vallen en wendde zich tot een hofdame die zwijgend achter hen aan liep. 'Zou je vanavond voor wat muziek willen zorgen?'

'Iets levendigs, Uwe Keizerlijke Hoogheid?'

'Integendeel. Ik wil graag iets teders.' Sophies stem klonk tevreden en Elisabeth hoefde maar naar Helene te kijken om te begrijpen waarom. Zij had haar hand op Franz' arm gelegd en hij glimlachte naar haar.

Die glimlach maakte Elisabeth op een onverklaarbare manier verdrietig. Alsof ze iets was kwijtgeraakt, haar favoriete ring die in het meer was gevallen, een lievelingsgedicht verdwenen door geknoeide inkt. De aanraking was maar heel kort geweest, maar Elisabeth kon haar ogen niet meer van hen afwenden. Ze ging wat harder lopen om de hoopvolle conversatie tussen Sophie en haar moeder niet te hoeven aanhoren, en vroeg zich af hoe beledigd zij zouden zijn als ze tussen de bomen zou verdwijnen.

Achter haar mengde zich opeens een man in het gesprek, waardoor haar aandacht werd afgeleid van Franz en Helene die nu tussen de bomen uit het zicht verdwenen.

Maxi kwam naast haar lopen.

'Dat was behoorlijk bot van je, vanmiddag.' Er klonk geen verwijt door in zijn stem, alleen vermaak.

'Nogmaals mijn excuses.'

'Niet nodig. Je was gewoon eerlijk. Niemand is ooit eerlijk tegen mij.'

Maxi klonk zo oprecht dat Elisabeth haar blik losrukte van de plek waar Franz weer tevoorschijn moest komen. Ze had gehoopt dat ze kon horen wat hij tegen haar zuster zei.

'Ik vond het leuk,' zei Maxi.

Ze draaide zich naar hem toe, glimlachte en keek naar zijn gezicht. Het had iets charmants. Ze kon zien waarom hij zowel gevaarlijk als geliefd was.

'Als je me wat beter kent zul je zien dat ik geen slecht mens ben,' zei hij toen ze afdaalden over een stenen trapje dat was begroeid met mos en overwoekerd door klimop.

'Dat wil ik wel geloven.' En dat was ook zo. Hij was tijdens de lunch onbeschoft geweest tegen Francesca, maar een mens was meer dan zijn laakbare gedrag.

'Ik ben het zwarte schaap van de familie, net als jij.'

Elisabeth keek hem vragend aan.

'We zouden een bondje moeten vormen.' Hij stapte van het pad af en plukte een felgele bloem, die hij haar met een ernstig gebaar aanreikte. Hij kwam iets te dichtbij en rook naar cederhout en kaneel. Verwachtingsvol hield hij de bloem voor Elisabeth.

Francesca liep slechts een paar meter achter hen en Elisabeth draaide zich om en wenkte haar. Vanuit haar ooghoeken zag ze Helene en Franz weer tevoorschijn komen.

'Barones, de aartshertog was juist naar u op zoek. Kijk eens wat hij voor u heeft geplukt,' zei ze in gebrekkig Italiaans.

Francesca stak haar neus in de lucht en trok veelbetekenend haar wenkbrauwen op zodat Maxi geen andere keus meer had dan haar de bloem aan te bieden. Elisabeth bespeurde enige teleurstelling op Maxi's gezicht.

'*Grazie*,' mompelde Francesca liefjes en gaf hem toen een klap met haar wandelstok. Geen Duits verstaan was iets anders dan geen lichaamstaal verstaan. Elisabeth glimlachte; als haar Italiaans beter was zou ze misschien vriendinnen kunnen worden met Francesca.

In de verte hoorde ze Helene lachen en meteen werd ze overspoeld door emoties. Vreugde omdat ze Helene graag hoorde lachen, maar ook de verpletterende wetenschap dat het Franz was die Helene aan het lachen had gemaakt en, erger nog, dat zíj degene zou willen zijn die lachte.

18

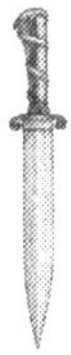

Franz was het zijn moeder verschuldigd beter zijn best te doen. Tijdens de lunch was hij stil geweest, beleefd maar ongeïnteresseerd, maar nu hij met Helene tussen de eikenbomen en de lentebloemen slenterde, deed hij zijn best. Nu ze langs de keurig gesnoeide heggen met scherpe blaadjes slenterden, deed hij zijn best. Nu ze over kleine houten bruggetjes liepen, en hun voetstappen in hetzelfde ritme weerklonken, deed hij nog meer zijn best. Hij stelde haar vragen, bedankte haar voor haar cadeau, gaf haar een hand om haar het stenen trapje af te helpen, en opnieuw toen ze het ronde terras op liepen waar ze even zouden rusten.

Haar moeder had gelijk. Ze was mooi en elegant. Ze zweefde meer dan ze liep, leek zich te schamen voor haar zweetdruppels, en keek verlegen naar beneden als hij een vraag stelde. Ze was alles wat een keizerin moest zijn.

Maar Franz was moe. Het kostte allemaal zo veel moeite. En dan die blik in haar ogen... Hij las teleurstelling omdat hij niets voor haar voelde. Ze was één brok hoop en zenuwen, stralende ogen en trillende handen, alles wat híj zou moeten zijn. In plaats daarvan voelde hij de plicht als een strop om zijn hals liggen.

Zijn moeder had hem duidelijk gemaakt dat liefde op het eerste gezicht niet bestond. Maar stel nou dat dat niet waar was? Stel dat liefde op het eerste gezicht hetzelfde was als stiekem lachen in de tuin? Een onverwachte glimlach tijdens het eten van taart? Stel dat liefde gemakkelijk zou zijn, als het gewoon zou gebeuren zonder al die inspanningen?

Franz klemde zijn kaken op elkaar, de gedachten tolden door zijn hoofd. Waarom kon hij niet gewoon tevreden zijn met zijn lot?

Al snel voegde de rest van het gezelschap zich bij hen. Moeder en Ludovika hadden hun hoofden bij elkaar gestoken en waren in gesprek verwikkeld. De bedienden serveerden hapjes en drankjes. En dan was er nog Maxi met zijn Italiaanse maîtresse die, zo besefte Franz opeens, sprekend op Isabella leek.

Franz nam een gekoeld drankje aan van een van de bedienden en gaf het aan Helene. Vanuit zijn ooghoeken zag hij zijn moeder goedkeurend toekijken. Dit was misschien wel de oplossing: de juiste dingen blijven doen, ook al voelden ze als niet juist.

Sophie bracht een toost uit. 'Op de keizer, mijn zoon, Franz Jozef, en zijn nieuwe levensjaar. Op het begin van een nieuw hoofdstuk.'

Ze doelde op een hoofdstuk met Helene, maar Franz wist dat ze niet alleen sprak over een huwelijk en nakomelingen. Ze herinnerde hem ook aan het grotere plaatje, het volgende hoofdstuk van de Habsburgse monarchie. Sophie vond dat hij een kant moest kiezen in het conflict tussen Rusland en Frankrijk, ze vond het maar niets dat hij sowieso tegen oorlog voeren was. Ze had tegen hem gezegd dat zijn adviseurs hem zwak en halfslachtig vonden, maar hij vond dat zijn adviseurs veel te lichtvaardig over oorlog dachten.

Was het zwak om te erkennen hoe ernstig oorlog was? Zij wisten niet wat het was om een mes in je hals te voelen en afscheid te nemen van het leven in de veronderstelling dat het voorbij was.

De Russen vonden het misschien heel normaal om op die manier ontelbare soldaten te verliezen, maar hij niet.

Hij herinnerde zich een van zijn favoriete gedichten van Longfellow:

De hoogten die de groten der aarde bereikten
Werden niet verworven in een snelle vlucht
Maar terwijl hun kameraden sliepen
Ploeterden zij naar boven in de nacht

Hij zou zo'n belangrijk besluit bedachtzaam nemen. Geen spontane bondgenootschappen, geen ondoordachte aanvallen, geen snelle besluiten. Franz wilde dat de Habsburgse monarchie die grote hoogten bereikte. Een goed wegennet misschien. Spoorlijnen. Een einde maken aan de onrust die hem bijna het leven had gekost. Met oorlog zou je dat niet bereiken.

De stem van zijn moeder bracht hem terug naar de werkelijkheid. 'En op jou, lieve Helene, wat fijn dat je bent gekomen. Ik hoop dat we binnenkort een belangrijke aankondiging kunnen doen.'

Boven hem in een boom floot een vogeltje, ergens anders vandaan kwam een antwoord. Vriendelijk, ontspannen. Aan de andere kant van het terras ving hij Elisabeths blik. Zou hij ooit nog eens alleen met haar zijn? Zou hem nog één ogenblik met haar gegund zijn, nog één lach, voordat die deur voorgoed werd gesloten?

19

Elisabeth werd zó moe van het vogeltje. Nou ja, niet van het vogeltje zelf, maar van alle vragen die het schepseltje zonder het te weten had opgeroepen.

Ze liepen door een gang; over de rozegeverfde muren kringelden gouden bladeren naar het plafond. Moeder liep links, Helene rechts en Elisabeth een halve meter achter hen. Ze waren op weg naar hun kamers, en moeder en Helene keken vragend achterom.

'Echt, het was niets. Ik was vanmorgen in de tuin, en toen zag hij me.'

'Hebben jullie met elkaar gesproken?' vroeg Helene met lichte paniek in haar stem.

'Nee.'

Moeder wees met haar kleine zwarte waaier in de richting van Elisabeth. Haar stem was eerder streng dan paniekerig. 'Dit is je laatste waarschuwing, Sisi.'

Moeder en Helene draaiden zich weer om en liepen door. Elisabeth volgde. Ze vond het natuurlijk vreselijk om tegen hen te liegen, maar de waarheid zou alleen maar nog meer lastige vragen met zich meebrengen. Ze hadden haar herinnering aan die ochtend al bezoedeld met een stevig schuldgevoel en ze wilde niet dat ze die helemaal zouden vernietigen, dat het de zoveelste oorzaak zou worden van Helenes verwoeste toekomst.

'We moeten nog even kijken wat je morgen gaat dragen, voor de verjaardag van de keizer,' zei moeder tegen Helene.

Zuchtend stond Elisabeth stil. Gedoe over kleren of, erger nog, kapsels was wel het laatste waar ze zin in had. Haar eigen haar ontsnapte steeds verder uit de vlechten zodat ze zich meer en meer een wild schepsel voelde, een vos of een valk of een fee.

'Hij was nauwelijks in me geïnteresseerd,' zei Helene rustig. 'Hij heeft me amper een vraag gesteld.'

Elisabeth veerde op. Zij had een paar keer de indruk gekregen dat die twee het goed konden vinden toen ze zo liepen te fluisteren. Maar was het dan niet goed gegaan? Had Franz Helene niet in zijn hart gesloten?

Moeder wuifde Helenes bezwaren weg. 'Hij hoeft alleen maar te weten dat je mooi en bescheiden bent. Als hij verder nog iets wil leren moet hij maar naar de bibliotheek gaan.'

Helene zweeg. Elisabeth hoopte dat moeders vreemde kijk op de zaak, hoe idioot die ook was, haar troostte,.

Terwijl moeder en Helene een hoek om liepen, de volgende gang in, liep Elisabeth naar een eenvoudige, witgekalkte erker en leunde op de vensterbank. De dunne witte gordijnen bolden om haar heen op en even sloot ze haar ogen. Ze voelde het gladde hout tegen haar handpalm, de gloeiend hete zon op haar huid en het subtiele op en neer gaan van haar borst. Ze zag de ontmoeting van die ochtend weer voor zich. Het was een opeenvolging van toevalligheden geweest met een man met wie ze heel graag nog een keer zou praten.

In de verte weerklonk moeders stem door de hal. 'Die vreselijke hitte! Hoe kan iemand nou onder deze omstandigheden verliefd worden?'

Dat is niet zo moeilijk, mama, dacht ze. Niet zo moeilijk en tegelijkertijd onmogelijk.

20

Toen Maxi Franz in de trappenhal aantrof was Franz nog niet langer dan vijf minuten alleen geweest met zijn gedachten. Hij had zijn hand tegen het koele marmer gelegd, en door het open raam hoorde hij vogels zingen.

'En, ga je met dat Beierse schaap trouwen?' vroeg Maxi tactloos als altijd.

'Vind je dat geen goed idee?'

'Zeker wel. Ze past precies bij jou. Niet mijn smaak natuurlijk. Een beetje te...' Hij zwaaide met een hand door de lucht alsof hij het juiste woord eruit probeerde te plukken.

'Deugdzaam?'

'Voorspelbaar.'

Dat was beledigend bedoeld, maar Franz hapte niet. Hij boog zich naar zijn broer toe, legde een hand op diens rug en vroeg vertrouwelijk: 'Hoe was het op je reis?'

Maxi keek verbaasd op. 'Nou, je troepen doen het prima. En het rijk...' Er vonkte iets in Maxi, hij kreeg een levendigheid over zich die Franz al een hele poos niet meer bij zijn broer had gezien. 'Ons rijk is zo opwindend. De bevolking is heel kleurrijk en divers.'

'Dat is mooi.'

'Maar vreemd genoeg hebben ze één ding met elkaar gemeen,' zei Maxi ernstig. Hij stond stil op de overloop en keek Franz spottend aan. 'Ze mogen jou niet.'

Franz stond stil en voelde woede en angst in zich opwellen. Dit was niets nieuws. Franz wist dat de bevolking hem niet mocht. Hij had het gevoeld in de honende menigte bij de executie. Eén gevaar werd afgewend, maar in donkere hoeken stonden er nog duizenden met het mes in de hand op hem te wachten.

Toen Franz geen antwoord gaf, nam Maxi weer het woord. 'Ik maak maar een grapje, Franz.'

Dat was niet zo.

'Maar echt, ik maak me zorgen. We zijn niet populair. Althans, jíj niet.'

Franz' hart begon steeds sneller te kloppen en zijn keel snoerde dicht.

'Iedereen denkt dat moeder hier de bevelen geeft en dat jij in je broek schijt van angst als de Fransen of de Pruisen komen. Maar maak je geen zorgen, ik heb gezegd dat je al jaren niet meer in je broek hebt gescheten.'

'Dank je, Maximilian. Zo kan het wel weer.' Franz had het helemaal gehad met Maxi's kinderachtige humor. Hij had het gehad met de geruchten, de meningen en de bedreigingen die hij al lang kende, zeker als ze kwamen van iemand die zijn bondgenoot zou moeten zijn.

Maar Maxi was nog niet klaar. 'Ze zeggen dat je geen visie hebt.'

Die kwam hard aan. Franz had zo veel visie dat het pijn deed, er waren zo veel dingen die hij wilde realiseren. Een spoornetwerk om alle delen van het rijk met elkaar te verbinden. Wegen en kanalen. De industrie zou opbloeien onder zijn leiding. Hij wist zeker dat hij zijn doelen zou bereiken, als ze hem maar lang genoeg in leven lieten om zijn plannen met iedereen te kunnen delen.

Maxi sloeg zijn ogen neer. 'Maar ja, wie ben ik? De Habsburgse hofnar.' Terwijl hij wegliep gooide hij zijn laatste opmerking over zijn schouder alsof die er niet toe deed. 'Ik hoor het wel als je nog eens een schuur wilt laten inzegenen.'

Nog maar een paar weken geleden had moeder Franz gevraagd Maxi terug te halen naar het hof. Hij is de weg kwijt, had ze gezegd, ze vond het tijd de teugels aan te halen. Ze had gelijk, maar voor hem was Maxi's doelloosheid niet het grootste probleem. Het was vooral het gevaar dat die doelloosheid met zich meebracht. Het gemak waarmee zijn broer vijanden maakte. Het gemak waarmee die vijanden een opstand konden steunen. Franz hield Maxi liever binnen de muren van het hof, zodat hij hem in de gaten kon houden. Dat wat je bedreigde moest je nooit de rug toekeren.

Met één zin overbrugde hij de kloof tussen hen beiden. 'Ik wil dat je met me mee teruggaat naar Wenen.'

Maxi draaide zich om en keek naar Franz in de hoop dat hij een grapje maakte.

'Als mijn adviseur.'

Voor het eerst was Maxi sprakeloos.

'Ik heb aan het hof iemand nodig die ik kan vertrouwen.' Dat hij zijn broer niet volledig vertrouwde was niet belangrijk. Hij vertrouwde diens impulsiviteit niet, en de onderkoelde manier waarop hij ervan genoot anderen te kwetsen. Hij vertrouwde de glimlach niet die Maxi hem nu schonk, beleefd en geamuseerd tegelijk.

'Ik zal erover nadenken,' antwoordde Maxi met een triomfantelijke grijns, alsof dit aanbod niet alles was waar hij naar verlangde.

Terwijl Maxi de trap naar de volgende verdieping beklom liep Franz de hal in. Hij had geen idee waar hij heen liep. Ergens waar hij zijn frustratie zonder pottenkijkers kon botvieren.

21

IN DE VILLA WAS HET ZINDEREND HEET. IN DE ZWARTE JURKEN was het nog heter, en toen Elisabeth besefte dat ze zich bij haar opgewonden moeder en zuster moest voegen kreeg ze het nóg heter. In plaats daarvan trok ze zich even terug in een lege kamer en ging op de koele houten vloer liggen.

Hier, in de stilte en de koelte, kon ze eindelijk weer ademhalen.

Er was niemand in deze vleugel van het paleis. Nergens voetstappen, geen gedempte conversaties binnen gehoorsafstand. Het enige wat ze hoorde waren vogels die buiten zaten te fluiten; hun gezang vulde de kamer als een Weense wals.

De dag was zo overweldigend geweest dat ze snakte naar een veld met wilde bloemen of een rotsig bergpad, een plek waar ze haar gedachten kon ordenen. Maar omdat ze gevangen zat in de villa moest ze genoegen nemen met deze vloer. Met haar vingers tastte ze de groeven tussen de planken af.

'Voel je je niet lekker?'

Toen ze opkeek stokte haar adem in haar keel.

Boven haar stond Franz, zijn gezicht uitdrukkingsloos. Elisabeth schoot overeind, haar wangen werden warm van schaamte.

Waarom moest ze hem toch steeds op de ongemakkelijkste momenten tegenkomen?

'Jawel hoor... ik voel me prima.'

'Wat doe je hier dan?' Er klonk enkel amusement door in zijn stem, geen oordeel.

'Het is zo heet en deze vloer is lekker koel. Rustgevend.'

Een paar seconden lang verroerde Franz geen vin. Toen zakte de keizer tot haar stomme verbazing door zijn knieën en ging naast haar zitten. Hij was nu zo dichtbij dat ze de krulletjes achter zijn oor kon zien, zijn kaarsrechte snor en het kuiltje in zijn kin. Vriendelijke details waar je de hele dag naar zou kunnen kijken.

Franz ging op zijn rug liggen en legde zijn handen op zijn buik. Zijn arm lag nu vlak bij die van haar. Elisabeth volgde zijn voorbeeld en samen keken ze naar het gedecoreerde plafond. Het was lichtblauw, met minutieus geschilderde draken die om elkaar heen dartelden alsof ze echt door de lucht vlogen. Hun staarten waren gekruld en liepen uit in pijlpunten. Overal waren vleugels, sommige klein, andere strekten zich reptielachtig uit als klauwen.

'Je hebt gelijk,' zei Franz. 'Het is echt lekker koel.' Zijn stem klonk prettig, zachtaardig. Intiem zonder eisend te zijn. Zo zou ze altijd met een man willen praten.

Toen ze opzijkeek constateerde ze dat hij naar haar lag te kijken. Écht kijken. Hun gezichten bevonden zich nu dicht bij elkaar, hun schouders raakten elkaar bijna. Van deze afstand kon ze goed de ronding van zijn lippen zien, als ze wilde zou ze zijn wimpers kunnen tellen. Haar hart ging steeds sneller slaan, en ondanks de koele vloer kreeg ze het warm.

'Ik hoorde wat je tijdens de lunch tegen mijn broer zei.'

Elisabeth ging overeind zitten. 'Neem me niet kwalijk. Soms kan ik er niks aan doen.'

'Waar kun je niks aan doen?' Grinnikend kwam Franz ook overeind zodat hij naast haar kwam te zitten. Elisabeths hart ging als een razende tekeer. Hij was niet boos.

'Dat ik soms precies zeg wat ik denk.' Nou ja, niet precies natuurlijk. Als ze precies zou zeggen wat ze dacht zou ze nu iets zeggen over zijn ogen, dat ze die zowel wilskrachtig als vriendelijk vond. Ze zou zeggen dat zijn lach in de tuin haar het gevoel had gegeven dat ze hem al langer kende. Ze zou toegeven dat hij een held uit een gedicht leek, het soort man die ze zou vragen haar te... kussen.

Dat was een gevaarlijke gedachte. En onverwacht. Verrassend. Spannend.

'Misschien kan ik nog wat van je leren,' zei Franz. 'Ik kan nog wel een lesje "zeggen wat ik denk" gebruiken.'

Elisabeth lachte. Ze kon niet geloven dat ze ooit had gedacht dat hij net zo arrogant zou zijn als al die hertogen. Hij was nederig, hij kende zijn tekortkomingen en was bereid iets te leren.

Franz bleef haar even aankijken. 'Er zit iets in je haar.'

Hij stak een hand naar haar uit. Ze kon hem nu ruiken: kruidnagel, kardemom en iets gronderigs, een lentebui. Op haar blote armen werd kippenvel zichtbaar. Ze hoopte maar dat hij haar niet naar adem hoorde happen of de elektrische lading op haar huid zou voelen. Ze wist niet dat ze haar hart en haar huid, elke centimeter van haar lichaam zo bewust kon ervaren. Tot nu toe was ze een schaduw geweest, maar deze aanraking maakte haar levensecht. Zelfs het schuldgevoel dat ze ervoer als ze aan Helene dacht kon de opwinding van zijn vingers op haar huid niet doen bedaren.

Voorzichtig tilde Franz een haarlok op zodat het vlechtje van Puck tevoorschijn kwam. Haar herinnering aan vrijheid, vriendschap, liefde. Aan de bergen. Avonturen. Aan de wind in haar gezicht, de aarde die onder haar voorbijvliegt.

'Dat is niet van mij,' zei ze ten slotte. 'Ik heb het alleen maar ingevlochten.'

'Van wie is het dan?' vroeg hij zacht.

'Puck. Zodat ik hem nooit zal vergeten.'

Stilte.

‘Een man?’ Hoorde ze daar nu verdriet in zijn stem?

‘Een paard.’ Ze glimlachte flauwtjes, bevangen door ademloosheid en de treurigheid van het moment.

Franz lachte terug, zijn mondhoeken krulden omhoog op een manier die al vertrouwd begon aan te voelen. Alsof ze een geheim met elkaar deelden, het soort geheim dat ze altijd graag had gekoesterd.

22

Een paard. Niet een man. Een paard. Franz' hart maakte een vreugdesprongetje. Hij had haar nek aan durven raken, hij had gezien hoe haar lippen zich openden. Die had hij niet aan durven raken. Maar ooit...

Hij verdrong zijn gedachten, zijn moeder zou razend worden.

'Zeg alsjeblieft niet dat ik gek ben geworden,' zei Elisabeth. 'Dat hoor ik al veel te vaak.'

Nu begon zijn hart sneller te kloppen. Franz wist wat het was om te denken dat je gek was geworden. Elisabeth wist wat het was om daarvan beschuldigd te worden. Was dit de persoon die hij in vertrouwen kon nemen? Was dat wat hij voelde: veiligheid?

Elisabeth hield haar hoofd schuin, haar vlechten vielen soepel over haar schouder en langs haar perfect gevormde hals. Daar zat een prachtig moedervlekje. Opeens wilde hij het kussen.

Hij schudde zijn hoofd. Hij mocht zich niet laten gaan. Hij zou beginnen met een klein geheim, voorzichtig. Niet om haar te testen, maar zichzelf. Kon hij haar de waarheid vertellen?

'Ik heb Maxi een keer een tand uit zijn mond geslagen. Die tand heb ik bewaard. Is dat gek?' Dit was één waarheid, maar niet dé waarheid. Niet de waarheid die hij haar wilde vertellen. Met ingehouden adem wachtte hij haar reactie af.

En daar was die reactie: een lach. Stralend en duizelingwekkend.

'Ja, dat is echt knettergek,' zei ze ondeugend.

Hun gelach vermengde zich met het gezang van de vogels buiten. Toen was het Elisabeths beurt om haar hand uit te steken. Franz vroeg zich af of ze kon zien dat de lucht bevroor in zijn longen.

Maar ze stak haar hand niet uit naar hem, maar naar het altijd aanwezige litteken dat boven zijn boord uitstak. In paniek pakte hij haar hand vast en leidde hem weg.

'Doet het nog pijn?' Haar stem klonk teder en zijn hart ging naar haar uit.

Nooit had er iemand dat litteken aan mogen raken, of er iets over mogen zeggen. Maar nu, nu zij bij hem was, wenste hij dat hij haar niet had tegengehouden, dat hij haar met haar vingers zijn hals had laten strelen. Dat deel van hem, die permanente herinnering aan het geweld; plotseling wilde hij dat het werd aangeraakt. Hij wilde tederheid voelen. Genot. De warmte van leven, niet van de dood.

Maar dit mocht hij niet toelaten. Als hij hier bleef zou hij haar kussen. En een vrouw kussen die niet voor hem was bestemd zou hem geen haar beter maken dan Maxi.

'Nee, het doet geen pijn meer.' Franz zuchtte diep, raakte zijn litteken aan en stond op. Elisabeth volgde zijn voorbeeld.

'Dank je wel voor...' Hij zocht naar woorden om de zin mee af te maken maar toen hij ze niet kon vinden boog hij lichtjes. 'Dit was bijzonder... interessant.' Hij haatte zijn eigen stijfheid; hij had zo veel te vertellen en toch zei hij niets.

Toen hij zich omdraaide voelde hij hoe zij, een en al licht, energie, vuur en passie, hem nakeek.

23

HELENE KREEG HET GEVOEL DAT DE DAG VOLLEDIG OM de eetzaal draaide. Eerst die lange lunch, toen de wandeling, en nu weer koffie met taart met moeder, Sophie en Sisi, die pas opdook nadat moeder een paar bedienden erop uit had gestuurd om haar weg te sleuren uit welk hoekje van het paleis dan ook. Helene proefde een stukje van een van de taarten en was verrast door de explosie van citroen op haar tong. Ze was nog meer verrast door het aangename gevoel dat ze ervan kreeg. Misschien was haar eerdere paniek te wijten geweest aan de hitte of het feit dat ze te weinig had gegeten. Bij de lunch had ze geen hap door haar keel gekregen van de zenuwen.

Nu ontspande haar lichaam zich. Vanaf de andere kant van de met kant bedekte tafel glimlachte Sophie trots naar haar. Moeder zag er ongewoon rustig uit, af en toe boog ze zich voorover om een klopje op de hand van haar zuster te geven. Ze hielden zich een beetje afzijdig van de rest van het gezelschap.

Zelfs Sisi gedroeg zich. Ze zat rustig op haar stoel, enkels gekruist, en dronk van haar koffie. Ook dat stelde Helene gerust.

Na wat formaliteiten richtte Sophie zich tot Helene. 'Hoe was de wandeling met Franz?'

'Heel plezierig, Uwe Hoogheid.'

'Wat vind je van hem?'

'Hij is eerzaam en aardig, hoogheid.'

'Dat is hij zeker.' Sophies ogen glansden van trots. 'Hij is de gehoorzaamste van al mijn jongens.'

Helene nam aan dat Sophie Franz met Maxi vergeleek, de andere deelnemer aan Sisi's lunchdrama, haar zusters bondgenoot. Of haar tegenspeler. Ze wist het niet zeker. Helene had gezien dat die twee samen door de tuin hadden gewandeld, dicht bij elkaar en duidelijk op hun gemak in elkaars gezelschap. Ze had gehoopt dat Sisi dit weekend verliefd zou worden, maar er was iets aan Maxi dat haar niet beviel. Hij was impulsief, net als Sisi, en wat Sisi nodig had was iemand die haar in bedwang hield in plaats van haar nog verder aan te sporen.

'Wat vindt de keizer van Helene?' vroeg Sisi plotseling. Helenes adem stokte in haar keel. Ze wist niet zeker of ze het antwoord op die vraag wel wilde weten.

Met opgetrokken wenkbrauwen keek Sophie naar Sisi – het was tenslotte een zeer impertinente vraag – en wuifde afwijzend met haar hand. 'Je weet hoe mannen zijn. Ze praten nooit over hun gevoelens, behalve die poëtische types, maar dat is Franz zeker niet.'

Helene zuchtte van teleurstelling. Het zou alles zo veel makkelijker maken als Franz zijn moeder had verteld dat er een vonkje was overgesprongen, of dat hij geïnteresseerd was.

'Verloopt de hofmakerij naar verwachting?' vroeg Sophie nu weer aan Helene.

Helene aarzelde. Zou ze inschikkelijk zijn of Sisi's voorbeeld volgen en een eerlijk antwoord geven? 'Ik moet bekennen, Uwe Hoogheid, dat ik net zo onzeker ben over zijn gevoelens voor mij als u.'

Sophie boog zich voorover en pakte Helenes hand. 'Maak je geen zorgen, Helene. Mijn zoon zal doen wat hem is opgedragen. Dat doet hij altijd. Bovendien moet de liefde groeien.'

'Zo is het, en van je zorgen maken krijg je rimpels,' voegde moeder daar weinig behulpzaam aan toe.

'En iedereen weet dat rimpels het ergste is wat je kan overkomen,' fluisterde Sisi nauwelijks hoorbaar.

Dat had moeder godzijdank kennelijk niet gehoord, want ze hield haar aandacht op haar zus gericht. 'Helene, je bent te bescheiden,' zei Sophie. 'Je bent een mooi meisje, elegant, beleefd en welgemanierd, zoals je moeder altijd heeft gezegd. Ik zou niet weten waarom Franz niet verliefd op je zou worden.'

Dat was de geruststelling die Helene nodig had. Ze koesterde zich in die woorden als in een warme deken, en troostte zich met de gedachte dat ze op het punt stond de liefde te vinden.

Na de koffie met taart kon Helene onverwacht en tot haar grote vreugde even alleen zijn in de kamer die ze met Sisi deelde. Ze ging voor de passpiegel met de geschulpte randen staan, en maakte haar vlechten los waarna het haar in golven om haar gezicht viel en haar hoofdhuid zich ontspande. Het gedempte lamplicht flatteerde haar huid, en deed haar haren en haar ogen zachter lijken.

Wat leek het allemaal lichter nu. Wat was het makkelijk om, na een poosje alleen te zijn geweest, naar haar gezicht te kijken en gemoedsrust te ervaren. Ze had zich druk gemaakt om niets. Ze had zich zo laten meeslepen door Sisi's romantische ideeën – liefde op het eerste gezicht, passie die als een vloedgolf iemand meevoerde – dat ze haar eigen overtuigingen had verwaarloosd.

Of Franz op het eerste gezicht verliefd op haar was geworden deed niet ter zake. Zij was degene die het bij het rechte eind had: liefde was als een boom die je plantte en die met veel geduld verzorgd diende te worden. Niet passie, maar plicht was de vloedgolf. Je verplichtingen ten opzichte van de wereld en je familie, dat waren de krachten die bepaalden wie je was.

Ze wist dat haar volgende gesprek met Franz beter zou gaan. Ze zou rustiger zijn. In de stiltes zouden ze de afstand tot elkaar weten te overbruggen. Ze zag het al voor zich: ze zat in de salon, haar enkels gekruist onder haar roze met witte kanten rok (de vermiste koffer was eindelijk aangekomen), geborduurde wijnranken zouden haar smalle taille omvatten en om haar hals hing een zilveren rank.

Franz zou bij haar komen zitten, zijn ogen vriendelijk als altijd. In haar dagdroom waren ze alleen. Niemand staarde naar hen vanaf de andere kant van het met bomen omzoomde pad, niemand viel hen in de rede als ze een gesprek voerden. Ze had zich niet eerder gerealiseerd dat dat de druk zo verhoogde. Niet Franz, maar moeder en Sophie waren de oorzaak van de spanning. Ze wilde deze vrouwen, die zo trots op haar waren, zo graag een plezier doen.

Helene liep naar het zachte bed, ging liggen en sloot haar ogen. Ze zag voor zich hoe ze haar hand op die van Franz zou leggen nadat hij naast haar op de bank was gaan zitten. 'Is er iets wat u dwarszit, majesteit?' Haar hart zou als een razende tekeergaan omdat ze het had gewaagd zo'n persoonlijke, directe vraag te stellen.

'Zijn je hoofd en je hart wel eens met elkaar in conflict gekomen?' zou hij vragen.

Ze zou lachen, minzaam en natuurlijk. 'Elke dag.'

Dan zou hij een wenkbrauw optrekken. 'En wat doe je dan?'

Ze zou een korte stilte laten vallen. Wat deed ze dan? Toen Sisi in de rivier was gevallen had Helene de keuze gemaakt volwassen te worden. Ze had voor haar hoofd gekozen en niet voor haar hart, en die keuze maakte ze nu hier in Bad Ischl opnieuw. Ze koos voor wat goed was, ongeacht wat ze voelde of hoe lang het duurde voordat ze iets voelde.

'Ik geloof dat ik de kant van de rede zou kiezen, Uwe Hoogheid.'

'Noem me alsjeblieft Franz.' Dat zou een heerlijk moment zijn. 'En waarom de rede?' Dat hij naar haar mening vroeg, haar raad nodig had, was een opwindende gedachte.

'Het hart is een onbetrouwbare raadgever,' zou ze tegen hem zeggen.

Hij zou bedachtzaam knikken. 'Dank je wel, Helene. Dat had ik nodig.'

Ze opende haar ogen en staarde naar de witte vitrage voor het raam en naar de druppelvormige kristallen aan de kroonluchter aan het plafond. Ze glimlachte. Zo zou hun hofmakerij eruitzien. Ontspannen conversatie in een zonovergoten kamer tussen twee mensen die het goed wilden doen en die al doende de liefde vonden. Van nu af aan zou het zo voelen.

Ze liet haar gedachten nog even de vrije loop: er zou nog een ander moment van intimiteit volgen. Franz, die in het echt nog knapper was dan op zijn portret, zou meer doen dan haar het hof maken. Met het beeld van zijn mond voor ogen streelde ze haar eigen lippen. Ze was nog nooit gekust, maar ze kon zich er wel iets bij voorstellen: huid tegen huid, de elektriciteit die van de lippen naar het hart zou stromen.

Ze liet haar hand langs de contouren van haar gezicht glijden, over de gevoelige huid van haar hals en sleutelbeen, naar de door slechts een dun nachthemd bedekte borsten. Hoe zou het voelen als zijn hand diezelfde weg zou afleggen? Haar tepels werden hard en in haar onderbuik voelde ze een onweerstaanbare tinteling opwellen.

Onwillekeurig huiverde ze. Het zou niet lang meer duren voordat Franz haar op deze manier zou aanraken, voordat ze zou ontdekken waar die kluwen van spanning en verlangen, van dagdromen en beloftes, heen zou leiden.

24

In de koelte van de vroege avond glipte Elisabeth blootsvoets de tuin in. De door de zon opgewarmde stenen voelden ruw aan onder haar voetzolen en nu de zon bijna onder was leken de bladeren donkerder groen. Overal rook het naar kamperfoelie. De naderende zonsondergang zette de tuinen in een zachtroze gloed.

Ze legde haar hand zachtjes tegen de haag rechts van haar en kroelde al lopend door de perfect gesnoeide takjes. Ze zuchtte diep. Eindelijk, eindelijk kon ze even nadenken. De spanningen van de dag vloeiden langzaam maar zeker weg.

Tijdens de koffie die middag was haar duidelijk geworden dat het klopte wat ze eerder had gehoord: dat Sophie de echte macht was achter de troon, en dat Franz haar altijd gehoorzaamde. Haar hart kromp ineen bij deze gedachte, net als die eerste keer dat ze Sophie had horen praten in de hal: haar zonen bewogen om haar heen alsof ze grassprietjes waren en zij de wind. De aartshertogin was de grootmeester, alle anderen waren schaakstukken op het bord.

Maar, zo zei ze tegen zichzelf, dat is prima. Het is zelfs goed.

Franz was een echte heer, en hij was voorbestemd voor Helene. Hier, in deze koele, rustige tuin, kon ze haar gevoelens de vrije loop laten. Als ze haar handen opende kon ze datgene wat er tussen Franz en haar was gegroeid laten opstijgen als het vogeltje dat weer bij zijn positieven was gekomen. Ze hoopte maar dat haar gevoelens in Helenes hart zouden landen.

Ze liep de bocht om, de villa raakte nu uit het zicht, en kwam weer bij het beekje dat zij en Franz eerder die dag waren overgestoken. Ze ging op haar hurken zitten, hield haar handen in het koude heldere water en...

'Goedenavond.'

Ze verstijfde. Dit kon niet waar zijn. Ze had hem zojuist vrijgelaten, ze had haar gevoelens voor hem laten wegvliegen. Maar daar stond Franz, alsof die gevoelens in de lucht waren omgekeerd en meteen weer op haar schouder waren geland.

'U bent het,' zei ze een beetje dommig terwijl ze ging staan.

'Inderdaad.' Hij gebaarde naar het pad. 'Zullen we een eindje wandelen?'

Ze wist wat ze nu behoorde te zeggen, maar ze vertikte het. 'Graag, majesteit.'

'Zo, dus je bent weer teruggegaan naar de tuin?' Hij keek indringend haar kant op onder het lopen. Haar blote voeten drukten op het zachte mos en de ruwe stenen, zijn schoenen tikten zachtjes op het pad.

'Ik ben niet gewend de hele dag mensen om me heen te hebben. Soms geef ik de voorkeur aan bomen. En u?'

'Ik wilde even nadenken. Er zijn te veel mensen in de villa, en sommige van hen nemen ruimte in voor twee, of zelfs tien.'

Elisabeth lachte. Haar moeder was er daar ongetwijfeld een van. Maxi waarschijnlijk ook. En misschien namen de verwachtingen van het hof de rest van de ruimte in beslag.

'Dus jij geeft de voorkeur aan rust?' vroeg hij na een poosje.

'Soms.'

'Praat ik nu al te veel?'

Hij klonk een beetje nerveus en voordat Elisabeth wist wat ze deed had ze haar hand zachtjes op zijn arm gelegd. 'Helemaal niet. Ik vind het prettig als mensen zeggen wat ze denken.'

Ze voelde zijn warmte door de mouw van zijn jasje heen naar haar eigen wangen kruipen. Ze haalde haar hand weg.

'Mag ik nu zeggen wat ik denk?'

Haar hart sloeg een paar slagen over. 'Graag.'

'Soms zou ik willen dat ik weg kon, dat ik de wereld over kon reizen zoals mijn broer doet. Zonder besluiten te hoeven nemen. Zonder zorgen. Vrij. Niemand die iets van me wil. Geen levens verpest omdat ik die dag de verkeerde keuze heb gemaakt.'

Elisabeth keek hem stomverbaasd aan. Ze had zich nooit gerealiseerd hoe zwaar het moest zijn om keizer te zijn. Dat je keuzes moest maken die je volk zouden voeden of juist niet, die ze vrij zouden maken of gevangen zouden houden.

'Zou u het opgeven als dat mogelijk was?'

Zonder aarzelen schudde Franz zijn hoofd. 'Nee. Ik wil een goede keizer zijn. Ik wil dingen veranderen. Ik zou alleen graag willen dat het allebei mogelijk was. Keizer zijn, maar dan één uurtje per dag gewoon mezelf.'

Elisabeth kreeg medelijden met hem. Ze wilde dat zij hem dat ene uurtje kon geven, dat zij ervoor kon zorgen dat hij een moment zijn verantwoordelijkheden kon vergeten.

Hoe zou het voelen als ze samen even alles vergaten? Als zij hem zou kussen in het holletje van zijn hals en haar vinger van zijn kaak naar zijn oor zou laten glijden? Als ze hem tegen een boom zou drukken en haar gezicht naar hem op zou heffen? Ze bloosde al, maar op dat moment werden haar wangen vuurrood. Waar kwamen die gedachten vandaan? Ze had ze juist losgelaten, waarom verraadde haar hart haar opnieuw?

'Als ik zou kunnen gaf ik u vleugels.'

'"We hebben geen vleugels, we kunnen niet zweven, maar we

hebben voeten om mee te klimmen,"' citeerde Franz zachtjes voor zich uit.

Elisabeths mond zakte open, ze kon haar verbazing niet verbergen. 'Hebt u Longfellow gelezen?'

Had de keizer nu net haar favoriete dichter geciteerd? Het leek wel of hij recht in haar ziel had gekeken en had gezien wat zich daar afspeelde. Poëzie en vleugels, natuur en verlangen, waarheid verpakt in verzen.

'Ik lees Longfellow als ik de wereld probeer te begrijpen.'

Ze was stomverbaasd.

'Is dat raar?' Hij hield stil bij een gietijzeren bankje en gebaarde dat ze naast hem moest gaan zitten.

'Nee, dat is geweldig,' fluisterde ze voordat ze kon bedenken dat dat misschien wel té eerlijk was. 'Dat maakt een keizer tot een perfecte keizer.'

Franz knikte verbaasd. 'Ik had nooit gedacht dat poëzie een aanwinst zou zijn voor het rijk. Ik las het altijd gewoon voor mezelf.'

'Als poëzie geen aanwinst is voor het keizerrijk, wat dan wel?'

Even zweeg Franz.

'Kracht.'

'Poëzie ís kracht.'

Hij glimlachte, zijn mondhoeken krulden op, en het zwakke licht van een tuinlamp weerspiegelde in zijn ogen. 'Eerder vandaag beloofde je me les te geven in zeggen wat je denkt. Dus nu wil ik graag weten: als je voor jezelf opkomt, tegen iemand ingaat, hoe weet je dan of dat goed is?'

Elisabeth haalde haar schouders op. 'Dat kun je niet weten.'

'Maar als je keizer bent, moet je weten wat goed is.'

'Maar als je een mens bent is dat onmogelijk.'

'Je klinkt heel overtuigd.'

'Ik weet heel veel dingen niet zeker, maar ik weiger iemand te zijn die ik niet ben. En als ik niet zeg wat ik denk, maken mensen van me wat zij willen dat ik ben.'

'Dus je zegt eigenlijk: verrek maar met de consequenties, niemand bepaalt wie ik ben behalve ik?'

Elisabeth lachte. Als je het zo eenvoudig verwoordde werd alles lichter. Het was lang geleden dat ze haar gedachten zo helder geformuleerd had horen worden. Dit was de eerste keer in maanden dat iemand haar werkelijk had gezien. Ze rilde van opwinding.

'U hebt al een goed begin gemaakt,' zei ze lachend. 'U zei: verrek maar.'

Hij schoot in de lach, en ook dat vond ze opwindend.

25

Was het maar Elisabeths portret dat in zijn vertrekken hing in plaats van dat van Helene. Hoe eenvoudig zou het zijn als plicht en verlangen in elkaars verlengde lagen? Hoe eenvoudig zou het leven zijn als er alleen aan de grenzen van zijn rijk een conflict woedde en niet in zijn hart?

Hij was haar opnieuw toevallig tegen het lijf gelopen, en het gevoel bekroop hem dat toeval en lot niet zo ver uit elkaar konden liggen. Zou het zo erg zijn als hij haar zou kiezen in plaats van Helene? Als hij zijn moeders plannen zou dwarsbomen? De enige consequentie die hij kon bedenken als hij zijn hart hierin zou volgen was... vreugde. Plezier.

Het was lang geleden dat iemand hem er zo treffend aan had herinnerd wie hij was. Dat hij niet alleen de keizer was, maar ook Franz. De Franz die 's avonds poëzie las bij kaarslicht en overdacht hoe hij de wereld kon verbeteren. De Franz die hij was voordat dat allemaal onmogelijk was gemaakt door alle zorgen en gevaren, de eindeloze lijst verplichtingen en de aanslag op zijn leven. Voordat hij zich realiseerde hoe ver de gevolgen van een onbezonnen beslissing zouden reiken, hoe hoog de prijs was die hij zou betalen voor het verlaten van de gebaande paden.

Wie zou hij nu kunnen zijn als hij toe zou geven en verliefd zou worden op Elisabeth? En wie zou hij zijn als hij dat niet deed?

Toen hij terugliep naar de villa verscheen Maxi opeens naast hem, sigaret in de hand. 'Avondwandelingetje in de tuin, broertje? Dat is niks voor jou.'

Franz voelde meteen irritatie opwellen. Het was juist wél iets voor hem, maar dat kon Maxi helemaal niet weten. Maxi was nauwelijks thuis geweest in het afgelopen jaar, waarin de druk op het Habsburgse rijk steeds groter werd en Franz de rustige hoekjes van de tuin had opgezocht om tot rust te komen.

Franz klemde zijn lippen op elkaar. Hij had de neiging te vragen wat Maxi daar deed, maar het antwoord was waarschijnlijk weer iets illegaals. Als hij die neiging kon onderdrukken zou Maxi misschien weer weggaan.

Maar Maxi zette een paar flinke passen vooruit, draaide zich om en keek Franz aan. 'Misschien moeten we het eens over iets anders hebben dan jouw wandelingetjes. Hoe zit dat met die zus van Helene? Ik wed dat ze met dezelfde passie de liefde bedrijft als waarmee ze een man op zijn nummer zet.'

Franz antwoordde niet, zijn kaken verstrakten, alle lichtheid in zijn ziel was in één klap verdwenen. Had Maxi hen samen gezien? Als dat zo was zou Maxi hem echt niet meer met rust laten. Op een of andere manier zou hij Franz weten te kwetsen met die kennis, hij zou hem ermee chanteren om zijn zin te krijgen, of hij zou het van de daken schreeuwen, en met een paar opmerkingen alles in het honderd laten lopen.

Maar wacht even, dit ging over Maxi, en niet over hem, dacht Franz. Maxi vond het leuk toen Elisabeth hem bij de lunch op zijn nummer had gezet.

'Je verloofde mag dan heel deugdzaam zijn, maar haar zuster

lijkt me een wilde als je die onder vier ogen treft.' Maxi grinnikte, en Franz klemde zijn kaken nog strakker op elkaar.

Natuurlijk had hij het ook voor zich gezien en zich afgevraagd hoe het zou zijn als hij haar opkrullende mondhoek had gekust, zijn vingers langs haar halslijn had laten glijden en zijn lippen op haar sleutelbeen had gedrukt. Maar de gedachte dat Maxi dat ook voor zich zag maakte hem misselijk.

'Laat haar met rust, Maxi.'

Maxi hief zijn handen op in een hulpeloos gebaar. 'Broertje, dat zou ik wel willen, maar ik denk dat haar moeder haar speciaal heeft meegenomen zodat ik dat níét zou doen.'

'Je kunt de zus van de vrouw die moeder heeft gekozen als keizerin niet te schande maken.'

'Wie heeft het over te schande maken? Misschien trouw ik wel met haar. Word ik opeens een fatsoenlijk man.'

Franz balde zijn vuisten. 'Speel nou geen spelletjes, Maxi.'

Maxi fronste zijn wenkbrauwen. 'Wat kan jou dat trouwens schelen?'

'Wat mij kan schelen is dat jij ons allemaal voor gek zet. Je bent een Habsburger, je dient je aan de regels te houden.'

'Net zoals jij je aan de regels houdt? En Louise dan?'

Franz beet op zijn tong. Eén discrete affaire was een ander verhaal dan honderd niet-zo-discrete affaires, dat wist Maxi best.

Toen Franz niet reageerde deed Maxi er nog een schepje bovenop. 'Die regels kunnen me gestolen worden. Jij krijgt alles wat je hartje begeert, dat weet je best. Habsburg. Louise. Moeders aandacht. Vader heeft omwille van jou afstand gedaan van de troon, nota bene. De regels voegen zich naar jou, en je ziet het niet eens. Dus zeg niet dat ik me aan de regels moet houden, want die voegen zich niet naar mij, tenzij ik ze breek.'

Franz schoot bijna in de lach. Dacht Maxi echt dat de regels zich naar hém voegden? Maxi was degene voor wie de regels altijd bogen, degene die altijd zijn zin kreeg van moeder, zelfs als hij hen allemaal belachelijk maakte met zijn scherpe commentaren en zijn losbandige leven. Zelfs als hun dat de welwillendheid kostte van al die adellijke families wier steun ze hard nodig hadden. Zo rustig mogelijk keerde Franz terug naar de kwestie die hier aan de orde was. 'Als je Elisabeth niet met rust wilt laten omwille van de familie, doe het dan alsjeblieft omdat ik je tot adviseur heb benoemd. Die positie wilde je graag, en die heb je nu gekregen. En meer macht aan het hof betekent meer verantwoordelijkheden, Maxi.'

Dat was maar de halve waarheid. Maxi mocht Elisabeth niet hebben, niet omdat hij Franz' adviseur was, maar omdat hij een gevaar vormde. Elisabeth was een en al poëzie, passie en hoop. Iemand die altijd in mogelijkheden dacht. En zij verdiende iets beters. Zij verdiende iemand die van haar hield. Zij verdiende...

... iemand als Franz.

De waarheid klopte aan de deur van zijn hart, maar hij probeerde haar te negeren.

26

Toen Sisi de kamer binnenkwam lag Helene al in bed. Helenes haar hing los, het nachthemd had haar bevrijd uit de strakke lijfjes die ze overdag droeg, en de ramen stonden open om wat frisse lucht binnen te laten. Met haar haar uitgewaaierd over het kussen staarde Helene naar het decoratieve plafond. Stelde die schildering nou een draak voor, een boom of een vrouw? Misschien wel alle drie, afhankelijk van de manier waarop je ernaar keek.

'Ik vind hem nog knapper dan op het portret,' zei Helene toen Sisi naast haar, met haar hoofd aan het voeteneind, op het bed ging liggen. 'Vind je niet?'

Sisi antwoordde niet.

Helene gaf een duw tegen Sisi's been. 'Wat is er? Luister je wel?'

'Ja, natuurlijk.' Sisi kwam overeind, kroop naar het hoofdeinde en ging dicht tegen Helene aan liggen.

'Ik kan niet wachten tot morgen.' Helene dacht terug aan haar dagdroom, hoe echt die had geleken, en hoe juist. Het aanzoek zou alles veranderen, geloofde ze. Het zou hun ontmoetingen makkelijker maken, het zou hem openhartiger maken over zichzelf. Dat was haar hoop en daar hield ze zich aan vast.

'Ik denk dat ik wel van hem kan houden, Sisi.' Ze wilde horen hoe deze woorden klonken als ze hardop uitgesproken werden. 'Daar bof ik toch maar mee, hè?'

Weer die stilte. Helenes enthousiasme temperde wat. Was Sisi het hier niet mee eens? Ze wilde zielsgraag dat haar zus zou zeggen: ja, Helene, je zult het zien, al je inspanningen zullen zich terugbetalen. Sisi had gezegd dat Helene een goede keizerin zou zijn, en nu wilde Helene dat graag nog een keer horen.

Maar Sisi drukte haar gezicht slechts in Helenes haar en gaf haar een kus op haar hoofd. Een troostend gebaar, maar niet het enthousiasme waar Helene op had gehoopt.

'Waar zat je trouwens?'

'Nergens,' antwoordde Sisi zacht.

'Denk je dat ik een goede keizerin zal zijn?' vroeg Helene. Ze zou willen dat ze die bevestiging niet zo hard nodig had, dat haar hoop niet zo breekbaar was.

'Natuurlijk. Je bent ervoor in de wieg gelegd.' Sisi sprak de woorden wel uit, maar haar hart was er niet bij. Helene voelde dat en het kwetste haar.

'Liever ik dan jij, toch?' Ze probeerde de kloof tussen hen te dichten en Sisi weer bij het gesprek te betrekken.

Ze voelde Sisi achter haar verstrakken. 'Wat bedoel je daarmee?'

O nee, had ze nu iets onaardigs gezegd? Ze probeerde uit te leggen wat ze bedoelde. 'Je hebt zelf tegen me gezegd dat je aan het hof niet weet wat je moet zeggen of hoe je je dient te gedragen.'

'Zoals Maria Theresia.'

Helene keek achterom.

'Maria Theresia heeft veertig jaar geregeerd, en zij kon zich ook niet gedragen,' zei Sisi.

'Nee, misschien niet.' Helene vroeg zich af waar het gesprek heen zou gaan.

'Men zegt dat ze paardreed door de gangen. Ze was een wilde.'

'Ik weet het Sisi, we hebben dezelfde boeken gelezen.'

'Ik heet Elisabeth.' Ze sprak haar naam scherp uit. Helene wist nu dat ook zij, net als moeder, het koosnaampje niet meer mocht gebruiken. Weer een muur die tussen hen in kwam te staan, een onverwachte. Helene vroeg zich af wat ze verkeerd deed.

'Sorry... Elisabeth.'

'Geeft niet,' zei Sisi. Ze draaide zich om en blies de lamp uit.

'Gaat het?' fluisterde Helene in het donker.

'Ja, prima.'

'Ik bedoelde niet dat jij geen goede keizerin zou zijn.'

'Nee... nee, dat weet ik.'

Helene staarde door het open raam naar de sterren. Wat kon haar zusje dwarszitten? Misschien was het allemaal wat te veel voor haar. Het was haar idee geweest Sisi hier mee naartoe te nemen, maar misschien was ze toch liever thuisgebleven.

O, wacht even. Het ging natuurlijk tóch over die opmerking over keizerin zijn. Hoe had ze zo onnadenkend kunnen zijn? Praten over keizerin worden betekende praten over uit elkaar gaan. Ze had nog niet tegen Elisabeth gezegd dat ze graag wilde dat zij meeverhuisde naar Wenen. Elisabeth wist niets van haar plannen. Die gedachte kwelde haar, maar het was tegelijkertijd een opluchting. Elisabeth rouwde om haar, en als zij hoopvol en gelukkig over haar nieuwe leven sprak maakte ze het nog erger. Elisabeth zou haar missen. Elisabeth hield nog steeds van haar.

Helene zei niets meer. Ze liet Elisabeth alleen met haar gevoelens. Morgen zouden ze het misschien over Wenen kunnen hebben. Dan zouden ze zich allebei beter voelen.

27

HELENE SLIEP, MAAR ELISABETH DROOMDE TERWIJL ZE klaarwakker was. Ze zat naast het raam en schreef een gedicht bij het maanlicht.

Denk je nog wel eens aan die avond in de glanzende zaal?
Het is lang geleden
Sinds onze zielen
Samensmolten
Ik gaf licht aan mijn ziel, vriend
Je was meer dan een vriend
Ja, meer dan een vriend

Er klonk een zacht klopje op de deur. Zo laat nog? Even verstijfde ze, haar potlood zweefde doelloos boven haar dagboek; ze was zo verdiept geweest in de woorden, de beelden, de emoties, dat er een tweede klopje nodig was voordat ze besefte dat ze moest reageren. Ze stond op, sloop de kamer door en deed de deur op een kiertje open zodat ze kon zien wie daar stond.

Op de gang stond een bediende. Hij boog. 'Koninklijke Hoogheid, wilt u mij maar volgen?'

'Ik?' vroeg ze verbaasd. Opeens voelde ze vlinders in haar buik. 'Waarom?'

Ze vond het spannend, maar ook een beetje gevaarlijk. Mocht ze die bediende wel volgen? Zou ze niet in de problemen komen als ze midden in de nacht haar kamer zou verlaten? Aan de andere kant: mocht ze eigenlijk wel nee zeggen? Misschien had moeder of Sophie haar laten roepen vanwege een of andere calamiteit. Maar als dat het niet was, waar bracht deze man haar dan naartoe? Welk avontuur lag er op haar te wachten?

Ze wierp snel een blik op Helene en nam een besluit. Of het nou was toegestaan of niet, niemand zou weten dat ze weg was. Ze zou de man volgen en zien waar het lot haar heen voerde.

Langzaam, zodat hij niet zou kraken, opende ze de deur en volgde de bediende de donkere gang in. Ze liep op haar blote voeten over de gladde houten vloeren en het was zo stil dat ze haar rokken kon horen ruisen. Toen de bediende haar naar de vleugel van de villa leidde die strikt gereserveerd was voor de keizerlijke familie, begon haar hart sneller te kloppen en veranderde haar nieuwsgierigheid opeens in hoop.

Nog een bocht, nog een gang en toen opende de bediende een dubbele witte deur, versierd met gouden ranken en groene blaadjes. Ze betrad een elegante kamer met donkerrood met geel behang, en hoge, wit omrande deuren die naar een balkon voerden dat uitzicht bood op de fontein die ze zo prachtig vond, en...

Franz.

Hij keek uit het raam, zijn gezicht naar de sterren gericht, zijn rug naar haar toe. Ze had vaak genoeg naar die brede schouders en dat blonde krulhaar gekeken om zeker te weten dat hij het was, zelfs vanuit deze hoek. Hij droeg vrijetijdskleding, net als die eerste keer dat ze hem had ontmoet: een wit overhemd met opstaande kraag, bretels die tegen zijn gespierde rug drukten, en een zwarte broek die zijn lengte goed uit deed komen.

'Hare Koninklijke Hoogheid de hertogin.' De bediende boog. 'En de champagne, majesteit.'

Elisabeth voelde een rilling over haar rug lopen. Champagne. Franz. Het leek wel een droom, het soort nacht die dichters en kunstenaars inspireerde. Maar er lag ook gevaar op de loer. Dit was ook het soort nacht waarvoor ze naar een inrichting gestuurd kon worden, het soort nacht dat Helenes toekomst zou kunnen verwoesten.

'Op uw gezondheid,' zei de bediende. 'Ik wens u een goede nacht.' Daarop trok hij zich terug uit de kamer en verdween. Op dat moment sloeg de klok twaalf uur, de slagen weerklonken in de verte.

Elisabeth sloeg nerveus haar armen om zich heen en voordat ze het wist flapte ze eruit: 'Zo, u hebt me dus midden in de nacht hierheen laten komen om champagne te drinken?'

Tot haar opluchting bibberde haar stem niet, ook al bonkte haar hart tegen haar ribbenkast. Hij had haar midden in de nacht laten komen. Dat moest toch iets betekenen, maar ze had nog geen idee wat.

'Ik ben jarig,' zei hij, alsof dat alles verklaarde.

'Gefeliciteerd met uw verjaardag, majesteit.'

'Heb ik je wakker gemaakt?' vroeg hij. Hij liep naar haar toe en opnieuw rook ze die geur van lenteregen en kruidnagel.

'Nee. Ik ben vaak wakker 's nachts.'

'Dat verbaast me niets.'

'Waarom niet?'

'Ik kan me niet voorstellen dat jij meer dan een paar minuten per dag slaapt. Je zou te veel missen. En de wereld zou te veel van jou missen.'

Ze voelde dat de spanning in haar lichaam minder werd. Het klopte dat ze het leven als een spons in zich opzoog. Als het aan haar lag sliep ze helemaal niet. Ze zou geen ster, geen zonsopgang willen missen.

'Maar het verbaast me wel dat u niet slaapt,' zei ze. 'Ik vermoed dat rust belangrijk is voor iemand die een keizerrijk moet besturen.'

Franz fronste gekweld zijn wenkbrauwen. Hij aarzelde, nam een besluit en zei: 'Ik slaap ook niet veel... vanwege de nachtmerries.'

'Nachtmerries?'

'Over...' Franz maakte zijn zin niet af, maar zijn lichaamstaal – hij legde zijn hand op het litteken dat boven zijn boord uitstak – maakte duidelijk waar hij op doelde.

'Wilt u er wat over vertellen?'

'Dan denk je vast dat ik gek ben.'

'Nou, dat komt dan goed uit, want iedereen denkt dat ik ook gek ben.'

Franz' schouders ontspanden. Hij maakte een gebaar naar het bankje en ging naast haar zitten, zijn lichaam een paar centimeter van dat van haar. En alsof hij zich niet meer kon beheersen stortte hij zijn nachtmerries, zijn angsten, alles wat hij al die maanden had onderdrukt over haar uit. Hij vertelde over het zweten en schreeuwen, over zijn gezichtsveld dat verduisterde, en over het gevoel dat zijn geest geen deel meer uitmaakte van zijn lichaam. Elisabeth had met hem te doen, deze man die zo veel dingen tegelijkertijd was: een sterke keizer met een geheime liefde voor poëzie en een kwetsbaar hart.

'En nu? Bent u nu hier bij mij?' vroeg ze.

'Zeker.'

De stilte, en de intimiteit die daarmee gepaard ging, deed haar naar adem happen. Haar ogen vonden de zijne en lieten die niet meer los. Maar op dat moment flitste het beeld van de slapende Helene door haar hoofd, gevolgd door een snijdend schuldgevoel, en meteen riep ze zichzelf tot de orde. *Dit mag je niet doen.* Abrupt stond ze op. Franz volgde haar voorbeeld. 'Ik moet terug voordat Helene merkt dat ik weg ben. Ik had hier niet mogen komen.'

Elisabeth wilde zich omdraaien, maar toen ze Franz' stem hoorde bleef ze stokstijf staan. 'Blijf.' Het was een verzoek verpakt in een bevel. 'Alsjeblieft.' Zo veel verlangen in één klein woord. Zo veel dingen die niet werden gezegd tussen die letters.

Ze keerde zich naar hem om. Hij verdiende het de waarheid te horen. 'Ik heb beloofd dit weekend niets te verpesten.'

'Daarvoor is het nu te laat,' fluisterde hij.

Hij stond nu vlak voor haar, zijn ogen hielde de hare vast, nog één stapje en ze kon zijn gezicht aanraken. Zijn lippen strelen. Zijn gespierde schouders voelen.

Ze was zich nog nooit zo bewust geweest van haar ademhaling, van elke uitademing die tussen haar gevoelige lippen door gleed, van het ritme van haar stijgende en dalende borst.

Maar de vreugde en de opwinding werden overschaduwd door een ijskoud, donker schuldgevoel. Hoe moest het dan met Helene? Ze had toch een belofte gedaan? Haar benen wilden wegrennen, terug naar haar kamer, maar haar hart weigerde.

'Ik moet gaan, majesteit.'

'Zullen we de formaliteiten achterwege laten, Elisabeth?'

Haar naam op zijn lippen was mystiek, het was de ultieme waarheid.

Hij gaf haar het glas champagne dat ze had weggezet toen ze de kamer uit had willen lopen. 'Zo heet je toch?'

Ze nam het glas van hem aan en klemde onzeker haar vingers om de steel. 'Inderdaad, maar ik heb die naam al lange tijd niet meer gehoord.'

Ze nam een slokje van haar champagne. Men zei dat het was alsof je sterretjes dronk en nu begreep ze waarom. Dat slokje was als honderd sterren die langs de hemel schoten, en datzelfde gold voor dit moment, voor de ogen van deze man tegenover haar. Ze zette haar glas neer en Franz deed hetzelfde.

'Je deed me vandaag ergens aan denken,' zei hij. 'Je deed me denken aan wie ik was voordat ik keizer werd.'

'Hoe was dat dan?'

'Levend,' zei hij voluit lachend. Zijn gezicht was nu een open boek.

Elisabeth snakte ernaar ook niets meer achter te hoeven houden en open te kunnen zijn, maar toen Franz naar haar toe liep dacht ze weer aan Helene en schudde haar hoofd. 'Nee, nee, dat kan niet. Je gaat je met mijn zus verloven. Dat is al geregeld.'

Maar toch bleef ze staan. Ze liep niet weg. Ze wilde haar zus niet verraden, maar haar eigen hart ook niet.

Zijn ogen zochten de hare. 'Maar ik wil jou.'

Zulke eenvoudige woorden, maar een onmogelijke waarheid.

'Mijn hele leven al schrijven anderen me voor wat ik moet doen.'

Dat gevoel kende Elisabeth maar al te goed. In een mal gepropt worden waar je niet in paste. Dit moet, dat mag niet. Onverdraaglijk. En nu stond de keizer voor haar en zei dat ook hij die zwaarte voelde, dat ook hij zich klein gehouden voelde.

Ook zijn volgende opmerking was als een echo uit haar hart. 'Ik kan het niet meer aan.'

Zo was het. Zij ook niet. Ze voelden hetzelfde. Elkaars spiegelbeeld.

'Maandenlang voelde ik me dood vanbinnen. Maar nu jij er bent heb ik opeens zin om mijn verjaardag te vieren.'

'Maar je kent me helemaal niet.' In zekere zin was dat waar, maar ergens ook weer niet. Ze hadden elkaar nog nauwelijks gesproken, maar toch wist hij wie ze was. Hij kende haar op een manier die onmogelijk leek.

Hij nam de uitdaging aan. 'Jij zegt de waarheid als niemand anders dat doet. En je kijkt anders naar de dingen dan anderen.'

Haar hart smolt. Ze had zó verlangd naar deze woorden. Naar waardering voor haar eerlijkheid en haar waarheid, in plaats van afwijzing. Naar iemand die haar poëtische inborst charmant vond in plaats van vreemd.

'Ik heb zo iemand als jij nodig.'

Elisabeth zoog de woorden in zich op. Zo iemand als zij. Geen houd-je-vrouwelijke-mening-maar-voor-je-Sisi. Geen loop-niet-op-je-blote-voeten-Sisi. Geen doe-wat-ik-zeg-en-niet-wat-jezelf-wilt-Sisi. Ze had haar grote liefde gevonden, ze wist het zeker. Het leek wel alsof ze zweefde, over een onzichtbare grens, wetend dat er iemand gekwetst zou raken, maar niet in staat zichzelf tegen te houden.

'Je bent heel anders dan ik dacht,' fluisterde ze. 'Aan de buitenkant lijk je wel een militair, maar vanbinnen ben je heel anders.'

'Zwakker, bedoel je?' Zijn glimlach zakte in.

'Sterker.'

Zijn ogen zochten de hare. Toen hij een hand optilde en deze o zo zacht, zo pijnlijk zacht, over haar wang liet glijden sloeg haar hart een slag over. Onwillekeurig sloot ze haar ogen en gaf zich over. Het was precies zoals het in gedichten was beschreven: vuur en ijs, tranen en muziek, ongetemde vreugde en tedere hartenpijn.

En toen kuste hij haar, zijn handen om haar gezicht, zijn vingers langs haar kaaklijn. Zijn lippen zacht en warm. Ze drukte zich tegen hem aan en opende haar mond en zijn handen bewogen zich omhoog en verdwenen in haar krullen.

Elisabeths hart zong en zweefde als een vogel. Ze viel, ze steeg op, ze was een tornado, een vloedgolf, opgejaagd, neergesmakt, verloren.

Nee. Nee!

Helene. Ze bedroog Helene.

Ze maakte zich los uit zijn omhelzing en probeerde niet te huilen. Als ze hem nog één keer aan zou kijken en de verbazing, het verlangen en de verwarring op zijn gezicht zou zien, zou ze zich bedenken.

'Gefeliciteerd met je verjaardag... Franz,' fluisterde ze.

Ze draaide zich om en vervuld van wanhoop liep ze de kamer uit.

28

DIE KUS BETEKENDE ALLES. DIE NACHT BETEKENDE ALLES. Zíj was alles.

Ze had gezien wie hij was, wie hij écht was, en ze vond hem sterk. Hij had zijn hart bij haar uitgestort en in plaats van afstand te nemen was ze naar hem toe gekomen.

Dit had hij nog nooit gevoeld.

Maar toen had ze zich teruggetrokken. Hij wist waarom. Niet vanwege hem, maar vanwege haar familie. En zijn familie. De kluwen van verplichtingen die anderen hen hadden opgelegd.

Ze was zo mooi daarnet, haar lippen rood van het kussen, haar wangen en hals blozend, haar ogen stralend, een lok was ontsnapt uit een vlecht. Hij had hem terug willen stoppen, en zijn vingers door haar haar laten glijden.

'Je gaat met mijn zus trouwen,' had ze gezegd. Maar wist ze dan niet dat dat er niet meer toe deed? Niets deed er meer toe, behalve dat moment waarop ze hadden gezien wie die ander was.

Toch was ze weggegaan. Hij had haar tegen willen houden, maar ze was door zijn vingers geglipt.

Hij keek haar na, haar vlecht zwierde over haar rug en haar

blote voeten piepten onder haar donkerblauwe rok uit. Natuurlijk liep ze op blote voeten, ze wilde natuurlijk zo dicht mogelijk bij de aarde zijn.

Hij trok ook zijn schoenen uit, drukte zijn voetzolen tegen het warme hout en sloot zijn ogen, alsof hij dichter bij haar zou zijn als hij hetzelfde zou voelen als zij. Zonder erbij na te denken ging hij op de vloer liggen en gleed met zijn vingertoppen langs de planken, zoals ze die middag samen hadden gedaan. Hij voelde zich weer een kind dat gewoon mocht toegeven aan zijn impulsen en zijn hele omgeving in zich op mocht nemen. Het oranjekleurige licht, het gladde hout en de geur van citroen die in de lucht hing.

Hij was dood geweest, en zij had hem weer tot leven gebracht. Hij was grijs, en zij had alles weer kleur gegeven.

Maar toen was ze weer weggegaan.

Zou ze de lading die er tussen hen hing negeren, die draad die hen onzichtbaar met elkaar verbond? Zelfs al voelde ze maar de helft van wat hij voelde, dan kon dit niet waar zijn.

Of wel?

29

Met de kus op zijn netvlies sliep Franz in, maar hij werd wakker uit een nachtmerrie. Het mes stak in zijn hals. Hij lag op de grond en wilde schreeuwen maar er kwam geen geluid uit zijn mond. Zijn hart bonkte tegen zijn ribbenkast alsof het probeerde te ontsnappen. Hij had het ijskoud en elke rilling stuurde een nieuwe golf van pijn vanuit zijn hals zijn lichaam in.

Nee, nee, nee. Hij kon niet weg. Hij wilde niet weg. De duisternis greep hem beet, een ijzige kou trok door zijn ledematen. Tranen brandden op zijn wangen, angstkreten trokken door zijn lijf maar bereikten zijn keel niet.

Hij was wakker maar ook weer niet, hij wist dat het niet echt was, dat hij niet meer dáár was, maar toch kon hij het gevoel niet van zich afschudden. Hij opende zijn ogen en keek naar de zilverkleurige gordijnen langs het frame van zijn hemelbed en naar de zilverkleurige sterren tegen het nachtblauwe plafond. Toch voelde hij nog steeds het koude, scherpe mes in zijn hals dat hem de adem benam, dat zijn lippen gevoelloos maakte en zijn keel dichtkneep.

Je bent niet daar, Franz. Je bent hier. Je bent veilig.

De druk op zijn borst was ondraaglijk, het onzichtbare gewicht van een leven dat aan een zijden draadje hing. Zo fysiek, zo pijnlijk. Hij balde zijn vuisten en ontspande ze weer, opgelucht dat hij zich weer kon bewegen, dat hij zijn nagels in zijn handpalm kon drukken om te voelen dat hij leefde. Hier. Hij was hier.

De binnenkant van zijn wangen bloedde. Hij moest er in zijn slaap op hebben gebeten, toen hij wilde schreeuwen of probeerde weg te lopen. Zijn kaken waren verkrampt. Hij draaide zich op zijn buik, drukte zijn gezicht in het kussen en brulde van angst en frustratie. Hij was zó gelukkig geweest gisteravond, en nu werd hij weer regelrecht teruggestuurd naar de hel.

Hij stompte in het matras. Het was maanden geleden. Maanden en maanden. Wanneer hield dit op?

Hij had zich zó gezien gevoeld toen hij Elisabeth over zijn nachtmerries had verteld, maar nu werd hij weer overspoeld door twijfel. Nachtmerries leken niet zo erg totdat ze je overkwamen. Tot je schreeuwend en badend in het koude zweet wakker werd, de binnenkant van je wangen rauw van het bijten. Of tot je wakker werd naast iemand die er een had. Wat had hij van Elisabeth verwacht? Hij kon niet van haar verlangen hiermee te leven.

Hij haalde diep adem, drukte zijn bezwete voorhoofd tegen het zachte, naar lavendel geurende katoen en wachtte tot zijn hart tot rust kwam.

Hij was jarig, besefte hij en hij snoof ironisch in het kussen. Dit was de dag waarop hij werd geacht zijn verloving met Helene bekend te maken, maar gisteravond was hij er nog van overtuigd dat die plannen, die verplichtingen, er niet toe deden.

Nu wist hij weer dat dat niet waar was. Dat er dingen gebeurden in het Habsburgse rijk die groter en belangrijker waren dan deze vreemde, magische chemie tussen hem en Elisabeth. Er was een reden dat hij niet degene was die bepaalde wie zijn vrouw zou worden; keizerrijken stonden en vielen met de keuze van een keizerin en het voortbrengen van een troonopvolger. De duisternis die hem bedreigde kon hij niet bevechten met poëzie en verliefde blikken. Het rijk betekende gevaar, geweld en onrust en dat leidde tot een mes in je hals. Een oorlog in de vorm van nachtmerries, die je verzwelgt voordat je het weet.

Die chemie tussen hem en Elisabeth zou daar niet tegen bestand zijn. Zíj zou daar niet tegen bestand zijn. Zij was degene die gisteravond gelijk had. Ze had gelijk toen ze hem eraan herinnerde dat hij met Helene zou trouwen, toen ze wegliep, toen ze duidelijk maakte dat het bij die ene kus moest blijven.

De nachtmerrie was de wereld waarin hij leefde. De kus was de droom.

Opeens wist hij zeker dat hij moest kiezen.

30

Had ze Franz maar eerder ontmoet. Vóór al die hertogen en graven. Voordat die brief kwam met Helenes naam erop in plaats van die van haar. Voor al het gekonkel, de verwachtingen en het gedreig met een instelling dat alles bij elkaar zo'n ondoordringbare muur had gevormd.

Elisabeth was weer in bed gekropen, Helene slapend naast haar, en had nog even een gedicht gelezen in haar met tranen bevlekte dagboek:

Te laat hebben we elkaar ontmoet
Op ons scherpe levenspad
Het niet te stoppen vliegwiel van de tijd
Had ons al te ver gevoerd
Te laat
De peilloos diepe blik in je ogen
Lokte me als een magneet

Daarna was ze op haar buik in slaap gevallen, haar dagboek opengeslagen, haar gezicht tegen het papier gedrukt. Tegen het gedicht dat meer was dan een gedicht, voor een vriend die meer was dan een vriend.

Een nieuwe dag. Dé nieuwe dag. De dag waarop Franz zijn verloving met Helene bekend zou maken. Het einde van iets wat nog maar net was begonnen, een mogelijkheid die in de kiem werd gesmoord. Waren de feestjurken gisteren maar niet aangekomen, een rouwjurk zou vandaag gepaster zijn.

Ze stond in de met fluweel afgezette kleedkamer en hoopte maar dat niemand kon zien hoe ze zich voelde. De naaisters waren druk in de weer met Helenes jurk. Die was beeldschoon: een helderroze lijfje met een ivoorkleurig patroon dat uitwaaierde over de schouders, de mouwen en de taille. Helene was als een bloem, een bloeiende tuin, het middelpunt van alles. Als Franz het aanzoek zou doen zou ze nóg intenser gaan stralen.

Elisabeth wilde dat het anders was, maar tegelijkertijd vond ze dat vreselijk. Kon ze die wens maar in haar mond kon stoppen zoals Néné deed met haar mislukte paardenbloem. Ze werd geacht haar zus tot steun te zijn, maar in plaats daarvan wilde ze haar verdriet doen. Hoopte ze stiekem dat Franz nee zou zeggen. Nee tegen zijn moeder. Nee tegen de klaarliggende plannen. En ja tegen iets onmogelijks: een leven met haar. Datgene waar ze zelf een paar uur geleden nog nee tegen had gezegd.

De naaister die de laatste hand aan de zoom van de jurk had gelegd deed een stap terug en Helene liet haar jurk in het rond zwieren en bekeek zichzelf in de spiegels die overal om haar heen stonden opgesteld.

'Prachtig.' Moeders gezicht klaarde helemaal op en ze lachte. 'Helene, je bent zo slank geworden. Het staat je erg goed.'

Helene glimlachte bescheiden en keek naar Elisabeth. 'Wat vind jij ervan?'

De hoop in Helenes ogen, die vonk, boorde zich als een mes in Elisabeths hart, en een knagend schuldgevoel nam bezit van haar maag, haar borst en haar keel. Haar mooie, hoopvolle zus wilde gerustgesteld worden, terwijl zíj haar verloofde nog maar een paar uur geleden had gekust. En niet alleen gekust: ze had naar hem verlangd. Daarmee zou ze Helene teleurstellen. Nee, teleurstellen was nog te zwak uitgedrukt. Het zou Helene verpletteren. Met toegeknepen keel probeerde ze te glimlachen.

'Je ziet er prachtig uit, Néné.' Daarna keerde ze zich naar de naaister. 'Kunnen we mijn jurk meteen ook even passen?'

Als ze niet kon krijgen waar ze het meest naar verlangde, dan wilde ze er in elk geval mooi uitzien als ze haar droom door haar vingers zag glippen. Na de aankondiging van de verloving zouden ze weer naar huis gaan, en dan zou ze een uitvlucht verzinnen voor Helenes bruiloft. Of in elk geval een manier bedenken waarop ze Franz in de komende maanden zou kunnen vergeten. Ze zou vergeten hoe vurig haar hart had geklopt, hoe ze haar ware zelf had laten zien aan een ander, en hoe goed dat had gevoeld.

Ze wist dat ze zichzelf voor de gek hield en dat ze dat nooit meer zou vergeten. Het enige wat ze kon doen was toekijken hoe het onvermijdelijke zich voor haar ogen zou voltrekken.

Moeder keek haar goedkeurend aan, Helene verbaasd. De naaister gebaarde dat Elisabeth in het midden van de kamer moest komen staan.

Voor het eerst in haar leven liet Elisabeth toe dat haar moeders naaisters haar jurk in orde maakten. Toen ze in de spiegel keek vond ze dat ze er geweldig uitzag: een en al blauwe rondingen en rode lippen. Ze zou nooit toegeven dat haar moeder gelijk had als ze het had over het krachtige effect van jurken en kapsels, maar nu wilde ze toch wel toegeven dat ze kon zien waarom Helene de vernederingen van haarspelden, rozenwaterserum en rauwe eieren in haar haar verdroeg.

Ze spreidde haar armen en draaide op verzoek een rondje. 'Wat vind je ervan?'

'Spatz zou zeggen dat je een bosnimf was,' zei Helene terwijl de naaister de tailleband van Elisabeths korenblauwe rok schikte.

Of een sirene, dacht Elisabeth wrang en met enig schuldgevoel. Een sirene. Een verleidster. Over de golven riep haar verradershart naar de verloofde van haar zus.

31

HELENES JURK VOELDE KOEL EN LICHT AAN OP HAAR huid. Als ze rondjes draaide danste alles om haar heen mee. In deze jurk, met haar ranke figuur, haar goudblonde haar en de druppelvormige oorbellen langs haar halslijn, was ze op haar allermooist. Deze jurk, deze prachtige verschijning was de volgende stap die ze zette op weg naar de liefde. Misschien zou dit de doorbraak betekenen, het moment waarop Franz verliefd op haar zou worden.

Ze had helemaal geen zin de jurk weer uit te trekken, maar na het passen stonden de kapsters erop dat zij en Elisabeth hun jurk weer uit zouden trekken zodat die tijdens het kappen niet zou kreuken. Nu zaten ze dus in hun onderjurk voor de spiegel terwijl de kapsters om hen heen drentelden en hun haar borstelden, invlochten en opstaken tot elke lok op zijn plaats zat.

Het verbaasde haar dat Elisabeth had gevraagd of ze erbij mocht zijn, dat ze lang genoeg stil kon zitten voor een ingewikkeld kapsel. Het gaf haar hoop, misschien groeide Elisabeth steeds meer toe naar haar rol van zuster van de keizerin. En zelfs als deze plotselinge gedragsverandering het gevolg was van het feit dat Elisabeth een oogje had op de onvoorspelbare Maxi, iets wat ze zich al een aantal keer had afgevraagd, was haar hoop groter dan haar bezorgdheid.

Opeens voelde ze hoeveel ze van haar zus hield. Ze stak haar hand uit en pakte die van Elisabeth beet die op de armleuning van de stoel naast haar rustte. Ze hadden het nog niet over Wenen gehad, maar Helene popelde om Elisabeth die vraag te stellen. Ze wist zeker dat zij als keizerin haar eigen hofdames zou mogen kiezen. Misschien was dat wel de ultieme oplossing: als een bezoek aan deze villa Elisabeth zover had gekregen dat ze bereid was stil te zitten bij de kapper, dan zou een verblijf aan het hof er wellicht voor zorgen dat ze ook andere verantwoordelijkheden op zich zou nemen. Omringd worden door pracht en praal en goede manieren zou het makkelijker maken dan erover lezen in boeken en oefenen in een lege huiskamer. En moeder kon Elisabeth dan niet meer naar een inrichting sturen omdat zij, Helene, haar in de gaten zou houden.

Ze moest het er natuurlijk wel eerst met moeder en Sophie over hebben, en daarna kon ze het voorleggen aan haar zus. Perfect.

Toen moeder de kamer uit liep om een lint te gaan halen uit een van de koffers, keerde Helene zich naar Elisabeth. 'Je zou vaker je haar moeten laten doen. Dit is voor het eerst in een jaar tijd dat we met ons drieën bij elkaar zijn, en moeder heeft nog steeds niet om sherry gevraagd.'

'Of gejammerd dat ze doodbloedt,' voegde Elisabeth daar lachend aan toe. 'Maar misschien verwennen we haar iets te veel, en omdat ik me vandaag zo keurig gedraag zou jij misschien iets kunnen doen om haar maagzweer te laten opspelen. Misschien kun je naar een van de staljongens knipogen of zo.'

Helene giechelde en deed er nog een schepje bovenop. 'Misschien laat ik mijn enkels wel zien tijdens het diner.'

Hemel, wat was het heerlijk om grapjes te maken met elkaar.

De spanning van de afgelopen maanden nam steeds verder af tot ze bijna helemaal was verdwenen. Helene genoot van het vooruitzicht dat ze in Wenen haar zusje om zich heen zou hebben. Dan konden ze dit elke dag doen: jurken passen en grapjes maken. Het perfecte leven dat ze al bijna kon proeven.

32

Toen Sophie Franz wilde wekken zag ze dat hij al was opgestaan. Half aangekleed stond hij voor het raam en keek uit over de laaghangende mist. Zijn lichaam voelde nog altijd zwaar van de nachtmerrie, en zijn geest nog zwaarder. Het was dom geweest om te denken dat zoiets moois en breekbaars als zijn gevoelens voor Elisabeth de verwoestende realiteit zou kunnen weerstaan.

'Wat ben je vroeg op, de laatste tijd,' zei Sophie toen ze naast hem stond.

'Ik had een nachtmerrie.' Een eenvoudig zinnetje, maar deze bekentenis joeg een stoot adrenaline door zijn lichaam.

Sophie wuifde zijn opmerking weg. 'Vandaag ga je je verloven, schat. Laat die dromen maar rusten.'

Ze begreep niet dat die nachtmerrie nog altijd in de kamer aanwezig was, dat de angst en het verlies nog altijd voelbaar waren. Als hij dan toch werd gedwongen degene die hem wellicht begreep op te geven, had hij iemand anders nodig die hem doorzag. Die zag wie hij echt was.

Hij probeerde het nog een keer. 'Het was niet zomaar een droom, moeder. Het was de aanslag...'

Meteen viel Sophie hem in de rede, haar milde stem klonk weer scherp. 'Daar hebben we het al over gehad. Die mannen zijn dood, en ik wil niet langer stilstaan bij wat ze ons hebben aangedaan. Jij bent de sterkste, Franz.'

Haar woorden waren als een stomp in zijn maag. Hij had haar niet eens de volledige waarheid verteld: dat die herinneringen en nachtmerries hem zo veel pijn deden, en nu vond ze hem al zwak. Hij voelde dat zijn hart zich weer sloot.

Toen hij niet reageerde zei Sophie: 'Als je soms denkt dat het volk dit soort zwakheid waardeert, dan vergis je je, geloof mij maar.'

Weer een stomp. Sophie vond hem niet alleen zwak, ze vond hem een aansteller. Een nogal ironische beschuldiging gezien het feit dat haar andere zoon de grootste aandachtstrekker van heel Wenen was die het ene schandaal op het andere stapelde, iets wat zij nooit een bezwaar leek te vinden. Maxi zei vaak dat Franz moeders lievelingetje was, maar op dit soort momenten wist Franz zeker dat het precies andersom was. Moeder gaf Maxi de vrijheid te zijn wie hij wilde zijn, de entertainer, de rokkenjager, onbetrouwbaar en wreed, alles wat Franz niet mocht zijn.

Was Elisabeth maar bij hem. Hij verlangde terug naar die ogenblikken waarop hij zich gezien voelde. Nog maar een paar minuten geleden was hij ervan overtuigd dat het goed was dat ze was weggelopen, dat ze nee tegen hem had gezegd. Hij had zich voorgenomen met haar zus te trouwen, om niet langer te geloven in de magie die er tussen hen bestond.

Maar nu...

Als hij haar losliet, liet hij dan ook zijn enige kans om gezien te worden los? De laatste draad die hem verbond met de waarheid over zichzelf?

'Kom, het is tijd.' Sophie liep de kamer uit en gebaarde dat Franz haar moest volgen.

Ze had gelijk. Het was tijd. Maar Franz had nog steeds geen idee wat hij zou doen.

Op tafel stonden prachtige, rijkelijk met bloemen en vruchten gedecoreerde taarten. Er waren soesjestorens en schalen vol roze snoepjes. De kroonluchters schitterden en de hele kamer stond vol prachtig aangeklede bewonderaars, maar Franz staarde voor zich uit en had zich nog nooit zo eenzaam gevoeld, behalve dan op de dag dat hij bijna was gestorven.

Wat ga je doen, Franz? Het was een strikvraag, want het antwoord behelsde hoe dan ook bedrog: óf aan het rijk en zijn familie, óf aan zichzelf.

Kon hij Elisabeth maar vragen wat hij moest doen. Toen de ironie van die gedachte tot hem doordrong schoot hij bijna wanhopig in de lach. Hij wilde advies van haar, maar zij was de laatste die het hem kon geven. Ze bevonden zich in dezelfde kamer, maar de afstand tussen hen kon niet groter zijn. Was ze niet duidelijk geweest over haar gevoelens toen ze die kamer uit liep? Was haar vertrek niet voldoende antwoord? Was het niet eigenlijk heel eenvoudig?

Nee, dat was het niet. Ze had hem gekust. Ze had hem gezien, zoals hij haar had gezien.

De deuren gingen open en alle bedienden kwamen in een stoet binnen. 'Lang zal hij leven,' zongen ze en hun stemmen weerkaatsten tegen het plafond.

Tegenover hem stonden de gasten te glimlachen, ze hielden allemaal een glas champagne in hun hand, klaar om een toost uit te brengen op zijn gezondheid. Franz zocht met zijn ogen die van Elisabeth om te weten of hij daar een antwoord kon vinden. Wat woog zwaarder: de kus of haar vertrek?

Elisabeth meed zijn zoekende blik. Als Franz zich niet in een gezelschap hoogwaardigheidsbekleders had bevonden zou hij hebben gehuild van frustratie.

Helene stond naast Elisabeth. Ze droeg een elegante roze jurk, ze lachte en haar ogen straalden. Haar haar was prachtig opgestoken boven haar slanke nek. Haar glimlach bezwaarde zijn gemoed nog verder. Het lag niet aan haar dat er niet onmiddellijk een vonk was overgesprongen. En welk besluit hij nu ook zou nemen, hij zou haar teleurstellen. Of hij zou met haar trouwen terwijl hij van haar zus hield, of hij zou haar hoop en die van zijn moeder aan gruzelementen slaan.

Het lied was afgelopen. De bedienden vertrokken weer. Sophie knikte nauwelijks merkbaar naar Franz. Het was tijd.

Elisabeth keek op en heel even ving haar blik die van Franz. Een seconde maar. Een hartenklop. En Franz wist genoeg.

Hij wist wat hij zou doen.

33

ELISABETH HAD HET GEVOEL DAT ZE FLAUW GING VALLEN. Vreemd genoeg had ze het koud in de bloedhete balzaal, ze voelde zich naakt in haar zeegroene jasje en haar bescheiden jurk met de wijd uitlopende rok. De grote kam die haar vlechten bijeenhield leek wel een anker dat haar naar beneden sleurde. Heel ironisch om eruit te zien als een engel en het gevoel te hebben dat je in de hel was beland. Wachtend tot je dromen aan stukken geslagen zouden worden, en dan net doen alsof je daar heel gelukkig mee was.

Franz stond tegenover de groep gasten, en toen ze eindelijk naar hem durfde te kijken kreeg ze een brok in haar keel. Die lange man met zijn brede schouders, die stoere kaaklijn, die vriendelijke ogen, die lippen die ze op de hare had gevoeld. Hij was zo... vertrouwd.

Was hij maar geen keizer. Was hij maar niet voorbestemd voor Helene. Was ze maar bij hem gebleven gisteravond in plaats van weg te lopen. Was blijven maar een reële optie geweest.

Hij had gezegd dat hij haar wilde en zij had nee gezegd, maar nu schreeuwde haar hart 'ja'. Ze had gekozen voor het geluk van haar zus, en dat was de juiste beslissing, daar was ze van overtuigd. Maar hoe kon een juiste beslissing dan zo fout aanvoelen? Ze voelde aan alles dat dit niet klopte, haar hart, haar buik, haar hele lichaam wist het. Ze had hem gevraagd, nee bevolen, haar hart te breken, maar nu wilde ze haar hart terug.

Franz hief zijn glas. 'Dank u. Fijn dat u allemaal bent gekomen.'

Elisabeth hield haar blik strak op de marmeren vloer gericht, in de hoop dat haar hart uiteindelijk wat zou kalmeren.

'Ik wil graag een aankondiging doen,' zei Franz nu. Met elk woord dat hij uitsprak kwam hun lot dichterbij. Kon ze maar haar vingers in haar oren stoppen of onder tafel verdwijnen, zoals Spatz nu zou doen. Helene pakte haar hand vast, en ze hoopte maar dat Helene niet zou voelen hoe klam die van haar was. Ze moest alle zeilen bijzetten om rustig te blijven.

'Ik wil een jonge vrouw een huwelijksaanzoek doen,' zei Franz nu duidelijk nerveus. Zijn woorden schuurden over Elisabeths huid als vingernagels over een krijtbord.

Ze sloot haar ogen. Dat was het dan.

'De hertogin in Beieren.'

Elisabeth zette zich schrap voor de genadeklap.

'Elisabeth.'

Stilte. Iedereen hield zijn adem in. Ze kon niet meer nadenken en opende haar ogen.

'Elisabeth.'

Hij keek naar haar, lachrimpeltjes naast zijn ogen, zijn glas geheven.

Elisabeth keerde zich naar Helene. Haar gezicht was krijtwit. Ze had geen idee wat voor uitdrukking er op haar eigen gezicht lag. Verbazing? Opluchting? Schuld? Helene liet haar hand los.

'Nee!' Moeder was de eerste die reageerde.

'Gefeliciteerd!' riep Francesca, die niet begreep wat hier gebeurde, stralend.

Vanuit haar ooghoeken keek Elisabeth naar Maxi. Over zijn

normaal gesproken zo onverschillige gezicht gleed nu een zekere woede. Sophie was in shock. Moeders ogen puilden uit hun kassen.

Het was haar moeders gezicht dat Elisabeth er uiteindelijk van overtuigde dat dit echt gebeurde. Ze had het goed gehoord. Niet Helene. Elisabeth.

Haar hele lichaam veerde op.

Ik wil jou. Dat had hij de vorige avond nog tegen haar gezegd. En het feit dat zij was weggelopen had daar niets aan afgedaan. Het was een onbreekbare belofte geweest. Dit was de man die ze op die stille momenten was tegengekomen, de momenten waarop ze zich kwetsbaar had gevoeld, maar ook onbreekbaar.

Ze had gedacht dat dit het einde zou zijn, maar dat was het niet.

Dit was het begin.

Hun blikken vonden elkaar, en ze zag voor zich wat dit zou betekenen. Zij samen; hij zou zijn lippen op de tere huid achter haar oor drukken, zij zou die kaaklijn kussen, ze zouden naast elkaar liggen, in al hun kwetsbaarheid. Ze zouden elkaar leren kennen in elke betekenis van het woord.

Naast haar hoorde ze Helenes adem stokken, ze stond op het punt in tranen uit te barsten.

Elisabeth kon geen woord uitbrengen. Wat een ramp. Wat een vreugde.

34

De toekomstige keizerin? Elisabeth? Bij deze afschuwelijke gedachte kromp Helene in elkaar. Zelf had ze steeds stapjes gezet, ze had zich door de wandelingetjes geworsteld en geprobeerd zichzelf steeds beter te presenteren. Ze had hier zo hard voor gevochten, zo onvermoeibaar aan gewerkt. En al die tijd had haar zus haar toekomst ondermijnd.

De wreedheid was hartverscheurend. Ze had nooit gedacht dat Sisi hiertoe in staat zou zijn.

En nu stond ze daar in die prachtige kamer, met taarten van zes verdiepingen versierd met handgemaakte suikerbloemen, en lichtvlekjes die als vuurvliegjes door de opengewerkte gordijnen vielen. Ze had gedacht dat zij de mooiste was in haar jurk van roze zijde en haar paarlen oorbellen, en haar hoop. Hoop. Wat had ze daar hard voor geknokt, en nu werd die hoop haar in één klap uit handen geslagen.

De kamer begon voor haar ogen heen en weer te deinen, en ze wist dat ze daar weg moest. Ze kon de schande van de afwijzing niet langer verdragen. Voordat ze goed en wel wist wat ze deed liep ze weg. Zonder Franz aan te kijken rende ze langs hem heen.

In de hal snikte ze het uit en rende de trap op.

'Helene, wacht!' Het was Sisi. Haar zuster. De verraadster. De eigenaar van het mes dat in haar rug was gestoken.

'Helene, alsjeblieft! Ik wist niet dat dit ging gebeuren!'

Sisi legde haar hand op Helenes elleboog, maar Helene rukte zich los en opeens maakte haar schaamte plaats voor woede. 'Raak me niet aan!'

Helene schudde haar hoofd en keek naar haar zus. Dit keer zat Sisi's haar keurig netjes en was haar jurk ongekreukt. Ze had schoenen aan, zwarte met kleine hakjes. Ze piepten onder Sisi's korenblauwe rok uit. Zo eenvoudig. Die van haar waren veel mooier. Hoe kon dit nu gebeuren?

'Je moet nee zeggen,' zei Helene beslist.

Sisi staarde haar gekweld aan. Alsof zíj degene was die gekwetst moest worden.

'Alsjeblieft,' fluisterde Helene, maar in haar hoofd klonk het als een schreeuw. 'Alsjeblieft.'

Haar woede veranderde in wanhoop.

Sisi's gezicht trilde nu, en de tranen sprongen in haar ogen.

Helene drong aan. 'Zeg nee, Sisi, dan komt alles nog goed. Het is nog niet te laat.'

'Het is wél te laat, Néné.'

Helene had zin Sisi een klap te geven. Hoe durfde ze op zo'n moment haar koosnaampje te gebruiken? Hoe durfde ze te verwijzen naar de liefde die zij ooit voor elkaar voelden? Sisi was degene die het kapot had gemaakt, ze had die liefde aan stukken gesmeten op de marmeren vloer, ze had hem vergruisd onder haar hakken.

'Ik heb dit nog nooit eerder gevoeld.' Sisi's stem was zo teder dat het pijn deed. Zout in haar open wond.

Helenes mond viel open van ongeloof en opnieuw voelde ze woede opwellen. 'Ben je in zijn bed gekropen zodat hij jou zou kiezen? Was je daar toen we je niet konden vinden?'

Die klap kwam hard aan. Sisi trok wit weg en Helene schoot bijna in de lach. Mooi zo. Voel maar een fractie van de pijn die ik voel.

'Natuurlijk niet.' Sisi wilde Helenes hand pakken, maar Helene trok die van haar weg.

'O nee? Wat dan? Waarom zou hij dan voor jou kiezen?'

Er begon een schuldgevoel aan Helene te knagen, maar ze verdrong het resoluut. Sisi was kinderlijk en weerbarstig. Ze had altijd geweigerd voorbereid te worden op een leven als dit. Ze verdiende hem niet. Zij, Helene, wel. Zíj verdiende hem.

De gedachten buitelden nu door haar hoofd en Helene kon zich niet meer inhouden. 'Ik meende wat ik zei. Jij zult nooit een goede keizerin zijn. Je zult hem te gronde richten.'

Opeens begreep ze waarom Sisi zo gekwetst was geweest toen zij voor de grap tegen haar had gezegd dat ze niet gemaakt was voor het hofleven. Voor Sisi was het een reële mogelijkheid, en het ging haar niet om het feit dat ze afscheid moest nemen van Helene.

Helene trok haar gezicht weer in de plooi, tranen liepen nog altijd over haar wangen. En zij maar denken dat haar zus haar zou missen! Dat ze van haar hield! Intussen had ze de hele tijd achter haar rug lopen konkelen. Dat deed nog het meest pijn, meer dan Franz verliezen. Ergens onderweg was ze haar zus verloren, en ze zou haar nooit meer terugkrijgen.

Sisi liep achter Helene aan de trap op en trok haar de eerste de beste slaapkamer in. Het bed was niet opgemaakt en er stonden lege wijnglazen. Het vrolijke gele behang bespotte Helene en het roomkleurige tapijt lachte haar uit.

'Wat doe je?' vroeg Helene scherp. Ze was niet van plan vriendelijker te worden.

'Ik wil vertellen wat er is gebeurd, maar niet ergens in een gang waar iedereen ons kan horen.'

Helene sloeg haar armen over elkaar. 'Vertel op.'

'We liepen elkaar steeds per ongeluk tegen het lijf. Eerst in de tuin toen ik een vogel wilde loslaten, en daarna toen ik gewoon een luchtje wilde scheppen. Dit was helemaal niet mijn bedoeling.'

Het schaamrood steeg Helene weer naar de wangen. Zij had zo haar best gedaan voor de liefde, en Sisi was het per ongeluk overkomen. Zo makkelijk. Wat een idioot was ze al die tijd geweest. Het was weer net als vroeger: iedereen hield van Sisi en zij was onzichtbaar.

'Hij liet me gisteravond naar zijn kamer komen.'

Verschrikt en ontsteld keek Helene op.

'Maar ik ben weer weggegaan, Helene! Ik ben weggegaan. Ik heb voor jou gekozen. Geloof me!'

Sisi nam Helenes ijskoude handen weer in de hare, maar Helene trok ze terug. Ze keerde haar hoofd af en staarde naar een wijd openstaand raam waardoor de zon in volle glorie binnenviel.

'Ik heb nooit keizerin willen worden. Ik wilde alleen hem.'

De tederheid in Sisi's stem maakte voor Helene een einde aan dit gesprek. Ze stormde langs haar zus en gooide de deur open. Haar stem was ijskoud. 'Volg me niet. Spreek niet meer tegen me. Kom nooit meer in mijn buurt.'

35

De balzaal was leeg op Franz, Sophie en Ludovika na.

'Iedereen eruit,' had Sophie simpelweg gezegd, en daarop hadden alle gasten zich teruggetrokken. Dat gezag had ze. Het gezag dat Franz had uitgedaagd toen hij Elisabeths blik ving en de nachtmerrie en alle twijfels meteen waren verdampt. Als er dan toch iemand naast hem moest liggen als hij met dichtgeknepen keel wakker werd uit een nachtmerrie, moest zij het zijn. En als er iemand samen met hem de onrust in Habsburg het hoofd kon bieden, was zij het.

Hij was er nog niet zeker van dat zoiets volmaakts en breekbaars als dat wat er tussen hen speelde bestand was tegen de wereld. Maar hij wilde het graag uitproberen.

Zijn moeder nam als eerste het woord. 'Deze vrouw wordt keizerin van het op één na grootste rijk van de wereld. Het is leuk geweest, maar de tijd van spelletjes spelen is voorbij,' zei ze gedecideerd.

'Het is geen spel, moeder.' Franz probeerde zijn stem en zijn zenuwen onder controle te houden.

Sophie balde haar vuisten en keek hem vol ongeloof aan. 'Franz, ik heb heel lang nagedacht over de vraag welke vrouw goed zou zijn voor Habsburg. Realiseer je dat we hier een goddelijke opdracht te vervullen hebben.'

Franz zuchtte diep. Nu kwam het erop aan. Nu kwam hij recht tegenover zijn moeder te staan. Hij werd overspoeld door schuldgevoel. Zij had zijn leven gered, en hij betaalde haar terug met moeilijkheden, met een keuze die haar strategische plannen in de war schopte.

Ludovika deed een stap in Franz' richting en boog. 'Helene is uitstekend voorbereid, majesteit, ze zal u niet tot last zijn.'

Alsof last hier het probleem vormde. Alsof hij zijn keuze had gemaakt omdat hij dacht dat Helene problemen zou veroorzaken.

'Sisi is nog zo...' Franz draaide zich naar haar toe en daagde haar met een doordringende blik uit iets negatiefs te zeggen over de vrouw van wie hij hield. Aarzelend koos Ludovika het laatste woord van die zin. '... jong.'

Met alle kracht die Franz kon verzamelen, met de zekerheid die hij nu dankzij haar, dat meisje met dat wilde haar, die blote voeten en dat poëtische hart, warm en onwankelbaar door zijn lichaam voelde stromen, richtte hij zich weer tot zijn moeder.

'Elisabeth en anders niemand.'

Sophie sloeg haar handen ineen. Franz wist dat ze bozer was dan ze liet merken.

'Ik ga wel even met haar praten,' zei ze ten slotte, en liep naar de deur.

Franz liep achter haar aan.

Toen ze bij Elisabeths kamer aankwamen kondigde een bediende hen aan. Elisabeth zat op de vloer, haar rokken als golvend water om haar heen. Onmiddellijk stond ze op. Toen Franz haar zag kalmeerde zijn bange hart meteen. Hij moest zich inhouden om haar niet in zijn armen te nemen en haar warmte en levendigheid tegen zijn borst te drukken.

Ludovika liep als eerste naar haar toe en Elisabeth verstrakte. Er gleed een schaduw over haar gezicht, en Franz wilde haar beschermen tegen alles wat er nu ging komen. 'Zeg tegen je tante dat dit een groot misverstand is, Sisi. Zeg het. Nu.'

Sophie stak haar hand op. 'Zo is het genoeg. Ik wil het zelf van Elisabeth horen.' Ze liep naar voren en keek Elisabeth onderzoekend aan. 'Wil jij de keizerin van Habsburg worden?'

Elisabeth zweeg. Te lang, naar Franz' zin, hij voelde zijn hart in zijn keel kloppen. Ze hoefde alleen maar ja te zeggen. *Zeg alsjeblieft ja, Elisabeth.*

'Ja, dat wil ik.'

Zonder te beseffen dat hij zijn adem had ingehouden, ademde Franz hoorbaar uit. Elisabeth ving zijn blik en hield deze vast alsof het iets kostbaars was. Franz voelde dat er een glimlach op zijn gezicht verscheen.

Ze had nog niet eerder de kans gekregen 'ja' te zeggen, en dat ene woordje haalde de knoop uit zijn maag en nam alle onzekerheid weg. Dat ene woordje kon bergen verzetten, het kon de dreiging die aan de poorten van Habsburg klopte, weerstaan. Bijna had hij zichzelf die zekerheid laten ontnemen door een nachtmerrie.

Sophie tuitte haar lippen. 'En weet je wat het betekent keizerin te zijn? Besef je dat je je niet alleen aan een huwelijk verbindt, maar ook aan een imperium?' vroeg ze streng.

Elisabeth keek Sophie strak in de ogen en knikte. 'Ja.'

'Ben je bereid het werk te verzetten dat van jou een geschikte keizerin zal maken?'

'Ja.'

Sophie staarde naar Sisi. Blijkbaar had ze verder geen vragen meer, maar Franz wist dat dat niet betekende dat ze zich neerlegde bij zijn keuze. Ze zou er later nog op terugkomen. 'De wereld,' had ze ooit tegen hem gezegd, 'zal je niet gehoorzamen als je ertegen schreeuwt of huilt, maar pas als je lang genoeg wacht tot je zijn zwakke plek hebt gevonden.'

Ze deed een stapje opzij en zei tegen haar zus dat ze het stel een moment alleen moesten laten. Zonder nog een woord te zeggen verlieten de vrouwen de kamer.

Alleen. Eindelijk alleen. En nu niet in het geheim. Franz liep naar Elisabeth en streelde nog een beetje onwennig met zijn duim zachtjes haar gezicht. Ze was van hem. Hij was van haar. Ze hadden het voor elkaar.

Elisabeth sloot haar ogen en gaf zich over. Zijn duim gleed naar haar lippen en drukte ze zachtjes uit elkaar. Franz boog zich voorover en kuste voorzichtig haar onderlip. Toen Elisabeth lachte kuste hij haar opkrullende mondhoeken en de lachrimpeltjes bij haar ooghoeken. En toen vonden hun lippen elkaar, en Elisabeth verdronk in die eerste echte kus. Franz liet zijn hand langs haar nek omhoogglijden en drukte zijn vingers in haar haar. Daarna gleed zijn hand naar beneden, via haar tengere schouders, langs de zachte glooiing van haar rug, naar de rondingen van haar heupen. Hij trok haar naar zich toe. Zij streelde zijn kaaklijn, sloeg haar armen om zijn nek en drukte haar lichaam tegen het zijne.

Elisabeth was de eerste die zich losmaakte uit de omhelzing. Ze hield haar handen tegen haar blozende wangen. Het geluk dat uit haar ogen straalde maakte plaats voor iets anders: onrust.

'Wat is er?' vroeg Franz.

Elisabeth sloot haar ogen en schudde haar hoofd. 'Ze zal het me nooit vergeven.'

Franz wist dat ze het over Helene had. Hij had Helenes gezichtsuitdrukking gezien en hen in de hal op luide toon met elkaar horen praten. Hij trok Elisabeth weer in zijn armen en liet zijn kin op haar hoofd rusten.

'Heb je er spijt van?' vroeg hij gespannen.

Ze sloeg haar armen strakker om zijn lichaam. 'Nee. Het spijt me dat ze zo gekwetst is, maar ik zal nooit spijt krijgen van jou.'

Franz glimlachte. Hij had zich nog nooit zo open gevoeld, zo machtig, zo helemaal zichzelf. De geweldigste vrouw die hij ooit had ontmoet was verliefd geworden op hem. Op wie hij was, niet op zijn machtige positie. Hij hapte naar adem. Ze had zo veel te verliezen, en toch had ze geen spijt van haar keuze. Ze had geen spijt van hem.

'Wat gebeurt er nu?' vroeg ze.

'Nu ga je naar huis, en over een paar maanden trouwen we in Wenen.'

Trouwen. Dit was de eerste keer dat hij dit woord hardop uitsprak, en het voelde als een bevrijding in plaats van een beperking. Elisabeth was niet de zoveelste persoon die hij het naar de zin móést maken, hij wílde het haar naar de zin maken.

Elisabeth deed een stapje achteruit en keek hem verbaasd aan. 'Een paar máánden?'

Hij knikte.

Daar was dat bekende vonkje weer in haar ogen. 'En als ik tegen die tijd met iemand anders wil trouwen?' vroeg ze ondeugend.

Franz streelde opnieuw haar perfecte lippen. 'Dan heeft die man mazzel.'

Elisabeth ontspande en schoot in de lach. Een lach die alle spanningen van dat moment wegnam, een lach die duidelijk maakte dat er voor niemand anders plaats was.

Ze ging weer op haar tenen staan en kuste hem. Hij kon aan niets anders denken dan aan de donzige zachtheid van haar huid en de welving van haar sleutelbeen onder zijn vingers. Zijn handen zochten de veters van haar lijfje en trokken ze los, en ook de hare frunnikten gretig aan de knopen van zijn uniform. De eerste knoop, de tweede, de derde...

Een klop op de deur. Ze schrokken.

Er kwam een bediende binnen. 'Uwe Keizerlijke Hoogheid, uw moeder heeft me gestuurd met een boodschap.'

Franz knipperde met zijn ogen.

'Ze zei dat ik u niet meer alleen mag laten met de jongedame.'

Franz wist dat zijn moeder hen nooit langer dan een paar minuten alleen zou laten, maar toch was hij diep teleurgesteld.

Hij trok zijn jasje recht, streek een haarlok achter Elisabeths oor en deed een stap achteruit. 'Tot straks.'

Elisabeth knikte. Franz voelde hoe haar ogen hem volgden toen hij achter de bediende aan de kamer uit liep.

In de hal stond Maxi nonchalant tegen de muur geleund, zijn handen in de zakken, het hoofd schuin. 'Ik zie dat je precies hebt gekregen wat je wilde. Weer. Ook al heb je er een schandaal mee veroorzaakt. Bravo, broertje. Dat had ik niet van je verwacht.'

Maxi's stem klonk geamuseerd, maar zijn gezicht stond strak. Zo had hij ook naar Franz gekeken toen hij erachter kwam dat Franz iets met Louise had. Jaloers. En gekwetst. Even vroeg Franz zich af of die gevoelens oprecht waren. Maar nee, hij kende Maxi te goed. Zoals gewoonlijk kon zijn broer niet verdragen dat Franz had gekregen wat hij wilde. Elke overwinning voor Franz was een afgang voor Maxi.

Normaal gesproken zouden de bijtende woorden van Maxi Franz raken, maar vandaag gleden ze langs hem af. Daarvoor was hij nu te gelukkig. Te opgelucht. Die vreugde wapende hem tegen alles waar Maxi voor stond.

Franz lachte naar zijn broer, tikte net als hij altijd deed tegen zijn denkbeeldige pet en liep langs hem heen in de wetenschap dat het hiermee niet was afgedaan. Nóg een reden om Maxi in het oog te houden.

36

EÉN DAG WAS ALLES WAT ZE HADDEN OM HET TE VIEREN, om de zwaarte van zich af te laten glijden, om elkaars handen aan te raken in de hal, of een paar minuutjes te stelen achter een gordijn.

Elke steelse blik, elke aanraking voelde als een elektrische schok. Een ademloze vlucht van de ene wereld naar de andere. Elisabeths hele lichaam begon te tintelen als ze zijn warme handen op haar huid voelde. Ze was zich nog nooit zo bewust geweest van haar eigen lichaam, van de welving van haar borsten, de gevoeligheid van de binnenkant van haar pols en dijen. Van een verlangen dat diep in haar doordrong.

Ze trok Franz achter een dik gordijn, en hij kuste haar hals en streek met zijn lippen langs naakte huid die nooit eerder was aangeraakt.

'Keizerin,' fluisterde hij.

'Nog niet.'

'Als ik het keizerrijk leid, en jij leidt mij, ben je feitelijk al keizerin.'

Ze lachte, maar het woord schuurde. Dat woord, die titel, was eigenlijk van Helene. Helene, die nu weigerde haar aan te kijken of met haar te spreken. Hoe was het mogelijk dat iemand tegelijkertijd zo gelukkig en zo ondraaglijk verdrietig kon zijn?

'Ik ben bang dat ik mijn zus ben kwijtgeraakt,' bekende ze terwijl ze met haar wijsvinger langs zijn boord streek.

'Dat komt wel weer goed. Geef haar even de tijd.'

Maar hij kende Helene niet. Niet echt. Hij had alleen nog maar de beleefde, gehoorzame versie ontmoet. Elisabeth kende alle versies, inclusief de wrokkige. Zelfs tijdens alle gestolen momentjes met Franz bleef dit aan haar knagen.

Ze drukte haar gezicht in zijn hals en snoof zijn geur op. De warmte en kalmte die van hem uitgingen verjoegen haar angsten zodat ze weer helder kon denken. Misschien had hij wel gelijk. Helene kon niet eeuwig boos op haar blijven. Daarvoor hielden ze al te lang van elkaar, ze waren van kleins af aan elkaars bondgenoot geweest. De afgelopen paar maanden konden niet bepalend zijn voor hun relatie, dat zou ze niet toelaten. Ze kon niet van Helene verwachten dat zij haar verdriet meteen weg zou stoppen; daarvoor was het nog te vers. Maar over een paar dagen, een week, een maand misschien, zouden ze elkaar weer vinden. Elisabeth zou net zo lang haar hand naar Helene uitsteken tot Helene die weer zou vastpakken.

Opeens werd het gordijn opzijgetrokken en voor hen stond een nijdig kijkende Esterházy, één hand in haar zij, de andere om het gordijn geklemd. Toen ze Franz zag, schrok ze, liet haar arm zakken en maakte een reverence. 'Excuseer, majesteit, de familie van de hertogin wacht op haar.'

Elisabeth ging ervan uit dat de vrouw dacht dat zij zich alleen achter het gordijn had verstopt, en vroeg zich af hoe de hofdame haar had gevonden. Piepte er een teen onder het gordijn uit? Had ze te luid gefluisterd?

Onwillig trok ze zich terug. Het zou maanden duren voordat ze elkaar weer zouden zien. Een paar uur geleden had ze nog naar die maanden verlangd, in de hoop dat ze daarin Franz kon vergeten, maar nu waren ze een periode van ondraaglijk wachten geworden. En in wachten was ze nooit erg goed geweest.

Met veel moeite lieten ze elkaar los en kwamen achter het gordijn vandaan. Toen Elisabeth weg wilde lopen hield Franz zo lang mogelijk haar vingers vast.

Toen Elisabeth in de kamer van haar moeder was aangekomen, stond Helene bij het raam en staarde nors over de grasvelden.

Moeder fladderde opgewonden in het rond. 'Sisi, de koetsen staan klaar. Het is tijd om te vertrekken.'

Elisabeth zuchtte, nog steeds hunkerend naar Franz.

'We moeten weg. Ben je klaar?' Ze maakte een ongeduldig gebaar richting Elisabeth. 'Jij, keizerin. Hoe is het mogelijk.'

Er klonk zowel teleurstelling als verbazing door in haar stem. Met haar ene dochter was het plan mislukt, maar de andere had het goedgemaakt. Elisabeth wist dat dit niet haar gedroomde resultaat was, maar toch zou het moeder de importantie geven waar ze haar zinnen op had gezet.

'We moeten nog een heleboel werk verzetten. Helene was er klaar voor, maar jij...'

Helene kromp in elkaar. Elisabeth liep naar haar toe en wilde haar hand pakken, maar Helene draaide haar de rug toe en liep de kamer uit.

'We moeten morgen meteen beginnen,' zei moeder.

Elisabeth antwoordde niet. Zwijgend volgde ze haar moeder en zus de kamer uit, de marmeren trap af, de hal in. Onder aan de trap stond ze stil en keek naar de enorme kaart van het Habsburgse rijk die in de vloer van de hal was uitgehouwen – intimiderend, gigantisch, machtig. Meer dan de helft van Europa. Dat werd binnenkort haar verantwoordelijkheid. Haar plicht. Ze huiverde toen het gewicht ervan langzaam tot haar begon door te dringen.

Ze deed een stap achteruit en keek hoe haar rok over de kaart, haar land, schoof. De zwaarte van de taak waarvoor ze had gekozen was beangstigend. Maar het was ook spannend; met de plichten kwam ook de macht om iets te veranderen. De macht om onrechtvaardigheid uit te bannen. De armoede waarover ze in boeken had gelezen. De redenen waarom het volk Franz had willen vermoorden. Verantwoordelijkheid belemmerde haar niet alleen in haar avonturen, het was ook de route naar de toekomst. Naar een beter Habsburgs rijk.

Ze had altijd gedacht dat ze moest kiezen tussen verplichtingen en haar hart, maar uiteindelijk had ze niet hoeven kiezen tussen plicht óf liefde. Het was beide, of niets. Ze had gekozen voor beide, en als ze het over moest doen zou ze dezelfde keuze maken.

Moeder stond voor haar met haar handen in haar zij. 'Sisi, luister je eigenlijk wel naar me?'

Elisabeth ging rechtop staan en keek haar moeder in de ogen. Ze accepteerde niet langer dat haar echte naam werd genegeerd. Daar moest ze nu een eind aan maken. 'Ik wil dat je me Elisabeth noemt.'

Moeder gaf geen antwoord. Ze liep de koele hal uit, de warme oprit op.

Elisabeth rukte zich los van de kaart. Omdat ze erg opzag tegen de reis treuzelde ze. Urenlang met moeder en Helene in zo'n kleine ruimte te moeten zitten, moeder met haar ondraaglijke ambitie en Helene met haar ondraaglijke verdriet. Kon ze maar hier blijven, of meteen doorreizen naar Wenen. Ze had zin weer met Franz achter het gordijn te glippen, de vierde knoop van zijn jasje los te maken, en de vijfde. Ze wilde haar hand tegen zijn naakte borst drukken en het hart voelen dat daaronder klopte. Haar hart zou al doende in hetzelfde ritme gaan kloppen.

'Sisi!' Moeders stem galmde door de hal.

Ze had te lang getreuzeld. Ze zuchtte diep en dwong zichzelf naar buiten te gaan, maar opeens hoorde ze door een openstaande deur naar een andere kamer een onbekende stem die haar aandacht trok. 'Maakt u zich geen zorgen, Keizerlijke Hoogheid, zelfs het taaiste gras zal buigen.'

Elisabeth stond stil en luisterde ingespannen.

Sophies stem, zelfverzekerd en scherp als altijd, antwoordde: 'Ik maak me ook geen zorgen. Alles wat niet buigt zal breken.'

De woorden, hard en alarmerend, drongen tot haar door en bezorgden haar kippenvel. Ze hadden het over haar, zo veel was zeker. En zij was het taaie gras dat niet wilde buigen. Ze had gehoopt dat Sophie aan haar kant zou staan, maar nu ze dit had gehoord begon haar hart sneller te kloppen.

Elisabeth liep naar de koets terwijl nervositeit aan haar geluksgevoel knaagde. Boven, voor een open raam, glansde een blonde haardos in het gouden zonlicht. Franz. Haar ogen vonden de zijne.

Wees voorzichtig, Franz. Wees zuinig op mijn hart dat ik hier bij jou achterlaat.

Ze hoopte dat hun liefde sterk genoeg was voor alles wat er nog zou volgen.

1854

DEEL II

37

Helene had zin iets kapot te gooien. Franz had Sisi vierenveertig brieven gestuurd.

Vierenveertig.

Helene had vóór haar vermeende verloving precies één brief gekregen, en die was van Sophie. Ze lachte om haar eigen naïviteit. Een man die haar graag wilde ontmoeten zou zélf een brief hebben geschreven. Een man die klaar was voor de liefde zou er vierenveertig hebben gestuurd.

Soms was Helene het beu om boos te zijn, maar dan kwam er weer een brief en laaide haar woede weer op. Elke brief was een bewijs van haar falen en toonde aan dat al haar werk voor niets was geweest. Elke brief herinnerde haar aan het feit dat Sisi met het grootste gemak had gekregen waar zijzelf maandenlang aan had gewerkt en waarvoor ze zich in allerlei bochten had gewrongen.

Helene had zich uitgesloofd voor de liefde, maar de liefde had haar in de kou laten staan.

Het enige waar ze nog een beetje van kon genieten was Sisi's gezicht als zij weigerde de boter door te geven, een vraag te beantwoorden of een eindje te gaan wandelen. De enige macht die ze nog had was de macht iemand te kwetsen, en ze kon er niet meer mee stoppen.

Nu stond Helene voor Sisi's slaapkamerdeur, klaar om de nieuwste brief te stelen. Om zich met die brief te kwellen terwijl Sisi zich door haar Franse vervoegingen worstelde.

Voorzichtig duwde ze de deur open, het gepiep vervloekend dat haar plannetje door het hele huis kenbaar maakte. Ze liep Sisi's kamer binnen. Zoals gewoonlijk leek het wel of er een tornado doorheen was getrokken: het raam stond open en op de vensterbank en overal op de vloer lagen blaadjes en veertjes. Op het tapijt lagen bergen kleren in alle kleuren, en het bed leek wel een slagveld: het was onopgemaakt en lag vol met boeken, schriften, dagboeken en datgene waar Helene naar op zoek was: brieven.

Niet alleen brieven van Franz, maar ook half afgemaakte antwoordbrieven van Sisi. Die kreeg Helene zelden in handen omdat ze meestal meteen werden verstuurd.

Ze schoof twee brieven achteloos aan de kant en pakte Sisi's brief. Ze verplaatste altijd dingen als ze een brief stal, haar wervelwind van een zus had toch geen idee waar ze haar spullen neerlegde. Als iemand door Helenes spullen zou rommelen, zou ze dat onmiddellijk merken. Alles lag keurig op zijn plek. Zó zou een keizerin moeten zijn: georganiseerd, oplettend en met oog voor detail.

Helene klemde het vel papier tussen haar vingers en las de half afgemaakte brief. Bij de zin 'wie zou er niet van een man als jij houden?' stokte ze. Ze klemde haar kaken op elkaar. Ze had de neiging de brief kapot te scheuren en weg te gooien. Ze wilde hem begraven bij haar eigen dromen. Ze wist dat Sisi het niet eens zou merken, ze zou gewoon denken dat ze die brief ergens anders had neergelegd. Ze zou Helene nooit de schuld geven of haar ernaar vragen. Ze zou hem simpelweg opnieuw schrijven, net als de vorige brief die Helene aan stukjes had gescheurd.

Ze pakte een ander vel papier op. Dit was een brief van Franz, een die Helene al had gelezen. De eerste brief die hij had ondertekend met 'Je kleermaker'. Een privégrapje. Een reactie op iets wat Sisi had geschreven na een extra moeilijke les Frans: 'Was je maar een kleermaker en niet de keizer. Ik wilde alleen maar jou, niet al dit moeilijke gedoe!'

Helene vond het vreselijk dat ze al zo veel brieven uit haar hoofd kende, dat ze nadacht over wat zij hem zou hebben verteld in hun briefwisseling: dat ze zo'n wild kind was geweest, pasteitjes had gepikt en haar vader had bespioneerd. Of dat ze padden was gaan vangen in de tuin, en hoe blij ze was als ze er een had gered uit de put waar ze altijd in vielen.

Beneden viel een zware deur in het slot, en Helene wist dat ze niet veel tijd meer had. Ze pakte nog één brief op – deze was niet van Franz, maar van Maxi.

Deze brief was nog het interessantst. Maxi had een verbazingwekkend mooi handschrift met sierlijke krullen. Zou hij veel brieven schrijven naar dames van het hof? Dat zou zeker passen bij zijn reputatie.

Zijn brieven gingen altijd over reizen en paardrijden. Sisi had altijd al een keer naar Griekenland gewild, en in zijn laatste brief aan haar deed Maxi haar die belofte: 'Dan gáán we naar Griekenland! En ook naar Hongarije, Spanje, Frankrijk en Genève.'

Maxi's brieven waren niet romantisch van toon zoals die van Franz, maar Helene kon goed tussen de regels door lezen. De broer van de keizer was ook verliefd op haar zus. Al die brieven aan haar en de belofte met haar op reis te gaan maakten dat wel duidelijk. Ook de ingetogen manier waarop hij haar aansprak wees in die richting; zijn respect voor haar zus stond in schril contrast met zijn reputatie.

Ook dit was een dolksteek in Helenes hart, ook dit liet zien dat Sisi er niets voor hoefde te doen om geliefd te zijn. Ook deze pijl voegde ze toe aan haar arsenaal.

Voordat iemand haar kon betrappen glipte Helene Elisabeths kamer weer uit. Niet dat iemand aandacht aan haar besteedde tegenwoordig. Zelfs moeder niet. Ze was een spookdochter geworden, de mislukking, de bom die elk moment kon ontploffen. Sisi probeerde haar te kalmeren, maar verder bleef iedereen zo ver mogelijk bij haar uit de buurt.

Ze schaamde zich voor die gedachte. Natuurlijk meed iedereen haar, het liefst zou ze zichzelf ook mijden.

Helene had nooit een hekel aan zichzelf gehad, maar nu was het toch zover. Vroeger was ze bang dat ze misschien te saai zou zijn. Te nerveus. Maar ze had nooit echt een hekel aan zichzelf gehad. Nu was ze een gloeiend vat vol woede en schaamte, en als ze heel goed naar zichzelf zou kijken zou ze er zelf misselijk van worden. Iets in haar was geknapt, en ze had geen idee hoe ze dat moest repareren.

38

Zonder specifiek doel reed Elisabeth door de Beierse heuvels, over glooiende hellingen, langs spiegelgladde meren. Ze verbaasde zich, en niet voor het eerst, over de weelderige groenheid van haar geboortestreek. Het was bijna overmoedig, al die tinten: diep donkergroen, helder bladgroen en het winterse groen van zilversparren.

Ze liet haar paard stoppen en gleed van zijn rug, zette haar blote voeten in het zand en snoof de geur van natte aarde op. Ze kreeg de laatste tijd zo zelden de kans alleen te zijn, en ze genoot van het gevoel van vrijheid en de ruimte om haar heen. Geen Franse vervoegingen. Geen tafeletiquette. Alleen zij, de vogels en haar gedachten.

Franz. Altijd en overal dacht ze aan hem.

Ze voerde haar paard naar een bosje en bond hem vast aan een boom. Ze glipte tussen de stammen door en zag voor zich hoe Franz op haar af kwam lopen.

Ze sloot haar ogen. Hoe zou het zijn om hem weer te kussen, dit keer zonder knagend schuldgevoel of beloftes die haar dwarszaten? Om zijn armen om haar middel te voelen, zijn handen in haar haar? Hoe zou het zijn als die handen de veters van haar jurk vonden en die lostrokken zodat haar jurk naar beneden zou zakken?

Ze drukte haar rug tegen de ruwe boomschors, hief haar gezicht op naar de zon die door de bladeren scheen en liet haar gedachten onbelemmerd dwalen. Elke dag trakteerde ze zichzelf op herinneringen aan hem alsof het bonbons waren: zeldzaam, zoet, langzaam genietend. De kus achter de gordijnen, de manier waarop hij haar vasthield toen hun moeders weg waren gegaan, tegen zijn borst gedrukt alsof ze een deel van hem was. De opwinding om naast hem op de grond te liggen, in zijn ogen te staren, elkaar bijna aan te raken. De kwetsbare trilling in zijn stem toen hij zijn geheimen met haar deelde.

Nu, in de stilte tussen de bomen, zocht ze in haar hoofd naar nieuwe herinneringen die ze wilde vormen. Haar vingers maakten langzaam de knopen van zijn uniform los, gleden over zijn brede schouders, trokken zijn jasje uit, zijn overhemd. Ze voelde de huid van haar borst tegen de zijne. Ze zou langs zijn kaaklijn kussen. Hij zou haar sleutelbeen kussen, en dan zakken. Lager... nog lager... Ze likte langs haar lippen, genoot van de beelden. Ze kon bijna zijn handen op haar huid voelen. Kippenvel op haar nek, armen, buik, borsten. Hij was een tondeldoos, zij de lucifer. Ze stak haar hand onder haar rok en drukte hem tegen haar bovenbeen. Ze liet haar vingers de zachtheid van haar huid bevoelen en naar binnen glijden.

'Ik hou van je.' Ze sprak de woorden hardop uit, nog heerlijker dan op papier.

Ze voerde de druk op en haar hele lichaam trilde. Door haar hoofd schoten de regels van een gedicht dat Franz in een van zijn brieven voor haar had neergeschreven, en ze spoorde haar lichaam aan tot een crescendo.

Zwaluw, kom
Kom naar me toe
Snel
Ik heb je nodig zoals een zeemeeuw
Zoutige lucht onder zijn vleugels nodig heeft

Ze liet zich meedeinen op de golven van het gedicht en het ritme van haar vingers, en opeens werd ze overspoeld; ze drukte haar lichaam tegen de ruwe boombast en liet haar ziel de vrije loop.

'Franz.' Eerst fluisterend, daarna luider. Niemand die haar kon horen.

Nog even, dan zouden ze weer samen zijn. Nog even, dan zouden de lange stiltes en de nog langere lessen Frans in het benauwde huis voorbij zijn. Nog even, dan zouden het zíjn vingers zijn die de contouren van haar borsten zouden volgen, die de tere huid van haar dijen zouden strelen en haar naar een hoogtepunt zouden voeren.

Als ze daaraan dacht werd ze dronken van geluk en verlangen.

Nog twee dagen.

39

FRANZ HAD HET WOORD LIEFDE NOOIT EERDER IN DE MOND genomen. Hij had affaires gehad, natuurlijk. Alle jonge mannen hadden affaires. Hij kende het verlangen, de spanning van een geheime ontmoeting. Maar dit was nieuw. Zíj was nieuw.

In zijn brieven was hij het woord gaan gebruiken, en nu lag het op het puntje van zijn tong; de brieven zouden gesprekken worden, vrolijkheid, gefluister bij kaarslicht.

Hij zat in zijn kamer en schreef de zoveelste brief, de laatste die hij zou sturen voordat ze naar hem toe zou komen. Misschien bereikte die haar niet eens op tijd, maar hij zag de glimlach op haar gezicht als ze hem wél zou krijgen, als hij één dag voor haar vertrek ineens op zou duiken.

Ze had hem nog een gedicht gestuurd en hij las het voor de zoveelste keer:

Jij bent mijn zon
O, nobele Achilles!
Doorboor mijn hart met je speer

Verlos me uit een wereld
Zonder jou
Zo verlaten, zo leeg
Waarin ik vergeefs op afstand word gehouden

Franz drukte zijn hand tegen zijn litteken en voelde hoe de huid daar strakgespannen stond. Toen Elisabeth die plek had gestreeld was hij voor haar gevallen, vanaf dat moment kon hij niet meer terug. Volledig gekleed had hij zich naakter gevoeld dan ooit. Voordat ze zijn lichaam had aangeraakt had ze zijn ziel aangeraakt en zijn hele lichaam was vervuld geraakt van verlangen. Dit was intiemer en erotischer dan seks.

Hij zag haar voor zich: haar blauwe jurk tegen haar gebruinde huid, haar armen bezaaid met sproetjes, kusjes van de zon, de contouren van haar borsten die meedeinden op het ritme van haar ademhaling, en die altijd aanwezige glimlach. En dan die ogen: zo diep dat je erin kon verdrinken.

Hij stelde zich voor wat hij zou doen als ze nu hier bij hem was. Hoe hij het lijfje van haar jurk zou lostrekken, centimeter voor centimeter, en elk nieuw stukje ontblote huid zou kussen. Hij zou elke ronding strelen, daar waar haar taille overging in haar heupen. Hij zou haar navel kussen en de welving van haar buik.

Ze zou haar rug strekken, haar lieflijkheid zou overgaan in verlangen; brutaal als een nachtwezen zou ze zijn ziel opeisen. Hij zou hem met beide handen aan haar geven.

In haar brieven had ze hem steeds sterk genoemd, en 'haar dromer'. Ze keek dwars door hem heen en hield van wat ze zag. Ze moedigde hem aan zijn hart te volgen, iets wat nog nooit iemand tegen hem had gezegd. Iedereen had een mening over hem, iedereen wilde hem goede raad geven, maar zij was de eerste die had gezegd dat zijn eigen hart sterk genoeg was om te weten wat hij moest doen.

Franz wilde dat zijn rijk een spoornet zou krijgen. Hij had er altijd al een willen laten aanleggen, maar de scheiding van Elisabeth maakte duidelijk hoe dringend het was, hoeveel problemen een spoornet zou oplossen. Urenlang had hij zich geërgerd aan het feit dat hij niet bij haar kon komen. Een spoornet zou dergelijke problemen voor iedereen oplossen. Om nog maar te zwijgen over het bevorderen van de handel en het verbinden van mensen met hun familie die ver weg woonde. En bovendien zou het meer voedsel naar de steden kunnen transporteren, het zou meer mogelijkheden bieden. De gedachte alleen al deed hem naar adem happen.

Er werd op de deur geklopt. Zijn moeder stevende de kamer binnen, stoïcijns en indrukwekkend als altijd.

'Moeder.' Franz ging staan en gebaarde dat ze plaats kon nemen op de bank. Zelf ging hij tegenover haar zitten.

Ze viel meteen met de deur in huis. 'Ik moet je verzoeken je keuze te heroverwegen. Het is nog niet te laat, je hebt nog twee dagen.'

Toen hij geen antwoord gaf ging ze verder. 'Ik moet je eraan herinneren dat Elisabeth nogal...' Sophie wapperde met haar handen, zoekend naar het juiste woord. '... onvoorspelbaar is. Het hof vereist beleefdheid en ingetogenheid. De jongere hertogin is echter geen van beide.'

Ze had natuurlijk gelijk: Elisabeth bezat veel kwaliteiten, maar Franz zou haar zeker niet omschrijven als beleefd en ingetogen. Maar wie beweerde dat dat de enige eigenschappen waren die het goed zouden doen aan het hof? Dat onvoorspelbare mensen altijd buiten de deur waren gehouden wilde nog niet zeggen dat ze hier niet konden leven, of misschien zelfs gedijen.

Sinds ze terug waren in Wenen hadden Sophie en Franz dit gesprek meerdere malen gevoerd, maar hoe vaker Sophie haar bezwaren herhaalde, hoe makkelijker Franz het vond ze te weerleggen. Hoe hoger de stapel brieven van Elisabeth werd, hoe beter hun band bestand raakte tegen zijn schuldgevoel en zijn angst.

'Dat is wel vreemd, als ik bedenk hoe blij je was toen ik Maxi als adviseur aannam. Hij lijkt me het schoolvoorbeeld van onvoorspelbaarheid.'

Sophie schudde zachtjes haar hoofd. 'Maar Maxi is een man, lieverd. Mannen kunnen zich aan het hof meer permitteren dan vrouwen.'

Zo had Franz er nog nooit naar gekeken, maar ze had natuurlijk gelijk. De vrouwen aan het hof waren in een paar strak omlijnde categorieën in te delen. Hij had nooit beseft dat ze geen andere keus hadden. Dat idee zat hem dwars.

'Je zegt dat we vrouwen aan het hof nooit de kans hebben gegeven te zijn wie ze willen zijn. Waarom beginnen we daar dan niet eens mee?'

Sophie gaf geen antwoord op die vraag maar veranderde van onderwerp. 'Franz, je bent altijd een verstandig man geweest. Zelfs als kind was jij altijd de verstandigste van al je broers. Jij maakte altijd de moeilijkste en de beste keuzes. En je bent uitgegroeid tot de perfecte man om dit rijk te leiden.'

Ze zweeg even. 'Alsjeblieft, lieverd, wees redelijk. Er is nog tijd om dit af te zeggen. Om verstandig te zijn. Is het een mooi meisje? Ja, natuurlijk. Ze is charmant en iedereen kijkt naar haar. Maar dat zijn niet de kwaliteiten die we zoeken voor een keizerin.'

Franz sloot even zijn ogen. Jammer dat zijn moeder niet akkoord ging met zijn keuze, dat ze Elisabeth niet als schoondochter wilde. Maar hij was een nieuwe man, een man die zich liet leiden door zijn verstand én zijn hart, en niet door een van de twee. Hij kon die twee delen van zichzelf niet meer scheiden.

'Moeder, ik ben bang dat u dit toch zult moeten accepteren.' Hij stond op en gebaarde dat ze de kamer mocht verlaten. 'De keizerin zal al snel hier zijn.'

40

OP EEN DOOR BOMEN OMZOOMDE LAAN HIELDEN DE koetsen stil. Overal strekten de bossen zich uit als een donkergroene deken. De eerste herfstkleuren dienden zich al aan en voorzagen het bos van een gouden randje. Vol goede moed was Elisabeth op weg naar Wenen.

Ze had de koetsen laten stoppen omdat ze moest plassen, maar eigenlijk wilde ze gewoon even door het bos wandelen, de geur van herfstbladeren opsnuiven en ontsnappen. Opgelucht stapte ze uit de koets; ze snakte naar zuurstof.

De koets met Helene en moeder erin voelde zo klein als een luciferdoosje, vol gefrustreerde hoop en messcherpe stiltes. Ook Spatz zat in die koets, maar zij hield wijselijk haar mond. De koets waar zijzelf met haar vader in zat herbergde zo zijn eigen teleurstellingen: zijn wilde dochter werd een ander mens. Ze had tegen hem gezegd dat dat niet waar was, maar tussen hun grapjes door voelde ze zijn teleurstelling. Ze voelde zich niet op haar gemak bij zijn ongebruikelijke ernst. Ze zou willen dat hij altijd haar bondgenoot was, en niet alleen als het hem uitkwam.

Ze liep over de dorre bladeren en de ruwe stenen tot ze de

koetsen niet meer kon zien en de gedempte gesprekken in de ene koets of het gerommel van haar vader, op zoek naar een sigaar, in de andere, niet meer kon horen. Ze leunde tegen een dennenboom, legde haar hoofd tegen de stam en sloot haar ogen. Was ze maar vast in Wenen, in het bos met Franz die een verhaal vertelde uit zijn jeugd. Zijn brieven zouden echte gesprekken worden.

Met elke brief was haar liefde voor hem gegroeid. In zijn laatste brief had hij haar verteld over die keer dat hij, toen hij een jaar of tien was, in Bad Ischl geprobeerd had alle paarden uit de stal te bevrijden. Hij had in zijn hoofd gehaald dat paarden het verdienden vrij rond te lopen, en hij had er al een stuk of zes losgemaakt toen een van de stalknechten ingreep. Het duurde een hele dag voordat ze de laatste twee onwillige merries, die al halverwege een steil bergpad liepen, hadden gevangen.

Hij had zijn moeder nog nooit zo boos gezien. Niet vanwege de paarden, maar omdat er een belangrijke delegatie in de stad was aangekomen en Franz het rijk voor schut had gezet. Nu was het grappig, maar toen voelde het vreselijk. Hij had zich vreselijk geschaamd voor zijn domme actie, maar dat werd nog erger toen Sophie hem berispte omdat hij huilde.

'Schiet eens op!' Haar mijmeringen werden verstoord door de stem van haar vader die tussen de bomen door schalde.

Ze was bijna vergeten waar ze was.

Ze streek haar rok glad en ging rechtop staan. Toen ze weer bij de koetsen aankwam leunde haar vader uit het raam, een sigaar nonchalant tussen zijn vingers. Hij nam een trekje. 'Dat was waarschijnlijk de laatste keer dat je in het bos hebt gepist.'

'Papa, alsjeblieft.' Ze trok een wenkbrauw op. 'Je bedoelt: dit was de laatste keer dat je in het bos hebt gepist, *majesteit*.' Hij mocht dan grappig zijn, zij was nog grappiger.

Vader grinnikte. 'Zo ken ik je weer.'

Elisabeth stapte in, liet zich op het bankje tegenover haar vader zakken en stak haar hand uit voor een sigaar. De koetsen zetten zich weer in beweging. Ze schudde met haar schouders om een beetje te ontspannen.

Ze hield haar handpalm onder haar vaders neus en lachend legde hij er een sigaar in.

'Niet tegen je moeder zeggen.'

Ze keek hem veelbetekenend aan. 'Sinds wanneer moet je dat tegen me zeggen?'

'Sinds jij Uwe Majesteit bent. Ik heb geen idee hoe een keizerin zich gedraagt als haar moeder in de buurt is.'

'Ik ben nog steeds dezelfde.'

'Ja, ja, maar hoe lang nog?'

Ze fronste haar voorhoofd. Twijfel en teleurstelling sloegen weer toe.

'Voor altijd,' zei ze zonder haar vaders blik los te laten. Ze wilde dat hij haar geloofde en dat hij gerustgesteld was.

Hij gaf haar de lucifers. 'Doe mij een plezier.'

Vragend keek ze hem aan.

'Stort je aan het hof niet meteen zoals altijd op de meest onmogelijke problemen. Zorg goed voor jezelf. Buig mee als je mee moet buigen.'

Elisabeth zuchtte diep. Dat kon ze niet beloven. Ze had zichzelf de afgelopen twee maanden in feite elke dag precies het tegenovergestelde beloofd: ze zou Franz liefhebben, haar plichten omarmen én zichzelf blijven. Ze was niet van plan een van die dingen te veronachtzamen.

'Maak je geen zorgen, papa. Franz weet wie ik ben.' Ze glimlachte geruststellend naar hem.

'En dit allemaal,' zei hij en hij wees uit het raampje naar het paleis dat langzaam maar zeker in beeld kwam, 'is dit ook wie jij bent?'

'Ja, deels. Dit maakt deel uit van mijn keuze.' Ze inhaleerde de zoete sigarenrook en blies hem langzaam weer uit.

Vader wees naar haar sigaar. 'Geniet er nog maar even van. Ik kan me zo voorstellen dat je toekomstige schoonmoeder het niet goed vindt dat je rookt.'

'Afkeuring heeft mij nog nooit ergens van weerhouden.'

'Nee, maar ik heb gehoord dat ze nog erger is dan je moeder.'

Sophie was inderdaad erg. Elisabeth hoorde nog steeds die messcherpe woorden achter de openstaande deur: 'Alles wat niet buigt zal breken.' Had Sophie gewild dat zij dit hoorde? Hoe dan ook, het zou wel iets meer betekenen dan stoppen met roken.

Maar dat hoefde haar vader niet te weten. 'Maak je daar nou maar niet druk om, papa. Zorg nou maar gewoon dat je zelf geen ruzie krijgt met de aartshertogin.'

'Ik beloof niets.' Hij wiebelde grappig met zijn wenkbrauwen. In tegenstelling tot wat haar moeder dacht, leefde haar vader juist op van reizen, hij werd minder scherp.

Elisabeth schudde gedecideerd haar hoofd. Het was net als tijdens die eerste rit met Helene, maar dan omgekeerd: zij was de strenge, en papa degene die zich zou gaan misdragen aan het hof.

41

HELENES VERDRIET WAS ALS EEN OMGEVALLEN GLAS wijn. Het doordrenkte haar en verspreidde zich verder dan ze besefte. Ze had de vlek niet meteen weggeboend, en nu kon ze hem niet meer verwijderen – een donkerrode vlek op haar ziel. Zo diep en donker als het bos dat zich voor haar uitstrekte nu ze in deze oncomfortabele koets naar Wenen hobbelden. Naar Sisi's toekomst.

De toekomst die van haar had moeten zijn.

Ze had verwacht dat het wel wat gezakt zou zijn als ze Beieren zouden verlaten voor de trouwerij, maar haar wrok en verbittering waren alleen maar toegenomen, totdat ze alleen nog maar die vlek kon zien en woede kon voelen. Haar hele leven had iedereen tegen haar gezegd dat ze beloond zou worden als ze lief was. Nu dat een leugen was gebleken kon ze de razernij niet meer wegboenen.

'Ga je nu voortaan altijd zo kijken?' vroeg haar moeder geërgerd.

Helene liet zich achterover zakken en keek haar moeder aan. 'Wat bedoel je?'

Moeder wierp haar een je-weet-heus-wel-wat-ik-bedoel-blik toe, maar verklaarde zich desondanks nader. 'Ik loop nu al maanden tegen dat chagrijnige gezicht van jou aan te kijken. Ik heb veel geduld met je gehad, maar nu is het genoeg. Laat het los. Heb ik ook gedaan.'

Die woorden kropen als splinters onder Helenes huid. En dat van de enige persoon die haar bondgenoot had moeten zijn! Het was niet eerlijk. Moeder was degene die haar had laten geloven dat ze het goed deed, die haar maandenlang had voorbereid en die had gezegd dat ze daarvoor beloond zou worden.

'Voor mij was het ook niet makkelijk,' zei moeder terwijl ze dreigend haar wijsvinger ophief. 'Mijn god! Al die voorbereidingen, de briefwisseling, de bruidsschat. En ik stond er helemaal alleen voor!'

Boze tranen welden op in Helenes ooghoeken. De mislukking bleef maar prikken, het verlies werd nooit kleiner.

'Het geeft niet, lieverd, niet huilen.' Ze gaf een klopje op Helenes knie en zei milder dan gewoonlijk: 'Je moet maar zo denken: nu ben jij er tenminste om voor mij te zorgen als ik oud ben. Sisi zou me vroegtijdig hebben omgebracht.'

Weer een splinter. Haar moeder beschouwde dit als het eind van Helenes mogelijkheden. Zij ging ervan uit dat als één man, de keizer, niet van Helene zou houden, niemand ooit nog van haar zou houden. Verbijsterd liet Helene dit tot zich doordringen.

Soms had Helene zin om dit met Sisi te bespreken, zodat zij met een grapje de pijn en de woede beheersbaarder kon maken. Sisi kon dat, dat was altijd al haar magische kracht geweest. Maar steeds als deze gedachte in haar opkwam trok haar hart een muurtje op. Nee! Degene die de oorzaak van de pijn was kon niet degene zijn die hem weghaalde. Helene wilde Sisi straffen voor haar daden, zelfs als ze daarmee tegelijkertijd zichzelf strafte.

De vrouwen zwegen het laatste stukje van de reis. Helene verdrong haar gevoelens en sloot zich af. Haar gezicht versteende, en haar hart ook.

42

Vroeg in de ochtend was Franz al klaarwakker; zijn lichaam trilde van opwinding. Vandaag was het zover. Ze kon elk moment arriveren. Nerveus trok hij zijn kraag recht; hij had vlinders in zijn buik.

Om iets te doen te hebben en wat van zijn onrust kwijt te raken was hij naar het schermveldje bij het bos gelopen, en nu stond hij in zijn schermuitrusting tegenover Maxi.

Franz ging in de houding staan. 'Je bent tien uur te vroeg wakker.'

Maxi zwaaide met zijn degen. 'Je vergist je, broertje, ik ben helemaal niet naar bed gegaan.'

Franz had zijn broer uitgenodigd voor een partijtje schermen, als zoenoffer, maar hij had nooit verwacht dat Maxi op dit uur van de dag zou verschijnen. Hij vond het extra vervelend, omdat hij net een vertraagde brief van Elisabeth had gekregen. Normaal gesproken werd hij blij van zo'n brief, maar deze voelde aan als een klap in zijn gezicht. Ze had verteld dat Maxi haar ook schreef, informatie die hem niet eerder had bereikt.

Elisabeth dacht misschien dat het allemaal onschuldig was,

maar Franz kende zijn losbollige broer wel beter. Als Maxi Elisabeth brieven schreef, dan flirtte hij met haar. Of hij probeerde Franz op een of andere manier te ondermijnen. Of, en dat was het waarschijnlijkst, allebei.

Franz wenste dat hij die brieven kon lezen zodat hij wist wat ze betekenden en hoe Maxi van plan was hem te kwetsen.

Bij die gedachte begon zijn bloed te koken. Hij opende de wedstrijd met een stevige uithaal naar zijn broer. Ze schermden. Vooruit, achteruit, vooruit, achteruit. Het vertrouwde ritme was als balsem voor Franz' ziel. Zijn ademhaling paste zich aan aan het ritme van zijn voeten.

Maxi maakte het eerste touché. 'Je bent niet erg in vorm vandaag.'

Franz negeerde die opmerking.

'O ja, dat is waar ook. Je aanstaande komt vandaag aan. Hoe lang duurt het denk je voordat je haar te gronde hebt gericht?'

Franz' maag verkrampte. 'Op welke manier zou ik haar te gronde richten?'

Maxi grijnsde. 'Op allerlei manieren. Zij is een vlindertje en jij stopt haar in een potje. Ze zal stikken.'

'Wat weet jij daarvan?'

'Alles. Ik zit ook in die pot, en ik ben al halfdood.' Een messcherpe opmerking, verpakt als grapje.

'Hou op, je hebt meer vrijheid dan wie dan ook hier aan het hof, inclusief ik.' Franz viel aan, maar Maxi blokkeerde zijn stoot. Stoten, afweren, stoten, afweren.

'Ik heb helemaal niets.'

'Dat is zowel dramatisch als gelogen, Maxi.' Franz fronste zijn voorhoofd en knipperde onder zijn masker de zweetdruppels uit zijn ogen. Maxi vond een opening en maakte zijn tweede touché.

'Je kunt nog terug,' zei Maxi gespannen.

'Je lijkt moeder wel.'

'Je offert haar dus op aan je eigen egoïsme?'

Franz voelde woede opwellen, maar hij antwoordde niet. Was Maxi nu weer jaloers? Moeilijk te zeggen. In Bad Ischl had Maxi voor de grap gezegd dat hij met Elisabeth wilde trouwen. Hij had steeds terloopse opmerkingen over haar gemaakt. Hij had schaamteloos met haar geflirt. En nu wist Franz dat hij haar ook nog brieven had geschreven. Aan de andere kant flirtte Maxi altijd schaamteloos met iedereen. En hij wilde altijd hebben wat Franz wilde hebben, gewoon om hem dwars te zitten.

Gefrustreerd viel Franz opnieuw aan, agressiever nu. Aanvallen, blokkeren, aanvallen, blokkeren. De touchés namen toe, de degens kletterden tegen elkaar zodat Franz' arm bij elke klap trilde.

Opeens hield Maxi zijn verdediging gesloten en stootte hij voor de laatste keer de punt van zijn degen tegen Franz' borst.

'Match.' Franz kon zijn broer door zijn masker heen horen grinniken. 'Je krijgt dus niet altijd je zin.'

Franz zette zijn masker af en stak zijn hand uit. Hij zou laten zien, tóch weer, dat hij de grootste van de twee was.

Maxi hield niet van dit soort gebaren. Hij duwde met zijn degen Franz' hand opzij, draaide zich om en liep in de richting van het paleis. Franz keek hem na. De schermpartij had hem bepaald niet gerustgesteld.

De irritatie over de schermpartij en het nieuws over de brieven van Maxi wogen echter niet op tegen de opwinding van die dag. Met vlinders in zijn buik was Franz teruggegaan naar zijn vertrekken. Elisabeth was op weg naar hem toe, elke seconde kwam ze dichterbij. Het leek wel of hij zweefde, hij voelde nauwelijks dat zijn voeten de vloer raakten.

Hij pakte het vlechtje van Pucks haar – het kostbare geschenk dat ze bij haar laatste brief had ingesloten. 'Zodat je aan me zult denken tot ik bij je ben.' Ze had hem ook een gedicht gestuurd:

Opgewekt
Blaas ik zeelucht over je heen
In het midden van je hart
Nog even
Vergeet de wereld
En al haar pijn

Hij zou zeker vergeten. Vandaag was daar de perfecte dag voor. Maxi's steken onder water, moeders afkeuring. Hij zou een frisse start maken.

Theo onderbrak zijn mijmeringen met een discreet kuchje. 'Majesteit, de gravin weer. Zal ik het afhandelen?'

Franz zuchtte. Er bevonden zich veel gravinnen aan het hof, maar er was er maar één belangrijk: Louise. Franz' voormalige maîtresse die, zo was gebleken, oprecht verliefd op hem was.

Het was nooit zijn bedoeling geweest haar hart te breken, maar nu zat hij alsnog met de brokken.

'Laat haar binnen.' Hij stopte het vlechtje paardenhaar in een doosje in zijn secretaire en keerde zich om naar Louise.

Ze was mooi als altijd, maar dit keer voelde Franz geen verlangen. Niet naar haar lichaam, ingesnoerd bij de taille in een lijfje met groene schubben. Niet naar haar goudkleurige haar dat werd geaccentueerd door een zwarte jas en een bijpassend zwart hoedje. Niet naar haar helderblauwe ogen, haar ranke hals met het holletje onderin.

Als hij al iets voelde, dan was het medelijden. Dit was een vrouw in de rouw en zo zag ze er ook uit; haar kleding een donkere wolk, oorbellen in de vorm van bijltjes om het onheil af te weren. De vrolijke inrichting van zijn vertrekken – het groen met gouden behang, de lichte houten vloeren, het blauwe plafond met de cupido's – deed haar nog ongelukkiger lijken.

'Mijn keizer.' Er klonk nog hoop door in haar stem, en dat raakte Franz. Zodra hij teruggekeerd was in Wenen had hij hun relatie verbroken; zijn hart behoorde nu slechts Elisabeth toe. Maar al die maanden was Louise vol blijven houden. Haar verdriet hing als een mantel om haar heen.

'Gravin, dit is niet een geschikt moment.' Hij kon haar niets meer geven. Hij had vriendelijkheid geprobeerd. Hij had geprobeerd alles uit te leggen. Maar ze bleef komen.

'Je hebt mijn brieven niet beantwoord.'

'Ik had geen reden ze te beantwoorden. Het is voorbij. Al een poosje.'

'Denk je dat je me zomaar aan de kant kunt schuiven?'

Alsof dat zo makkelijk was geweest. Alsof Louise het hem makkelijk had gemaakt.

Verliefd worden op Elisabeth was makkelijk. Maar Louise was gewend haar zin te krijgen, en het bleek onmogelijk om haar, haar kwijnende blikken en haar dreigementen dat ze hun romance openbaar zou maken, te vermijden.

'Ik heb je een royaal aanbod gedaan.' Hij wist dat dat niet was wat ze wilde, maar zo ging dat nu eenmaal. Het was een manier om excuses te maken, om recht te doen aan haar toewijding.

Louise liep naar hem toe en legde een hand op de zijne. 'Je zei dat je me nodig had.'

Dat was destijds geen leugen geweest, maar nu zou het dat wel zijn. Kon ze dat maar begrijpen.

'Majesteit,' onderbrak Theo hen. Snel liet Louise haar hand zakken en keek naar de vloer. 'De keizerlijke bruid kan nu elk moment arriveren.'

Franz knikte. Hij hoopte dat Louise dit keer zou begrijpen dat zijn hart niet meer beschikbaar was. Het was bezet en werd helemaal in beslag genomen door iemand anders.

'Gravin, het is voorbij.' Hij hoopte maar dat ze begreep dat dit definitief was. Het was niet zijn bedoeling geweest haar aan het huilen te maken, maar hij zag wel dat er tranen zouden vloeien zodra ze uit het zicht was. Hij vond het vreselijk dat hij hierin op

Maxi leek, dat hij mensen gebruikte en weggooide als hij klaar met ze was.

Louise liep de kamer uit. Franz draaide zich naar het raam in de hoop de koetsen aan te zien komen rijden. Zijn ziel verlangde naar Elisabeth. Het enige wat hij wilde was samen zijn met haar en de wereld en al het verdriet vergeten. De dreigende oorlog die als een giftige wolk boven zijn hoofd hing. Hij zou alle zeilen bij moeten zetten om zich te verzetten, om een grootsere, minder destructieve toekomst voor het Habsburgse rijk te realiseren.

Uitkijkend over de grasvelden legde hij zijn hand zacht tegen zijn litteken. Kon hij zijn zorgen over de oorlog maar één dag vergeten. Kon hij maar één dag vreugde beleven. Samen zijn met Elisabeth, en constructieve plannen bedenken voor het Habsburgse rijk in plaats van destructieve. Wegen en spoorlijnen, bedrijven, industrieën.

Hij liep terug naar zijn schrijftafel, pakte de huwelijksaankondiging die boven op een stapeltje brieven lag en hield hem omhoog in het licht.

Het was een foto van Elisabeth, maar niet zoals hij haar kende. Het dikke, bruine haar, haar donkere gelaatstrekken, de ronding van haar heupen: alles was er. Maar in plaats van haar guitige glimlach was haar mond een strakke streep. In plaats van loshangende krullen was haar haar gevlochten en perfect opgestoken, elk haartje zat op zijn plek. En dan haar rokken. Ze waren twee keer zo groot als normaal, een roomsoes van stof. Niet de zorgeloze hertogin in Beieren, maar keizerin Elisabeth van Habsburg.

Er werd op de deur geklopt, en Sophie kwam binnen. Ze droeg een slank afkledende, zwart met oranje jurk, de laatste mode aan het hof.

Franz zwaaide vagelijk met de aankondiging in haar richting. Sophie had alles rond het huwelijk geregeld, en Franz had de aankondiging pas die ochtend onder ogen gekregen. 'Zo ziet ze er helemaal niet uit, moeder.'

'Nog niet.' Haar stem klonk mild, alsof dit haar manier was van zich overgeven. Ze zou nooit Franz' keuze openlijk steunen, maar ze zou zich ook niet langer verzetten. Toch wilde Franz meer: niet alleen haar overgave maar haar enthousiasme. Haar liefde. Elisabeth was intelligent, opmerkzaam en empathisch. Ze was het leven zelf, een zaadje dat uitgroeide tot een bloem, een nieuwe ster aan het firmament. Kon zijn moeder dat maar inzien.

Hij nam haar hand in de zijne en gaf er een kneepje in. 'Ze wordt een geweldige keizerin, dat zul je zien. Zij heeft me tot leven gekust, en ze zal hetzelfde doen met het Habsburgse rijk.'

'Ongetwijfeld.' Ze trok haar hand terug en gaf een klopje op de zijne.

Hij zou genoegen moeten nemen met haar overgave. Voor nu. Maar op den duur zou Elisabeth zijn moeder voor zich innemen. Zo veel was zeker.

43

Aan de poorten van het paleis verdrongen opgewonden mensen elkaar om een glimp op te vangen van Elisabeth, hun toekomstige keizerin. Jarenlang was er niet meer zoiets spannends gebeurd in Wenen. Niet meer sinds de geboorte van Luzi. Nu de koets in de richting van de hekken ratelde zetten de vrouwen hun baby op hun heup en tilden de mannen hun kind op hun schouders zodat ze alles goed konden zien. De grotere kinderen drongen naar voren of hielden zich vast aan een woud van benen.

'Keizerin!' riepen ze. 'Elisabeth!'

Elisabeth hapte naar adem. Was dit allemaal voor haar? Vanwege haar aankomst?

'Dit is gekkenwerk,' zei ze verbaasd. Aarzelend zwaaide ze uit het raampje van de koets, waarop de menigte uitzinnig applaudisseerde.

'Zeker, majesteit.' Spottend boog haar vader zijn hoofd.

De koets moest vaart minderen vanwege de menigte, en impulsief stak Elisabeth haar hand uit het raam om hier en daar handen te drukken. Groot en klein, wit en bruin, zacht en eeltig, oud en jong, schoon en vuil. Allerlei soorten mensen, een afspiegeling van Wenen, haar nieuwe thuis.

'Maak plaats!' hoorde ze de lijfwachten schreeuwen die voor de koets uit liepen en de mensen ruw aan de kant duwden. Kon dat niet wat vriendelijker? Deze mensen waren blij, niet gevaarlijk.

Toen de menigte uiteen week kreeg Elisabeth zicht op wat daarachter lag. Voor het eerst in haar leven zag ze het paleis met eigen ogen en haar adem stokte in haar keel. Het enorme, glamoureuze paleis was net zo indrukwekkend als de kaart van Habsburg op de marmeren vloer van de Kaiservilla. Men had haar verteld dat er vijfduizend mensen in het paleis woonden, maar ze had zich nooit gerealiseerd hoe groot het moest zijn om al die mensen te herbergen.

Het leek wel een stad op zich, een landgoed met gebouwen, allemaal meerdere verdiepingen hoog, met overal groene en rode pannendaken. Voor het twee verdiepingen tellende gewelf dat naar het hoofdgebouw leidde stond een enorme rechthoekige fontein.

Elisabeth drukte haar neus tegen het raampje. 'Ongelooflijk.'

Haar vader glimlachte treurig, niet in staat zijn weerzin los te laten. 'Weet je, deze mensen denken echt dat God zelf hen heeft uitverkoren.' Hij bedoelde het kleinerend, en als waarschuwing aan Sisi zich niet mee te laten slepen in deze luxe en zelfverheerlijking.

'Je weet best dat ik dat niet geloof,' antwoordde ze geruststellend.

'De keizerlijke familie is net zoals jij en ik: net zo verdrietig, net zo beschadigd, net zo hongerig.'

'Net zo liefhebbend?' Elisabeth probeerde de donkere wolk boven haar vaders hoofd weg te trekken.

'Daar ben ik nog niet zo zeker van.'

Toen ze merkte dat ze haar vader niet kon opmonteren keek

ze weer naar buiten en concentreerde zich op de architectuur van het hoofdgebouw, waarvan de details naarmate de koets dichterbij kwam steeds beter in beeld kwamen: reliëfs van zwaarden en schilden, beelden van mensen in harnas of juist half ontkleed, slingers, cirkels, lijnen. Je kon die gevels je hele leven lang bestuderen, maar nooit zou je elk detail kunnen onthouden.

Opeens verloor ze haar interesse voor het paleis, want daar bij de ingang stond een groepje mensen.

Sophie. Maxi. Ludwig.

Franz.

Hij was groot, sterk en nog knapper dan ze zich herinnerde. Haar hart maakte een sprongetje. Jeetje, waren zijn ogen altijd zo diep en donker geweest? Hoe had ze die welving van zijn wenkbrauwen kunnen vergeten, die fijne wimpers? Ze dacht terug aan haar dagdromen, aan haar hand die haar dij had beroerd, plaatsvervangend voor die van hem.

Nog even en dan zou het zijn hand zijn. Nog heel even.

Ze kreeg een droge mond, haar hart ging zo hevig tekeer dat ze niets anders meer hoorde.

Nog voordat de koets helemaal stilstond maakte Franz het deurtje open, pakte haar hand en hielp haar uitstappen. Toen ze zijn hand om de hare voelde hapte Elisabeth naar adem; het deed haar denken aan hun eerste aanraking, zijn vingers tegen haar hals, zijn hand die Pucks vlechtje zo voorzichtig op haar schouder legde. Ze kreeg het warm en trilde over haar hele lichaam.

Ze wist wat er nu van haar werd verwacht. Haar moeder had het eindeloos met haar geoefend. Ze moest naar Sophie lopen, een reverence maken en haar voorhoofd op de hand van de aartshertogin drukken. Geen impulsiviteit. Alles volgens de traditie. Maar dat leek nu allemaal zo onzinnig. Waarom mocht ze zich niet in de armen van haar verloofde storten? Ze dacht aan de woorden van haar vader en lachte inwendig. *Let op, papa, ik zal je eens even laten zien hoe ik dat doe.*

Ze stapte uit de koets, sloeg een arm om Franz heen en ging op haar tenen staan om hem te kussen. Ze wist dat ze daar intens gelukkig van zou worden en dat ze alles om zich heen zou vergeten. Het paleis, de keizerlijke familie, het schenden van de hofregels, alles verdween in dit ene, perfecte moment.

Maar Franz deinsde achteruit. In plaats van haar te kussen pakte hij haar hand en drukte er zijn lippen op. Dat moest voor nu voldoende zijn. Na maanden van brieven schrijven zoog Elisabeths huid zijn warmte in zich op als uitgedroogd land een regenbui.

Het was zover. Zij was er, en hij was er, en eindelijk waren ze samen. Verloofd. Dit keer zou zij degene zijn die met Franz door de tuinen zou wandelen, op een afstandje gadegeslagen door hun moeders. Zij zou degene zijn die naast hem aan tafel zat, en hem aan het lachen zou maken.

Ze voelde zich volmaakt gelukkig, zelfs na al die maanden waarin haar moeder haar dreigend had voorgehouden hoe moeilijk het zou zijn om keizerin te zijn, zelfs nu Helene nog steeds koppig bleef zwijgen.

Dat alles was niet meer belangrijk.

Elisabeth had haar weg gekozen, en de jongensachtige grijns op Franz' gezicht stelde haar gerust. Ze had haar grote liefde gevonden, en als het nodig was zou ze ervoor vechten.

44

Helenes hart was een bastion. Haar verdriet zat achter slot en grendel, haar woede hield de wacht. Vanuit haar eigen koets zag ze Sisi uit die van haar stappen en op Franz af lopen. Om geen schandaal te veroorzaken had hij haar kus afgeweerd, maar ze hadden tot het laatste moment elkaars hand vastgehouden. Helene voelde zich kwetsbaar en rauw, en haar wrok groeide.

Haar hele lichaam deed pijn nu ze weer geconfronteerd werd met haar mislukking, nu ze weer zag hoe makkelijk de liefde haar weg had gevonden naar deze twee en niet naar haar. Nu ze weer voelde hoe hard ze haar best had gedaan en hoe weinig dat had uitgehaald. Hoe diep de wonden waren die het verraad in haar had geslagen. Toen ze uitstapte voelde ze dat iedereen naar haar keek. Ze rechtte haar rug en keek strak voor zich uit. *Staar maar zo veel als je wilt. Jullie liefdeloze gedachten dringen niet tot me door.*

Moeder was nu ook uitgestapt en Sophie omhelsde haar innig. ‘Lieve zus, wat fijn om je weer te zien.’ Ook dat maakte Helene boos. Moeder had Sophie, Sisi had Franz. En wie was er blij om Helene weer te zien? Niemand. Binnen een dag was Helenes stemming omgeslagen van hoopvol naar onbeduidend. Had moeder het maar goed gevonden dat ze thuis was gebleven, dacht ze voor de zoveelste keer.

Na het begroetingsritueel nam Sophie, op en top de vorstin die Helene zich herinnerde, haar, Sisi en hun moeder mee naar binnen. Sophies collier, een zwart koord met vijf gouden balletjes, tinkelde onder het lopen. Het soort collier dat Helene ooit hoopte te bezitten, maar dat nu voorgoed buiten haar bereik zou blijven.

Papa en Spatz waren in de richting van de fontein geslenterd, en een bediende had opdracht gekregen hen op te halen zodra ze er klaar voor waren. De voetstappen van de vrouwen weerklonken door de marmeren gangen. Levensgrote stenen engelen hielden enorme gouden lampen vast, subtiel uitgehouwen en zo natuurlijk dat Helene het gevoel kreeg dat ze elk moment een hand konden uitsteken om haar aan te raken. Ze kreeg zin iets kapot te gooien.

Dit had haar thuis kunnen zijn. Die hoge plafonds, de zachtgele zuilen, de fijnzinnig bewerkte paarse marmeren omlijstingen, de uitgehouwen, in elkaar verstrengelde ranken aan de voet van elke zuil, het zou allemaal van haar kunnen zijn. Zij zou de scepter hebben gezwaaid over deze eindeloze gangen en hallen, de kamers met houten lambrisering achter al die blauw, roze en groen geschilderde deuren.

Ze luisterde niet naar het gesprek dat voor haar werd gevoerd. Sophie gaf Sisi al instructies. Iets over een glazen koets, een kerk en een wals. Sisi zou het allemaal vreselijk vinden, een glazen koets die alle aandacht zou trekken. Een ceremonie die werd bijgewoond door honderden edelen, hertogen en gravinnen. Walsen die zij moest openen en waarvoor ze tot overmaat van ramp schoenen moest dragen.

Helenes hart was in tweestrijd. Enerzijds ging het uit naar haar zus: dit alles moest Sisi zelf ook overweldigen, anderzijds keerde het zich af. Sisi had zelf de keuze gemaakt voor dit leven, ze had het van haar gestolen. Ze was het beu altijd maar de verstandigste te zijn. Ze drukte haar arm stevig tegen haar zij en greep haar rok vast om er zeker van te zijn dat ze niet spontaan een geruststellende hand op Sisi's arm zou leggen.

Boven aan de trap stond een rijtje bedienden op hen te wachten. 'Daar zijn we,' zei Sophie. 'Jullie kunnen de hertoginnen meenemen naar de nieuwe rozentuin.'

Ze pakte Sisi's elleboog beet en gebaarde dat Helene en moeder met de bedienden mee konden gaan. Helene probeerde haar woede te verbergen. Ze wist niet wat ze erger zou vinden: de privérondleiding van Sophie mislopen, of gedwongen worden mee te lopen, wetend dat zij niet de hoofdrol speelde.

'Néné. Wacht.' Sisi's stem klonk smekend, en Helene voelde haar boosheid wegebben. Een paar seconden daarvoor was ze nog beledigd geweest dat ze werd weggestuurd, maar nu genoot ze ervan. Ze genoot van de wanhoop en de eenzaamheid die haar zus uitstraalde. Als Sisi haar nodig had, had ze dat moeten bedenken voordat ze haar leven ruïneerde.

'Ik heet Helene.' Ze draaide zich resoluut om en volgde de bediende. Pas nadat ze de hoek om waren en door de hal liepen zakte haar woede enigszins. Schaamte, haar nieuwe trouwe vriendin, had haar plaats weer ingenomen.

Helene, is dit echt wie je wilt zijn?

Nee. Ze voelde zich...

Losgeslagen. Een bulderende lawine. Een destructief, gevaarlijk monster dat ze niet meer in de hand kon houden.

Ze liep door, haar voetstappen tikten in een steeds hoger tempo op de marmeren vloeren, en met elke stap haatte ze zichzelf meer.

45

Gekweld keek Elisabeth Helene na. Ze maakte zich geen zorgen over zichzelf, maar over de vraag of Helene ooit nog de oude zou worden. Of zij, Elisabeth, iets had kapotgemaakt dat nooit meer gerepareerd kon worden. Helenes woede was destructief, en ze was bang dat Helene zichzelf te gronde zou richten.

Waar was de Helene gebleven die haar altijd te hulp schoot? De Helene die op haar blote voeten door de doornen was gelopen om Sisi uit de rivier te trekken? De Helene die haar in een kist had verstopt toen de graaf met de opengeknoopte broek op bezoek kwam? Zou ze haar ooit nog te zien krijgen?

'Ze praat niet meer tegen me. Geen stom woord,' zei Elisabeth kleintjes.

Sophie sloeg een arm om haar schouder en leidde haar zachtjes door de prachtige gang.

'We hebben alleen Gods vergeving nodig, Elisabeth,' zei ze eenvoudig. 'Al het andere is ijdelheid. Om niet te zeggen tijdverspilling.'

Elisabeth voelde zich getroost, niet zozeer door wat Sophie zei, maar door de toon waarop. Daar klonk een warmte in door die Elisabeth deed twijfelen aan wat ze had gehoord vlak voordat ze Bad Ischl verliet. Misschien had ze aan Sophie toch een bondgenoot.

Ergens leken Sophie en zij wel op elkaar. Althans, dat hoopte ze maar. Sophie was dapper en authentiek, ze liet zich niet kleinkrijgen door het hof, maar bestierde het vol zelfvertrouwen. Ze ging niet gebukt onder alle plichten, maar plooide ze om haar persoon heen. Zij was alles wat Elisabeth ooit hoopte te zijn. Misschien kon ze van Sophie leren hoe dat moest.

Toen ze bij een dubbele deur kwamen duwde Sophie deze open.

'Je vertrekken,' zei ze met een zwierig gebaar.

Vol ontzag keek Elisabeth rond, en even verdwenen haar zorgen om Helene naar de achtergrond. Dit was perfect. De eerste kamer was blauw met mosgroene randen, die haar deden denken aan haar boswandelingen thuis. Tussen de koperen wandlampen hingen schilderijen met opgeschrikte herten en vogels die op het punt stonden weg te vliegen. Het blauwgroene Perzische tapijt was zacht en dik, alsof je over een tapijt van verse bloemen liep. Opengewerkte gordijnen waaiden op in de zachte bries en boden zicht op de tuin vol geel kleurende bladeren en kronkelende groene klimplanten.

Tot Elisabeths verbazing stond er ook een aantal vrouwen in de kamer, allemaal gekleed in dezelfde stijl: blouses tot bovenaan dichtgeknoopt, lijfjes ingesnoerd in de taille en wijd uitlopende rokken tot op de vloer. Ze maakten allemaal tegelijk een reverence.

De enige vrouw die ze herkende was gravin Esterházy met haar smalle gezicht en haar magere hals, haar grijze jasje en haar beige, hooggesloten blouse. Ze glimlachte, maar zag er desondanks doodongelukkig uit.

Esterházy introduceerde alle dames, maar Elisabeth kon niet

alle details onthouden. Er waren harpistes en borduursters, taalkundigen en voorlezers, afkomstig uit Italië, Roemenië, Duitsland en Frankrijk. Elisabeth voelde de moed in haar schoenen zakken toen ze hoorde dat Esterházy haar aan het hof zou vergezellen, en dat de rest van deze vrouwen de opdracht had gekregen haar elke minuut van de dag gezelschap te houden.

'En dit is gravin Leontine van Apafi van Transsylvanië, hoogheid,' zei Esterházy, die nu goddank aan het eind van de rij was gekomen. 'Zij beheerst de Franse taal en kan uitstekend hardop voorlezen.'

Nu was Elisabeths interesse gewekt. Nog een lezer, misschien konden ze vriendinnen worden. Ze zou proberen deze naam te onthouden.

'Ik heb mijn favoriete boeken meegenomen,' zei Elisabeth opgetogen. 'Kent u het boek Werther?'

Er ging een zenuwachtig gegiechel door de groep vrouwen, en Sophie en Esterházy wisselden een blik van verstandhouding.

Elisabeth begreep niet helemaal waarom ze geen antwoord kreeg, maar liep op het meisje toe en stak haar hand uit. 'Ik ben Elisabeth.'

Esterházy hapte naar adem, en Elisabeth trok onwillekeurig haar hand terug. Haar hart kromp ineen; ze had iets fout gedaan, maar wat?

'Hoogheid!' Esterházy wapperde ontdaan met haar handen voor haar borst. 'Geen lichamelijk contact! En ook geen voornamen alstublieft.'

Elisabeth was stomverbaasd. Niemand had haar iets over deze regels verteld. Wel over allerlei andere zaken: met deze vork at je dit wel maar dat niet, voor deze edelman boog je zus en voor een andere zo. Het leek haar allemaal vrij belachelijk, en ze knikte naar Esterházy ten teken dat ze klaar waren wat haar betrof.

De volgende halte betrof de kleedkamer, in Elisabeths ogen de grootste, lichtste kleedkamer van de hele wereld. Tientallen jurken in allerlei kleuren en modellen hingen op evenzovele paspoppen. Er waren crèmekleurige jasjes met roze borduurwerk, blauwgroene jurken die vanaf de taille uitliepen als hoge golven, en een rok zo geel als de zon. Er waren een paar mensen aanwezig in de kamer, en snel werd ze aan hen voorgesteld: twee naaisters en vier dienstmeisjes. Nog zes namen die ze moest onthouden. Elisabeth kreeg het er benauwd van; het was opwindend en overweldigend tegelijk om te bedenken dat er zo veel mensen nodig waren voor zoiets eenvoudigs als jezelf aankleden.

'Dit is de laatste mode uit Parijs, Sint-Petersburg en Milaan. Ik heb alles zelf uitgekozen.' Sophie liet haar handen over de jurken glijden.

De andere vrouwen verspreidden zich nu door de kamer, bewonderden de kanten kraagjes, de pofmouwen en de rode, spierwitte en diepblauwe stoffen. Elisabeths aandacht werd getrokken door twee eindeloze rijen schoenen in zachtoranje, lila en tientallen andere kleuren. Er stonden misschien wel honderd paar. Elke vrouw in de kamer kon er zó tien uitzoeken.

'Wat veel.' Ze was sprakeloos.

'Een keizerin draagt nooit twee keer dezelfde schoenen,' legde Esterházy uit. 'Aan het eind van de dag worden de schoenen weggegooid.'

De trots waarmee Esterházy het zei deed Elisabeths maag ineenkrimpen. 'Weggegooid? Wat een verspilling!'

Ze dacht terug aan de mensen bij de poort. Sommigen van hen liepen blootsvoets, de meesten liepen op versleten schoenen. Waarom zou zij, die nooit veel om schoenen had gegeven, goede schoenen weggooien? Bovendien knelden nieuwe schoenen eerst altijd. Als ze dan toch schoenen moest dragen, dan het liefst haar oude rijlaarzen of haar wandelschoenen die ze al helemaal had ingelopen.

'Dat is traditie, hoogheid,' zei Esterházy schouderophalend.

De achteloosheid waarmee ze dat zei schuurde tegen Elisabeths hart zoals de nieuwe schoenen ongetwijfeld tegen haar hielen zouden schuren. Ze had al zo veel dwaze regels uit haar hoofd moeten leren, en nu kwam deze er nog eens bij.

Ze verlangde naar Franz. Ze was niet hierheen gekomen om over schoenen te praten of mooie jurken te passen. Ze waren zéker mooi, en ergens wilde ze ook echt wel mooi zijn in die jurken. Ze wilde Franz' gezicht zien stralen als ze de kamer binnenkwam in rood fluweel of blauwe zijde, maar die behoefte was ondergeschikt aan het veel sterkere verlangen om met hem achter het gordijn te glippen en zijn zachte lippen op haar huid te voelen en zijn warme adem in haar hals. Het verlangen alleen met hem te zijn zodat ze eindelijk hardop zou kunnen zeggen wat ze tot nu toe alleen nog maar had kunnen schrijven: ik hou van jou. Het ging haar om hém en niet om die jurken.

Ze voelde iets tegen haar been tikken en opende haar ogen. De andere dames waren allemaal schoenen en jurken aan het bewonderen en letten niet op haar. Elisabeth trok een wenkbrauw op, duwde een zijden rok opzij en...

Luzi.

Ze lachte voluit en voelde hoe de angst die haar tijdens de rondleiding was bekropen langzaam plaatsmaakte voor vrolijkheid. Dit soort spelletjes vond Spatz ook altijd leuk: je verstoppen voor de volwassenen onder een gordijn en net doen alsof de toverfee je onzichtbaar heeft gemaakt.

Elisabeth knipoogde naar Luzi en liet de stof weer zakken voordat hij ontdekt zou worden. Weer een geheimpje tussen hen. En een opluchting, want ze realiseerde zich weer dat Franz niet de enige was in het paleis die zij graag mocht. Luzi zou er altijd zijn en haar herinneren aan Spatz als ze haar zusje miste. En Maxi was ook een soort vriend, ook al was het dan een schavuit.

Ze kwam een beetje tot rust. Haar ogen zochten naar een punt om zich op te richten, en haar blik viel op iets glinsterends op het dressoir. Juwelen. In een glazen kistje, schitterend in het binnenvallende zonlicht. Een halsketting met oranjegele edelstenen. Oud, elegant, vorstelijk.

'Vind je het mooi?' Sophie was naast haar komen staan. 'Het is al honderden jaren in de familie.'

'Het lijkt wel of het leeft,' antwoordde Elisabeth.

Sophie maakte het kistje open, haalde de ketting eruit, hing hem om Elisabeths hals en maakte de sluiting vast.

Er zat iets teders in dat gebaar, iets moederlijks. Misschien had Sophie, met zo veel zonen, niet vaak de kans gekregen zoiets te doen, en voelde zij net als Elisabeth hoe prettig dat was. Elisabeths moeder had alle tederheid die ze in zich had aan Helene gegeven, terwijl Elisabeth er nooit iets van gemerkt had. De zachtheid waarmee Sophie de ketting om haar hals legde ontroerde haar.

Na de ontdekking van Luzi's verstopplek was dit de tweede gebeurtenis die haar opvrolijkte. Ze had zich niet gerealiseerd hoezeer de afgelopen maanden haar hadden uitgeput. Hoezeer ze had verlangd naar een vrouw in haar leven die haar liefdevol zou beschermen. Die met zachte hand een ketting om haar hals zou hangen. Opgelucht constateerde ze dat Sophie op dit moment dat verlangen bevredigde, al was het maar voor een ogenblik.

Toen Sophie door een van de bedienden werd weggeroepen en Elisabeth in de zogenaamd capabele handen van Esterházy werd achtergelaten, deed dat haar pijn. Ze miste haar zus meer dan ooit.

46

Franz kon zich niet meer concentreren. Het enige wat hij wilde was een half uurtje, een kwartiertje, desnoods vijf minuten, alleen zijn met haar. Hij wilde haar geur inademen, zijn gezicht in haar haar drukken, haar lichaam warm en zacht tegen het zijne voelen. Die bijna-kus, daar bij de koets. Hij had het gevoel dat hij zou ontploffen van verlangen als hij zich nog langer zou moeten inhouden. Ze had ooit gezegd dat ze wilde dat hij een kleermaker was, en vandaag zou ook hij niets liever willen. Als hij een kleermaker was zou er niemand op hem letten. Niemand zou verwachten dat hij zich aan het protocol hield. Niemand zou het in zijn hoofd hebben gehaald hen maandenlang van elkaar te scheiden. Maandenlang! In zijn verlangen liepen blijdschap en pijn door elkaar heen.

En nu was ze weer voor zijn ogen weggegrist. Om jurken te passen of zoiets. Hij zag het voor zich: naaisters die Elisabeths jurk losmaakten en van haar lichaam lieten glijden. Haar naakte lichaam. Een andere jurk. En weer naakt. Hij kreeg het warm over zijn hele lichaam.

Hij moest zich concentreren op de bijeenkomst, op het gesprek over het lot van het Habsburgse rijk. Hij dwong zichzelf te focussen, en niet meer aan Elisabeth te denken. De paarse marmeren zuilen, de zeegroene muren, de lange tafel met daarop de kaart van Europa, al die belangrijke mannen in uniform om hem heen, en zijn moeder tegenover hem die hem ernstig aankeek.

'Frankrijk en Engeland zijn nu officieel in oorlog met Rusland. Het Russische leger ligt sinds gisteren in Odessa onder vuur,' meldde een van zijn adviseurs.

Dat bericht kwam hard aan. Elke actie of reactie van zijn buurlanden maakte het moeilijker niet betrokken te raken bij de oorlog.

'Uwe Majesteit moet een kant kiezen, anders wordt de keus voor ons gemaakt,' sprak zijn adviseur alsof hij Franz' gedachten kon lezen.

Franz dacht terug aan een van de brieven van Elisabeth. Over één ding was ze heel duidelijk geweest: je moest staan voor je overtuiging. Anders was je verloren. Franz had nog nooit iemand als zij ontmoet. Het hof was vol mensen die aasden op een bepaalde positie, of op zijn aandacht, en zij veranderden zomaar van mening als dat beter uitkwam.

Elisabeths visie was puur, en zo wilde Franz ook in de wereld staan. Zij geloofde dat hij sterk genoeg was om trouw te blijven aan zijn overtuigingen. Hij hoopte maar dat ze gelijk had.

Om hem heen stonden de adviseurs nog met elkaar te overleggen, een generaal leunde met zijn hand op de hardhouten tafel. 'Het is onvermijdelijk dat we onze slagkracht versterken.'

'Ik zou willen benadrukken dat de defensie-uitgaven dit jaar al behoorlijk zwaar op de begroting drukken. Deelnemen aan de oorlog zou geen ruimte meer laten voor andere zaken,' merkte Franz' financieel adviseur Von Bach op.

Von Bach wierp Franz een veelbetekenende blik toe, en Franz wist wat die betekende: er zou geen geld overblijven voor de plannen die Franz in alle stilte had gemaakt om het Habsburgse rijk te verbeteren. Plannen voor een spoornetwerk, een middel om alle uithoeken van het rijk met elkaar te verbinden. Geen meerdaagse koetsritten meer over hobbelige, half afgewerkte wegen. Die zou hij ook laten opknappen, maar de spoorwegen zouden zijn belangrijkste verdienste zijn. Hij voelde dankbaarheid opkomen als hij dacht aan al die levens die daarmee zouden verbeteren. De honger zou verdwijnen, de onrust afnemen. Hij verwachtte echt niet dat alle problemen in één keer zouden zijn opgelost, maar hij zou het volk kunnen laten zien dat hij daadwerkelijk veranderingen wilde doorvoeren, en dat dit het begin daarvan was.

Elisabeth. Hij popelde om het aan haar te vertellen. Hij had er in zijn brieven niet veel over geschreven omdat hij haar gezicht wilde zien als hij zijn grootse plan aan haar voor zou leggen. Hij wilde haar gezicht zien als hij zei dat zij hem hiertoe had geïnspireerd. Hij had al eerder vage plannen gehad het Habsburgse rijk te verbeteren, maar dankzij haar werden die nu ook steeds realistischer. Hij wilde niet dat mensen het onvervulde verlangen moesten voelen dat hij al die maanden had moeten verdragen, en de spoorlijn was daar het antwoord op. Het zou mensen die ver van elkaar af woonden samenbrengen. Het zou ze met elkaar verbinden en met al die zaken die ze zo hard nodig hadden. Voedsel op tafel, kachelhout.

Nog een reden om niet deel te nemen aan de oorlog.

Een van de generaals keek Von Bach sarcastisch aan. 'Waar heb je dat geld dit keer dan weer voor nodig? Voor een tehuis voor bejaarde weduwen?' Iedereen bulderde van het lachen.

'Heren.' Franz onderbrak hen met strenge stem. Dankbaar stelde hij vast dat het gelach onmiddellijk wegstierf.

De krijgsheren gooiden het over een andere boeg. 'Majesteit, wat kan er nu belangrijker zijn dan de verdediging van het rijk?'

Niet wéér dat argument. 'Jullie willen aanvallen, niet verdedigen,' antwoordde Franz. Zagen ze daar nu echt het verschil niet tussen?

Een van de gematigde mannen stak zijn hand op. 'Ik adviseer te wachten. De situatie is te onoverzichtelijk, en het is moeilijk op dit moment een juiste beslissing te nemen.'

'Onoverzichtelijk? Hou toch op!' riep Maxi opeens met een minachtend lachje in zijn stem. Hij stond op van de bank waar hij onderuitgezakt op had gezeten. Zijn blauwe jasje hing open, daaronder droeg hij een blauw met wit vest en een lavendelblauwe strik. Alle anderen waren in uniform, maar hij had gewoon aangetrokken waar hij zin in had.

Zwijgend keek iedereen toe hoe Maxi met behulp van fruit de situatie op de kaart inzichtelijk maakte. Strategisch plaatste hij vijgen voor de Franse schepen, aardbeien voor de Britse stoomboten en druiven voor de Russische infanterie. Hij gooide een druif in de lucht, ving hem op in zijn mond en at hem luid smakkend op. Hij had meer gevoel voor show dan een mening over goed en kwaad.

'Zoals u ziet zal de tsaar vernietigd worden, met of zonder ons.' Hij wees naar de kaart. 'En dus moeten wij naar het westen kijken. We moeten leren van de Fransen en de Engelsen.'

Toen Sophie het woord nam hield zelfs Maxi zijn mond. 'We moeten ons niet tegen tsaar Nicolaas keren. Ons bondgenootschap met de Russen stelt onze positie in Europa veilig. We zullen ons juist tégen het westen moeten keren.'

Iedereen keek nu naar Franz: hij moest kiezen tussen zijn moeder en zijn broer. Maar nee. Franz was niet van plan deel te nemen aan deze oorlog. Hij verwoordde Elisabeths overtuiging. 'Betrokken raken bij deze oorlog, aan welke kant dan ook, is een verspilling van geld en, belangrijker nog, mensenlevens. Ik heb grotere plannen voor het Habsburgse rijk.'

Na een lange pauze stak een van de generaals hoopvol zijn hand omhoog. 'Ik vraag u dringend uw mening te herzien, majesteit. De afgezanten uit Parijs en Sint-Petersburg zijn hier voor het huwelijk. Zij willen weten welke kant het Habsburgse rijk kiest.'

'Ik heb u mijn antwoord gegeven.' Franz stond op en beëindigde het overleg. Hij was benieuwd wat Elisabeth zou zeggen als hij haar vertelde wat hij had gedaan. Hij had zijn moeder al gepasseerd bij de keuze van zijn bruid, en dat was hem goed bevallen. Nu stond hij voor een grotere uitdaging: het gevecht om buiten deze onnodige oorlog te blijven.

Von Bach wachtte Franz in de gang op en liep achter hem aan. Hun voetstappen weerklonken op de tegelvloer en tegen de oranje muren en de marmeren wandtafels.

'Ik ben bang dat uw moeder me niet mag,' zei Von Bach.

Franz schoot bijna in de lach. 'Maak je geen zorgen. Ze mag bijna niemand.'

'Wanneer zullen we het kabinet en de aartshertogin op de hoogte brengen van uw plannen?'

Franz voelde de tweestrijd weer in zichzelf opkomen. Angst omdat er nog zo veel obstakels waren en ze nog steeds betrokken konden raken bij de oorlog zonder het te willen, en opwinding omdat het spoornetwerk alles zou veranderen als het hem lukte erbuiten te blijven.

Dit zou natuurlijk pas de tweede keer zijn dat hij iets tegen de wil van zijn moeder zou besluiten. Het voelde verkeerd en gevaarlijk om haar buiten de besluitvorming te houden, maar hij wilde voorkomen dat iemand, en zeker zij, zijn droom aan diggelen zou slaan. Zij en het kabinet zouden hem onder druk zetten een keuze te maken: Napoleon of de Russen. Het spoornetwerk was bijzaak voor hen. Als het zover was zou hij zijn plan met verve verdedigen, maar hij wilde het juiste moment afwachten. Alles moest goed voorbereid worden, er mochten geen losse eindjes zijn die kritiek konden uitlokken. Hij zou de deskundigen raadplegen, de routes in kaart brengen, en daarna zijn plannen aan zijn adviseurs en zijn moeder voorleggen.

Franz stond stil en keek Von Bach aan. 'We vertellen het als alles in kannen en kruiken is.'

Én nadat hij het Elisabeth had verteld. Hij wilde het eerst aan haar vertellen om te zien hoe zij zou reageren. Hij wilde dat zij wist dat zij zijn inspiratiebron was geweest.

Von Bach knikte en draaide zich om. 'Zoals u wenst, majesteit.'

Toen Franz weer in zijn zitkamer was werd er op de deur geklopt. Het was tijd voor zijn volgende bijeenkomst, een waar hij niet naar uitzag. De opwinding over zijn spoorwegplannen werd overschaduwd door de angst voor wat ging komen.

Theo liet Maxi binnen. Handen in zijn zakken. Op zijn gemak. Nonchalant als altijd. Een scherp contrast met de formele sfeer van de kamer zelf: bustes van heldhaftige mannen en gouden wapenschilden van eeuwenoude geslachten.

'Franz.' Maxi liep naar het bureau waar Franz achter zat, zijn ellebogen tegen het donkere hout gedrukt, zijn vingers tegen elkaar. 'Je wilde me spreken?'

'Maxi.' Franz zette zich schrap voor wat er ging komen. Hij leunde achterover en keek zijn broer teleurgesteld aan. 'Neem je je taak hier aan het hof serieus?'

'Wat bedoel je daarmee?' Maxi kneep zijn ogen tot spleetjes, nauwelijks in staat zijn irritatie te beheersen. 'Ik ben al maandenlang je adviseur, al weet ik dat je alleen maar luistert naar die rat van een Von Bach.'

Franz ademde langzaam en diep in, en keek naar een andere man die links van hem zwijgend tegen de donkergroene muur had plaatsgenomen. Luitenant Krall, een lange, kleurloze man met kortgeknipt peper-en-zoutkleurig haar. Er lag een ernstige uitdrukking op zijn gezicht, dat getekend was door oorlog en ontbering. Hij was een arm kwijtgeraakt tijdens de revolutie, maar niet zo lang geleden was hij nog iets belangrijkers verloren. Toen hij Franz eerder die week zijn verhaal vertelde, kostte het Franz dagenlang moeite zijn broer aan te kijken zonder hem te willen wurgen.

'Luitenant Krall heeft tijdens de revolutie zijn arm gegeven voor dit keizerrijk.' Franz gebaarde de man dat hij op moest staan.

'Wat fijn.' De onverschillige toon waarop Maxi dit zei maakte Franz razend.

'De luitenant heeft twee dochters. Agnes en Emilie.'

Nu trok Maxi wit weg en de grijns verdween van zijn gezicht. Hij herinnert zich hun namen in elk geval wel, dacht Franz wrang. Als dat niet zo was zou Maxi's onverschilligheid misselijkmakend zijn geweest.

'Agnes was zwanger van een man die niet van plan was met haar te trouwen,' zei Franz. 'Ze is in het kraambed gestorven. Het kind is nu een wees.'

Maxi staarde zwijgend voor zich uit.

Franz schudde zijn hoofd. 'Ook Emilie is ten prooi gevallen aan dezelfde man. Verteerd door verdriet om wat haar en haar zuster is overkomen heeft zij zich van het dak van hun schuur gestort en sindsdien wordt ze verpleegd in een sanatorium.'

De ogen van de luitenant schoten vol tranen en met trillende kin en een uitdrukking op zijn gezicht die het midden hield tussen woede en walging keek hij Maxi aan. Maxi kromp ineen en friemelde nerveus aan zijn ringen.

Franz' gezicht verstrakte. 'Omdat we niet weten wie die jongeman is die dit op zijn geweten heeft, kunnen we er alleen maar voor zorgen dat de luitenant en zijn gezin financieel gecompenseerd worden. Een adellijke titel en een jaarlijkse toelage. Kun je daarmee instemmen?'

'Ja,' zei Maxi zo nederig als hij maar kon. Franz balde zijn vuisten.

'Dat doen we zodat de luitenant het hele verhaal kan vergeten en zich niet langer gedwongen voelt het te vertellen.' Franz hoopte maar dat zijn bedoeling zowel voor Maxi als voor de luitenant duidelijk was. De keizerlijke familie kon het zich niet veroorloven betrokken te raken bij een schandaal als het rijk al geteisterd werd door onrust en bedreigd met oorlog.

Franz keerde zich naar de luitenant en knikte hem toe.

'Dank u wel, majesteit.' De man stond op, maakte een buiging en verliet de kamer. Maxi deinsde achteruit toen hij hem passeerde.

Toen het geluid van de voetstappen wegstierf in de gang, keerde Maxi zich krijtwit tot Franz. 'Geloof me, ik wist niet dat ze zusjes van elkaar waren.'

'En anders zou er niets aan de hand zijn geweest?' Franz schudde ongelovig zijn hoofd, stond op, leunde over zijn bureau heen en sloeg met zijn vuist op het blad. 'We hebben het hierover gehad toen ik je aanstelde als mijn adviseur. Hou je aan de regels!'

Maandenlang was Maxi tegen Franz tekeergegaan omdat hij voor Elisabeth had gekozen. Hij had tegen hem gezegd dat hij haar te gronde zou richten, dat hij haar leven voorgoed zou verpesten. En al die tijd behandelde Maxi de vrouwen om hem heen als gebruiksvoorwerpen die hij weggooide en meteen weer vergat. Franz zou nooit een relatie met iemand aangaan als hij wist dat hij iemand daarmee zou kwetsen, laat staan zo veel mensen tegelijk. Hij werd er misselijk van. Dit was Maxi's ernstigste vergrijp tot nu toe, en dit keer waren er niet alleen harten gebroken, maar waren er twee mensenlevens geruïneerd. Zelfs van Maxi had hij niet zo veel wreedheid verwacht.

'Je moet hiermee stoppen. Met je roekeloze gedrag ondermijn je ons allemaal, alles wat we hier hebben opgebouwd. Stel dat die man die titel en dat geld had geweigerd? Stel dat hij overal aan het hof zijn verhaal had rondgestrooid? Hoe kun jij in hemelsnaam mij vertegenwoordigen op diplomatieke missies, of in krijgsraden, als je op deze manier bekendstaat?' Omdat hij wel wist dat Maxi's liefde voor zijn broer niet voldoende zou zijn, deed Franz een beroep op diens liefde voor het Habsburgse rijk. Zijn geweten zou hier sowieso in tekortschieten.

Maxi's ogen vonkten van woede. 'En in plaats van met me te praten gooide je me dus maar voor de leeuwen?'

Franz kookte nu van frustratie. Hij hád met Maxi gesproken, maar het had nooit iets uitgehaald. De hele situatie was hopeloos: als hij Maxi aan het hof hield zou hij medeplichtig zijn aan diens wangedrag, als hij hem wegstuurde zou hij elders hetzelfde doen zonder dat Franz er was om de rouwende familieleden af te betalen met titels en toelagen. Franz wist niet wat hij erger vond.

Maxi nam zijn nonchalante houding weer aan, als een paar goed zittende schoenen. Hij liet niets los over een eventuele gedragsverandering. Hij boog. 'Franz.'

Franz gebaarde naar de deur, en Maxi verliet zijn kamer.

47

ELISABETH VOND HET NOOIT EEN BEZWAAR OM NAAKT TE zijn, maar er hadden nog nooit zo veel mensen toegekeken als nu. Haar hofdames hadden zich niet teruggetrokken toen ze een bad wilde nemen, maar waren in de kamer gebleven. Sommigen zaten, anderen stonden. Een van hen stond voor een spiegel en bewonderde haar eigen jurk. De kameniersters hadden haar kleren uitgetrokken, en om haar borsten te bedekken had Elisabeth haar armen om zich heen geslagen. Iedereen keek naar haar of ze een circusdier was. Een vogel in een kooitje.

Een van de meisjes had haar in een grote koperen badkuip geholpen, en Elisabeth had zich dankbaar in het warme water laten zakken; haar lange haren dreven op het water als zeewier. Esterházy zei dat ze zichzelf niet mocht wassen, en dus leunde ze achterover en liet het de meisjes doen. Ze gingen aan de slag met sponzen, borstels en koperen kannen warm water. Elisabeth vond het vreemd en ongemakkelijk, en probeerde zich in te beelden dat ze thuis was en dat Helene degene was die haar hielp met het wassen van haar haar. Die fantasie was op een andere manier onaangenaam; haar zus zou nog liever haar de haren uit het hoofd trekken dan ze te wassen. Ze fronste. Hoe lang zou haar zus nog zo dichtbij en toch zo onbereikbaar blijven?

'Wat een mooie huid heeft ze, net maanlicht,' kirde een van de dames.

'Ik wed dat de keizer verliefd is geworden op haar ogen.'

'Nee, op haar lippen!'

Onwillekeurig trok Elisabeth haar neus op. Misschien was Franz wel verliefd geworden op haar intelligentie. Haar gevoel voor humor. Op de manier waarop ze voor haar mening uitkwam. Op haar sprankelende ziel. Het idee dat zijn liefde puur fysiek was maakte haar onrustig. De hertogen met hun opengeknoopte broeken waren wellicht puur fysieke wezens, maar het zou beledigend zijn Franz in die categorie te scharen.

'Had ik ook maar zulk lang haar als zij,' zei weer een ander meisje.

Ongemak bekroop Elisabeth en snoerde haar keel dicht. Waarom spraken ze over haar alsof ze er zelf niet bij was? Alsof ze een meubelstuk was in plaats van een mens? Een schilderij dat iedereen bewonderde en beoordeelde?

Esterházy keek met minachting toe. 'Misschien knippen we alles wel af en zetten we haar een pruik op.'

Dit was natuurlijk bedoeld om haar bang te maken. Elisabeth was er vrij zeker van dat ze niet echt haar haren af zouden knippen. Dat schrikbeeld zou wel het allerlaatste offer zijn dat ze bereid was te brengen.

Ze nam een grote hap adem en gleed langzaam onder water zodat ze het gesprek niet meer hoefde te volgen. Hier waren de woorden enkel klanken, melodieën bijna. Gemompel en gemurmel, hoge en lage tonen, ze hoefde zich niet af te vragen wat het allemaal betekende.

Zo lang ze kon hield ze haar adem in, en eindelijk kwam ze hoestend en proestend weer boven. De vrouwen keken elkaar bezorgd aan. Gingen ze maar allemaal weg, zodat ze alleen kon zijn in het geruststellende warme water, omgeven door de lichte echo van de kamer en de straaltjes zonlicht die door het raam naar binnen vielen.

Nou, liefst niet helemaal alleen, maar met Franz. Ze verlangde al zo lang naar hem, en die paar minuutjes die ze tot nu toe samen hadden gehad waren niet voldoende. Ze voelde zich als een uitgedroogde akker die snakte naar regen, als een bloem die zonneschijn nodig had. Het was frustrerend zo te hunkeren naar zijn aanraking en dat verlangen niet vervuld te zien. Ze had iets heel anders verwacht dan een stuk of tien vrouwen die toekeken hoe zij in bad ging en stonden te speculeren over haar lippen en haar haar.

Terwijl de meisjes haar afdroogden en aankleedden – haar rok was twee keer zo wijd als normaal en net iets te lang zodat ze amper kon lopen zonder te struikelen – trommelde Elisabeth ongeduldig op haar heupen. Ze wilde weg. Als ze Franz niet kon zien, en Esterházy had haar herhaaldelijk verzekerd dat dat uitgesloten was, dan wilde ze alleen zijn. In het bos, in een tuin of op een modderige heuvel. Ze moest bewegen, de opgekropte energie moest eruit.

Toen ze het niet langer kon verdragen kondigde ze aan dat ze een eindje ging wandelen. Ze liep eenvoudig bij Esterházy's uitgestoken handen vandaan, door de dubbele deuren, het doolhof van gangen door, de tuin in. Zenuwachtig liepen haar hofdames achter haar aan. Ach, als ze haar bij konden houden was het goed. Als ze dat niet konden zou Elisabeth even op adem kunnen komen in een stukje bos. Ze had zin om op de grond te gaan liggen. Ze giechelde bij de gedachte: Esterházy zou flauwvallen als ze terugkwam met moddervegen en natte bladeren op haar gele blouse. Zijzelf zou het kunstzinnig vinden, maar Esterházy zou het een gruwel zijn.

De tuinen van het paleis waren veel uitgestrekter dan die van de Kaiservilla, en zodra ze over de wirwar van wandelpaadjes liep voelde ze zich opgelucht. Dat ze de Kaiservilla al statig had gevonden leek nu belachelijk. Het was als het contrast tussen een blokje perfecte kaas en een perfect gebakken kaassoufflé. Een prachtige vogelveer vergeleken met de hele vogel. De villa was een uitgestrekt, prachtig gebouw op een uitgestrekt, prachtig stuk land. Maar dit? Dit was een uitgestrekte, prachtige stad, omgeven door klinkerpaadjes en tuinen zover het oog reikte.

Elisabeth liet haar blik over de perfect geschoren struiken dwalen; haar schoenzolen knarsten op het witte grindpad. De geur van een zonnige dag na een flinke regenbui kwam haar tegemoet. Kon ze maar op blote voeten lopen en de zachtheid van de gevallen bladeren onder haar voetzolen voelen.

De hofdames liepen in slagorde achter haar aan, de handen bescheiden tegen hun middel gedrukt. Elisabeth genoot ervan plotseling een ander paadje in te slaan en te zien hoe ze zich steeds opnieuw moesten groeperen.

Toen ze een scherpe bocht nam zag ze in het gras tussen de paadjes een bijzondere vogel staan. Hij was koninklijk, en groot. Spierwit met zwarte staartveren en een oranjerode vlek op zijn voorhoofd die uitliep in een scherpe blauwgrijze snavel.

Elisabeth liep het gras op, maar de dames bleven bijna allemaal op het pad achter omdat ze hun schoenen niet vies wilden maken. Alleen Leontine liep met haar mee. Ze ging op haar hurken in het gras zitten, haar lila rok spreidde zich uit om haar heen.

'Heb je ooit zoiets gezien?' vroeg ze bewonderend.

'Hij kijkt naar je,' zei Leontine.

'Dat komt natuurlijk doordat ik hier nieuw ben.' Elisabeth hield haar hoofd een beetje schuin en vroeg zich af of vogels mensen uit elkaar konden houden.

'Ik bedoel niet de vogel, hoogheid.' Leontine boog zich naar haar toe en drukte haar handen tegen haar hemelsblauwe rok. 'De aartshertog.' Vanuit haar ooghoeken keek ze in de richting van een van de heggen.

Daar stond Maxi. Elisabeth had hem amper gezien toen ze

aankwam, al haar aandacht was uitgegaan naar Franz. Maar nu was ze blij hem te zien. Iemand die ze al kende, die haar grapjes begreep, die haar aardig vond en die haar niet verbijsterd aankeek of uitlachte als ze een domme vraag stelde of iets raars deed. Zijn lach was precies zoals ze zich die herinnerde: charmant en grappig met een zweem van ondeugd.

Maxi nam als eerste het woord. 'Fijn om je weer te zien.'

'Ik ben ook blij jou weer te zien,' zei Elisabeth gemeend.

'Nou, vanaf nu kun je me zo vaak zien als je wilt. Bijvoorbeeld vanavond op mijn feestje.' Hij trok een uitnodiging uit zijn zak, gaf hem aan haar en gebaarde toen met zijn hoofd naar het wandelpad. 'Zullen we een eindje wandelen samen?'

Haar 'ja' was eruit voordat ze het wist. Er waren hier zo veel regels. Mocht ze wel wandelen met Maxi? Zou ze daarmee een schandaal veroorzaken? Alleen al bij de gedachte werd ze doodmoe. Ze was hier nog maar een paar uur en nu begon ze al te twijfelen. Ze hoorde de woorden van haar vader weer in haar achterhoofd. Dit was een kans om zijn ongelijk te bewijzen, om trouw te blijven aan zichzelf en gewoon te zien wat ervan kwam.

Ze stak haar arm door die van Maxi en wandelde naast hem over de paadjes, langs de keurige bloembedden en andere wandelaars in hooggesloten jurken en met modieuze hoge hoeden op, een parasol of een zwart boekje in de hand. Elisabeth was blij toen haar hofdames wat achterop raakten waardoor ze haar gesprek met Maxi niet konden afluisteren. Het was vreemd om te merken dat alles wat je zei beoordeeld, herhaald of becommentarieerd werd. Misschien zou ze later vriendschap sluiten met de meisjes, maar nu was het allemaal... zo veel.

'Je bent veranderd sinds je verloving,' zei Maxi met één opgetrokken wenkbrauw. 'Je bent opengegaan als een amandel.'

Lachend schudde Elisabeth haar hoofd. Ze was niet gekwetst. 'Hoe doe jij dat toch?'

'Wat?'

'Je geeft een complimentje, maar eigenlijk is het een belediging.' Ook zij trok nu een wenkbrauw op.

Hij maakte een tevreden geluid. 'Ik zal het je leren.'

'Ik wil het niet leren. Doe mij maar een regelrechte belediging.'

'Zo, eerlijk ben je in elk geval wel.'

Elisabeth glimlachte. Toen ze verder liepen ontvouwde het terrein zich als een uitbottende bloem. Ze liepen nu over een lang, recht pad naast een smalle gracht, versierd met rijen bloemen en speelse fonteintjes. Her en der liepen mensen te wandelen en hielden stil om de welgevormde kuiten van een standbeeld te bewonderen of de doornen van een warrige rozenstruik.

'Wat prachtig,' mompelde Elisabeth vol ontzag.

'Op het eerste gezicht misschien wel.' Maxi keek haar ernstig aan en ze voelde haar glimlach verdwijnen.

'Probeer je me bang te maken?' Ze voelde de onrust, die was weggeëbd toen ze hem zag, weer opborrelen.

'Het is gewoon de waarheid.'

Ze concentreerde zich weer op het pad en veranderde van onderwerp. 'Hoe is het met je charmante Italiaanse barones?'

Maxi lachte en ze voelde een vertrouwde genegenheid opkomen. Ze had weer zijn volledige aandacht.

'Uitstekend, geloof ik,' zei hij na een poosje. 'Ze is verloofd met een graaf.'

'En jij?'

'Ik niet.'

Fijn voor Francesca. Elisabeth mocht de barones graag en zij verdiende iets beters dan Maxi's nonchalante lompheid. Ze hoopte dat ze iemand had gevonden die net zo levenslustig was als zij.

'Elisabeth.' Maxi stond stil en draaide zich naar haar toe. 'Als ik je een goede raad mag geven...' Hij boog zich wat voorover. Toen ze zijn warme adem in haar hals voelde kreeg ze kippenvel. 'Blijf bij mij, dan kan je niets gebeuren.'

Zijn stem klonk ernstig, dringend zelfs. Ze wilde vragen wat hij daarmee bedoelde, maar haar hofdames bevonden zich inmiddels weer binnen gehoorsafstand. Opnieuw trok ze een wenkbrauw op. 'Ik heb het gevoel dat het tegenovergestelde waar is.'

48

Schuldgevoel en opwinding verdrongen elkaar in Helenes borst. Sophie had haar laten roepen. Háár! Niet Sisi. Esterházy had de boodschap overgebracht, aan Helene gevraagd waar Sisi's koffer stond, deze meegenomen en Helene bevolen haar te volgen. Helene kon niet zeggen hoe ze het wist, maar ze vermoedde dat er iets ging gebeuren. Sophie vroeg niet om de koffer om hem naar Sisi's nieuwe vertrekken te laten brengen. Ze was iets van plan. Het was een inbreuk op Sisi's privacy, en Helene voelde zich tegelijkertijd verrukt en adembenemend schuldig.

Esterházy nam Helene mee naar Sophies vertrekken, en Helene was opnieuw diep onder de indruk. Elke gedraaide pilaar, elke gouddraad in het dikke vloerkleed, elke subtiele krul in de handmatig uitgesneden vensterbanken ademde schoonheid en macht. Op een zwartfluwelen bankje, achterovergeleund alsof er niets was om zich zorgen over te maken, zat Sophie. Ze straalde dezelfde grandeur uit als de kamer in haar zwart met bruine jurk die om haar lichaam zat als een harnas.

Esterházy zette Sisi's koffer op een tafeltje voor de aartshertogin, en heel even bekroop Helene de angst dat Sisi's dagboek erin zat. Het dagboek waarvan ze wist dat Sisi dat absoluut voor zichzelf wilde houden, en dat zij zou moeten beschermen tegen nieuwsgierige blikken.

Esterházy nam stijfjes plaats op een bankje; ze droeg een blauw jasje dat, zo constateerde Helene nogal onbarmhartig, fraai kleurde bij de aderen in haar bijna doorzichtige hals.

'Er is iets mis met dat meisje,' klaagde Esterházy. Ze kneep haar lippen samen en staarde voor zich uit.

Sophie fronste. 'Gravin, we moeten Helene niet een verkeerde indruk geven,' zei ze met een snelle blik op Helene.

Helene maakte een reverence. 'Majesteit, ik zal niets doorvertellen.' Daar was dat schuldgevoel weer, samen met dat duistere genoegen. Helene wist niet hoe ze aan beide kon ontkomen.

Sophie glimlachte. 'Je bent een vrouw naar mijn hart. We hebben allemaal zo onze geheimpjes.'

Naar haar hart? Helene koesterde zich in deze woorden. Na maandenlang te zijn genegeerd en aan de kant geschoven was het een opluchting eindelijk weer gezien te worden. Als alles volgens plan was verlopen zou deze vrouw haar schoonmoeder zijn geweest. Ook dat had Sisi van haar afgenomen.

Sophie haalde Sisi's dagboek uit de koffer. Helenes hart sloeg een slag over. Dat dagboek zat er dus inderdaad in. Dat zij de koffer aan Esterházy had gegeven was een groter verraad dan ze had beseft.

Sophie bladerde door het boekje, liet haar vinger langs de gedichten glijden en schoof voorzichtig de veertjes die Elisabeth als bladwijzer gebruikte opzij. Helene voelde zich steeds ongemakkelijker. Zij was de enige die tot nu toe Sisi's gedichten had mogen lezen. Ze zou gekwetst zijn als ze wist dat Sophie ze nu las, en nog gekwetster als ze wist dat Helene dit mogelijk had gemaakt.

Maar Sisi had zich nooit iets aangetrokken van Helenes verdriet, dus waarom zou Helene zich iets aantrekken van het hare? Het feit dat ze het zich wel degelijk aantrok maakte haar nog bozer. Kon ze Sisi maar gewoon haten zonder dat de liefde voor haar zus steeds in de weg zat.

Esterházy had een boek uit de koffer gepakt. *Die Leiden des jungen Werthers*, een verhaal over een onbeantwoorde liefde. Helene schoot bijna in de lach. Alsof Sisi wist wat onbeantwoorde liefde was.

Esterházy gooide het boek opzij. 'Had ik al verteld dat ze wegliep tijdens het kleden? En hebt u gezien hoe ze Zijne Majesteit begroette?'

Dat beeld sneed Helene door de ziel. Ze hadden er allebei zo gelukkig uitgezien. Sisi had zich in Franz' armen gestort, en hij had haar aangekeken alsof ze de enige vrouw op de hele wereld was.

'U bent vergeten wat het is om verliefd te zijn, gravin,' antwoordde Sophie terwijl ze het dagboek sloot. 'En u weet hoe ik over deze zaak denk: mijn zoon heeft zijn keuze gemaakt en die zal ik niet bestrijden. We kunnen hem niet op andere gedachten brengen. Wat we wel kunnen doen, en zúllen doen, is ervoor zorgen dat zij de keizerin wordt die het rijk nodig heeft. U zult haar strikt aan de protocollen houden, net als ik, maar daarvoor is het niet nodig te roddelen over haar tekortkomingen.'

Sisi zou een gruwelijke hekel hebben aan het volgen van protocollen. Helene voelde tegelijkertijd medelijden én voldoening. Dit was Sisi's verdiende loon.

'Helene,' zei Sophie, 'ik heb je hierheen laten halen omdat ik tegen je wilde zeggen dat je een geweldige keizerin zou zijn geweest. Ik hoop dat je je daarvan bewust bent.'

Het gevoel gewaardeerd te worden was weer terug, en de warmte drong door tot in Helenes huiverende ziel. Dit had ze al die tijd willen horen, dit was waar ze maandenlang naar had verlangd. Jij zou een goede keizerin zijn geweest. Jij verdiende het. Jij bent goed. Jij bent...

Beminnelijk. Geliefd. Belangrijk. In deze troostende woorden probeerde Helene haar schuldgevoel te begraven.

49

Franz' hart lag als een steen in zijn borst. Hij was op weg geweest naar de danszaal en verheugde zich op zijn danslessen met Elisabeth als een kind op zijn toetje. Hij had urenlang intensief vergaderd met zijn generaals en met Maxi, en toen hij eindelijk even alleen was, een paar minuten voordat Elisabeth zich in de balzaal bij hem zou voegen, had hij uit het raam gekeken naar de tuinen beneden hem. Hij had haar gezocht, én gevonden: een paars met gele zonnestraal tegen de groen-witte achtergrond van de wandelpaden in de tuinen. Zijn hart maakte een sprongetje... en stond toen even stil.

Ze liep naast Maxi. Maxi boog zich naar haar toe, iets te dichtbij. Zo bleef hij even staan en fluisterde iets in haar oor. Was dit Maxi's eindspel? Had hij met zijn brieven het fundament gelegd voor zijn poging haar van hem af te pakken, of in elk geval hun relatie te ondermijnen? Hij geloofde niet dat Elisabeth hem opzettelijk zou kwetsen, maar misschien doorzag ze Maxi en diens manipulatietalent niet helemaal.

Hij geloofde wel degelijk dat Maxi hém wilde kwetsen, zoals hij Maxi had gekwetst toen hij een relatie met Louise had aangeknoopt. Franz wist niet eens dat Maxi in Louise was geïnteresseerd, maar dat deed er niet toe. Maxi voelde zich verraden, ongeacht Franz' bedoelingen. Als zijn broer, die al eens eerder de genegenheid had gestolen van een vrouw van wie Franz hield, hem dit betaald kon zetten zou hij dat zeker niet laten.

Loop weg, Elisabeth.

Maar dat deed ze niet. Ze bleef een ogenblik doodstil staan, totdat een van haar hofdames haar aanspoorde verder te lopen.

Franz voelde zijn maag samentrekken. Hij keerde zich af van het raam en drukte zijn rug tegen de muur van de gang. Het was maar een wandeling, een fluistering, maar toch voelde hij zich bedrogen. Hij drukte zijn hand tegen zijn bonkende hart.

Waarom reageerde zijn lichaam zo heftig op zo'n klein incident? Hij inspecteerde de krochten van zijn geest, op zoek naar een antwoord.

Angst. Dat was het. Angst deed zijn hart als een razende tekeergaan na het zien van zoiets futiels als een gefluisterd woord. Een angstzaadje dat begon uit te groeien tot iets levensgroots. Hij was bang dat hij Elisabeth nooit meer aan zou raken, nooit meer zijn lippen op de hare zou drukken en nooit meer de lading zou voelen van zijn hand op haar heup. Hij was bang dat Maxi's gemanipuleer succes zou hebben, en dat hij de rest van zijn leven moest toezien dat ze zijn broer zou liefhebben in plaats van hem. Zoals hij zijn hele kindertijd had geweten dat hij dan misschien wel het braafste kind was, de oudste en de troonopvolger, maar dat Maxi zijn moeders oogappel was. Maxi beweerde vaak dat Franz alles had wat zijn hart begeerde, maar Franz wist dat Maxi iedereen in zijn zak had, ook al besefte hij dat zelf vaak niet.

Hij had zich nooit gerealiseerd hoe belangrijk dat talent van zijn broer was, tot dit moment. Maxi mocht elk hart aan het hof veroveren, elk hart in Wenen, elk hart in Habsburg, behalve dit ene.

Franz wist dat zijn angst ongegrond was, maar dit was het

trauma dat hij had opgelopen bij de aanslag op zijn leven: elke angst manifesteerde zich als doodsangst. De kleinste druppel inkt kon een hele zee blauw kleuren.

Franz wachtte op Elisabeth in de balzaal, een prachtige zaal met zonnige ronde ramen over twee verdiepingen, een hoog plafond met in het midden een kunstwerk, en bijpassende roodgouden kroonluchters die schitterden als regendruppels.

Zijn hart was inmiddels weer wat tot rust gekomen, maar hij was nog steeds aangedaan. Waarom liep Elisabeth überhaupt met Maxi door de tuin? Had hij haar niet genoeg over zijn broer verteld en haar voor hem gewaarschuwd? Besefte ze niet hoe belachelijk ze Franz maakte door rond te hangen met zijn rokkenjager van een broer?

De deuren gingen open.

Haar ogen vonkten, haar gezicht straalde als de zon die van achter een wolk tevoorschijn komt. Haar glimlach, de opwinding, de snelle voetstappen. Dat alles was voor hem. Niet voor Maxi. Voor hem.

Wat leken zijn angsten onbeduidend in de schittering van die lach. Hij had zich druk gemaakt om niks. Maxi was er misschien op uit om hem te kwetsen, maar dat liet hij niet gebeuren.

Elisabeth kwam voor hem staan en maakte een reverence. Franz' schouders ontspanden zich en zijn hart begon opnieuw sneller te kloppen, dit keer van opwinding.

Eindelijk waren ze samen en konden ze elkaar aanraken. Alleen, op een paar bedienden en een pianist na.

'Uwe Keizerlijke Hoogheid...' De pianist kwam achter de fortepiano vandaan en boog voor Elisabeth. '... mag ik me even voorstellen? Mijn naam is Johann Strauss, componist. Ik heb een wals gecomponeerd voor het bal na het huwelijk.'

Franz knikte de man vriendelijk toe en Strauss nam weer plaats achter de fortepiano. Elisabeth straalde van blijdschap en toen de muziek begon pakte ze Franz' hand vast en legde haar andere hand op zijn schouder. Ze zei niets, maar dat was ook niet nodig. De opwinding die uit haar ogen straalde en haar huiverende lichaam in zijn armen zeiden alles wat Franz wilde weten. Hij telde zachtjes voor zich uit: een-twee-drie, een-twee-drie, en walste met haar in het rond.

Tijdens de dans boog Elisabeth zich naar hem toe. Hij voelde haar warme, naar kaneel geurende adem in zijn nek en zijn oor. 'Onze componist kijkt alsof hij buikpijn heeft.'

Franz keek over zijn schouder. Ze had gelijk. Johann hing over het klavier alsof pianospelen het ergste was dat hij ooit had gedaan. Ernstig. Geagiteerd, maar ook geanimeerd.

Dit grapje deed het laatste restje spanning in Franz' lichaam wegvloeien, en lichtvoetig zwierden ze bij de piano vandaan, de zaal in. Er borrelde een lach in hem op, hij hoorde het geluid ervan weerkaatsen tegen het hoge plafond, en samen met haar lach vormde die een eigen symfonie.

'Fijn om je te horen lachen, ik voel dat je iets dwarszit,' zei Elisabeth. Terwijl ze door de zaal zwierden in de vertrouwde driekwartsmaat van de Weense wals, zocht haar blik de zijne.

Franz smolt. Zelfs na al die maanden gescheiden te zijn geweest voelde ze hem nog steeds beter aan dan wie dan ook. Hij was de hele dag al zo gespannen geweest. Niet alleen doordat hij haar met Maxi had zien wandelen, maar ook vanwege de kwestie van Maxi's indiscrete gedrag, het overleg met de krijgsraad en zijn plannen voor het spoornetwerk. Maar nu hij haar in zijn armen had leek al het andere opeens een stuk minder belangrijk. Alles werd lichter.

Hij koos een van de onderwerpen die het zwaarst op zijn maag lagen. 'Iedereen wil dat ik partij kies in de oorlog in Europa, zo snel mogelijk.'

'En jij wilt dat niet.' Het was een constatering, geen vraag. Uit zijn toon had ze al opgemaakt dat hij helemaal geen oorlog wilde voeren. Het was dom geweest om te denken dat Maxi sterk genoeg was om hen uit elkaar te drijven.

'De waarheid is... dat ik andere plannen heb.' Hij weidde nog niet verder uit. 'Ik vertel je daar later wel meer over.' Hij voerde het tempo wat op, lachte naar haar en liet de zwaarte van de dag van zich af glijden alsof het niets was.

Elisabeths lach was het tovermiddel dat steeds opnieuw opborrelde uit haar tere keel. Hij koesterde zich in die lach, liet haar middel los, liet haar een rondje draaien en trok haar daarna stevig tegen zich aan.

Haar nabijheid maakte hem bijna duizelig. Hij voelde haar hart tegen het zijne kloppen en de warmte van haar huid op de zijne.

Hij zwierde haar weer in het rond, en genoot van haar sprankelende lach en haar glanzende ogen.

Opeens liet Elisabeth zijn hand los, liep een paar passen de zaal in, draaide zich om en keek naar hem op een manier die alles deed verschuiven. Haar lach had plaatsgemaakt voor verlangen, voor iets diepers.

Ze danste weer naar hem toe en leunde tegen hem aan. Automatisch nam hij haar weer in zijn armen, drukte zijn voorhoofd tegen het hare, ademde haar geur in en voelde haar warmte op zijn huid. Vanuit deze hoek kon hij elk perfect gekruld wimpertje afzonderlijk zien.

Hij liet zijn handen over haar vederlichte pofmouwen glijden en voelde haar handen tegen zijn middel en haar lichaam tegen het zijne. Hij wist dat hij vandaag niet dichter bij haar zou komen dan zo. Zijn hart begon sneller te kloppen, en dit keer was het geen slecht voorteken maar een teken van opwinding. Misschien konden ze samen even wegglippen, achter een dik gordijn, in een bosje of een portiekje waar hongerige lippen en onderzoekende handen onopgemerkt bleven.

Alsof ze zijn gedachten raadde wees Elisabeth met haar ogen

naar een kleine decoratieve deur, gecamoufleerd in een van de muren. Met zachte stem vroeg ze: 'Waar leidt dat deurtje naartoe?'

Verbaasd trok Franz zijn wenkbrauwen op. Hij wist waar dat deurtje heen leidde: naar stilte. Geruststelling. Mogelijkheden.

Naar haar lippen op de zijne.

50

ELISABETH WIST NIET WAAR HET DEURTJE HEEN LEIDDE, maar ze wist wel wat ze wilde. Ze wist waar haar hele lichaam naar snakte. Zo veel mogelijk minuten in elkaars armen, huid tegen huid, lippen op lippen, heupen tegen heupen.

Franz' mond viel geluidloos open en hij keek van haar naar de deur en terug. Ze lachte, pakte zijn hand en rende naar de deur, de toegang tot hun eigen wereld. Als iemand dit zou zien zou er een schandaal van komen, maar de bedienden waren druk in de weer met hun eigen taken, en de componist ging helemaal op in de muziek.

Franz leidde Elisabeth door het deurtje en deed het achter hen dicht. Ze bevonden zich nu in een soort opbergruimte, waar overtollig meubilair stond opgeslagen. Niet echt een groot verschil met kussen achter de gordijnen.

Elisabeth stond tussen twee stapels stoelen en Franz liep op haar toe en trok haar tegen zich aan. Hij legde een vinger onder haar kin, tilde haar gezicht op en boog wat voorover om het goed te kunnen bestuderen.

De eerste kus was aarzelend; lachend drukten ze hun gezichten tegen elkaar. De tweede was hongeriger. Zij woelde met haar handen door zijn haar en liet ze langzaam langs de randen van zijn oren gaan. Hij volgde met zijn handen de rondingen van haar lichaam, hoe zou het voelen zonder al die lagen stof en dat korset?

Langzaam maakte Franz zich los uit de omhelzing. Hij streek met zijn vingers over haar gezicht, van haar jukbeenderen naar haar kin, en zij koesterde zich als een kat in de zon. Waarom waren dit soort momenten zo veel echter dan andere dingen die ze meemaakte? Het leek wel alsof ze tot nu toe onder water had geleefd en nu was bovengekomen in een wereld vol heldere geluiden. Alsof ze door een mist had geprobeerd te kijken die nu door de zon was opgelost. Ze kon wel huilen van opluchting.

Toen Franz begon te praten leek het wel of hij wist wat ze dacht. 'Als ik bij jou ben, heb ik het gevoel dat alles mogelijk is.' Hij kuste haar op haar wang.

Elisabeth zweeg en speelde even met een haarlok in Franz' nek. 'Je bent iets van plan, ik zie het aan je.'

'Inderdaad,' zei hij met glinsterende ogen.

'Vertel.'

'Ik heb maanden gewacht op dit moment.' Hij veegde een lok haar achter haar oor. 'Ik vond het zo moeilijk om er niet over te schrijven, maar ik wilde je gezicht zien als ik het je vertelde.'

Verbaasd keek ze hem aan.

'Ik ga een spoornetwerk aan laten leggen.' Toen gooide hij alles eruit, alsof er een dam was doorgebroken. Hij vertelde over zijn plannen om alle delen van het Habsburgse rijk met elkaar te verbinden, voedsel te distribueren en de industrie uit te breiden. Hij beschreef de gebieden waar de spoorlijnen doorheen zouden voeren en wat dat voor het volk zou betekenen.

'Niemand hoeft ooit nog zo lang van elkaar gescheiden te zijn als wij.' Hij sprak de woorden uit terwijl hij haar hals en kaaklijn kuste.

'Dan is ons lijden nog ergens goed voor geweest.' Ze streelde zijn haarlijn.

'Stel je eens voor dat iedereen met iedereen is verbonden,' zei hij buiten adem.

In haar verbeelding zag ze de grootsheid van Franz' plannen voor zich, een grootsheid die ze de rest van haar leven kon verkennen.

Hij was een wonder. Ze dacht aan een van haar gedichten en zei het voor hem op:

En als ik kon
Droeg ik je naar de zee
Dan zou je eindelijk
Je glorie zien
De Noordzee is de spiegel
Waarin je jezelf kunt zien
Waar jij, in de woeste golven
Een nieuw imperium zult stichten

Het was waar. Hij deed het, hij deed iets nieuws. Hij bouwde een nieuw keizerrijk. Het was de weerklank van alles wat hij in zijn brieven had geschreven: een man met een visie waar hij voor stond. Ze lachte naar hem en legde haar handen tegen zijn borst, tegen zijn hart. 'Ik vind het geweldig.'

Ze voelde hoe heel Franz' lichaam ontspande. Zijn schouders zakten en zijn gezicht begon te stralen. Hij wipte op zijn hakken en lachte. Vrolijk. Jongensachtig.

'Jij hebt me hiertoe geïnspireerd,' zei hij lachend.

Plagend trok ze haar wenkbrauwen op. 'Aha, dus als je aan mij denkt, denk je aan spoorlijnen.'

'Liefje, je denkt toch niet dat duizenden kilometers stalen balken jou kunnen vertegenwoordigen?'

'Nou, zelf ben ik ook zowel snel als betrouwbaar.' Ze kuste zijn onderlip.

Mijn god, wat verlangde ze naar hem. Naar elk stukje van hem.

Zijn geest, de manier waarop hij haar grapjes beantwoordde met kleine kwinkslagen, de manier waarop hij voor zijn overtuigingen stond. Zijn lichaam, zo dichtbij en toch zo onbereikbaar door al die lagen kleding. Stomme Parijse mode.

Franz dacht er zeker ook zo over, want hij drukte haar met haar rug tegen de muur, pakte haar polsen beet, hield die aan weerskanten van haar lichaam en kuste haar. Ze beantwoordde zijn kus met evenveel passie, opende haar mond en beet zachtjes op zijn onderlip. Haar lichaam sidderde en wilde nog dichter bij hem zijn. Zo dichtbij dat je niet meer kon zeggen waar de een ophield en de ander begon.

'Waar heb ik dit allemaal aan te danken?' mompelde hij in haar hals.

'Je bent een mirakel.' Nu dwaalden zijn lippen naar boven.

'Een wonder.' Nóg hoger.

'Een wild dier dat uit het bos is gekomen om een nest te bouwen in mijn hart.' Nu bevonden zijn lippen zich achter Elisabeths oor en drukten voorzichtig tegen dat zachte plekje. Sophie had Franz ooit weinig poëtisch genoemd, maar daar kon Elisabeth nu alleen maar om lachen. Deze man was een dichter en zij was het gedicht. Hij volgde de lijnen van haar lichaam, hij kuste zijn woorden naar binnen.

Ze wierp Franz een ondeugende glimlach toe. 'Wist je dat mensen aan het hof geen onderkleding dragen?'

Hij trok vragend een wenkbrauw op. Elisabeth maakte haar polsen los uit zijn greep, sloeg haar armen om zijn nek en kuste hem opnieuw. Langer, dieper. Met zijn vrijgekomen hand streelde Franz de lijnen van haar middel, trok haar rok omhoog en liet zijn vinger...

'Ahem.'

De stem doorsneed de stilte, een stilte die Elisabeth niet eens had opgemerkt. De walsmuziek in de kamer ernaast was verstomd.

Met tegenzin lieten ze elkaar los en draaiden hun hoofd in de richting van het geluid.

Esterházy natuurlijk. Ze had een talent voor timing, én voor dingen verpesten. Ze legde zo veel mogelijk afkeuring in haar luidruchtige ademhaling.

Franz herpakte zichzelf en deed een stapje achteruit. Onmiddellijk voelde Elisabeth het verlies in elke vezel van haar lichaam.

'Majesteit,' zei Esterházy tegen Franz. 'Neemt u me niet kwalijk dat ik stoor, maar de keizerlijke bruid dient haar voorbereidingen te hervatten.'

Franz en Elisabeth verroerden geen vin.

'Volgt u mij.' Esterházy gebaarde naar Elisabeth dat ze de ruimte diende te verlaten.

'Zeker,' zei Elisabeth. 'Maar eerst nog dit.'

En toen kuste ze Franz opnieuw, haar hand tegen zijn borst, haar geopende lippen tegen de zijne.

Deze gestolen momentjes was alles wat ze hadden. Ze was niet van plan daar iets van te verspillen.

51

HET VOORDEEL VAN ONZICHTBAAR ZIJN IS DAT NIEMAND in de gaten houdt wat je doet. Helene kon door het hele paleis zwerven als ze wilde. Niemand riep haar voor danslessen, niemand vroeg zich af waar ze was als het theetijd was.

Het kwetste haar, maar het bevrijdde haar ook. Ze verkende elk hoekje van het paleis, zelfs de keizerlijke vleugel waar de vertrekken van Franz en Maxi zich bevonden. Ze liep door de eenvoudig gemeubileerde personeelsvleugel, waar ze door een houten deur heen hoorde hoe twee bedienden elkaar verwenden. Door de deftig ingerichte studeerkamers van belangrijke mannen met hun drankkasten en gouden sigarettendoosjes, waar ze met een gestolen sigaret in haar hand uit het raam leunde. Ze slenterde door tientallen gangen en luisterde evenzovele gesprekjes af die ze normaal gesproken niet zou horen. Een dienstmeisje dat doodsbang was dat ze ontslagen zou worden omdat ze zwanger was. Een kok die in alle staten was omdat de favoriete snoepjes van de aartshertogin op waren. Twee hofdames die roddelden over dat Sophie Sisi nooit als schoondochter had gewild.

Én het gesprek dat ze nu hoorde, leunend tegen het pauwenbehang, sigaret in de hand. Nonchalant, onzichtbaar.

Het was Maxi. En het was niet zozeer een gesprek, maar meer een monoloog. Hij oefende een gesprek met een onzichtbare persoon en ijsbeerde over de stervormige patronen in de houten vloer. Hij had niet eens door dat Helene in een hoekje van de kamer stond.

Nieuwsgierig, met gespitste oren, trok ze zich zo ver mogelijk terug. Dit was niet de Maxi die ze eerder had ontmoet, zelfs niet de serieuzere versie die ze in zijn brieven aan Sisi had leren kennen.

'Hij is niet de man voor jou.' Zijn stem klonk nu zachter, kwetsbaarder. Hij aarzelde even en sloot zijn ogen, alsof hij zich probeerde te herinneren wat daarna kwam.

'Hij is niet de geschikte man voor jou. Hij is niet zoals wij. Jij en ik, wij zijn hetzelfde.'

In zijn stem klonk nu passie en tederheid door, emoties die Helene niet kende van Maxi. 'Wij horen bij elkaar. Wij passen bij elkaar. Stel je voor... jij en ik samen.'

Hij stond stil.

'Elisabeth.' Hij proefde het woord op zijn tong alsof het een delicatesse was. Een gebed. Een zegen.

Helenes hart bonsde. Kon ze dan nergens ontsnappen aan Sisi? Als ze niet zo boos was geweest zou ze tevreden hebben kunnen vaststellen dat ze gelijk had: ook deze man was verliefd op haar zus. Ze vroeg zich af of Franz dit wist, of Sisi dit wist, maar tegelijkertijd besefte ze dat het haar niets kon schelen.

'Hij zal je voor de leeuwen gooien, zoals hij ook met mij heeft gedaan. Hij is niet wie je denkt dat hij is...' Maxi draaide zich om en beende fronsend de andere kant op.

Bitterheid sloeg als een vloedgolf door Helenes lichaam. Sisi was ook niet wie andere mensen dachten dat ze was. Zij had ook zo haar geheimen, haar verraad. Zij had gelogen zonder met haar ogen te knipperen. Helene had geen idee gehad dat Sisi langzaam maar zeker het kleed onder haar voeten vandaan aan het trekken was.

Maxi stond weer stil. Hij streek met zijn hand door zijn haar, keerde zich naar het raam en keek naar buiten. Zijn stem werd zachter, nauwelijks hoorbaar aan de andere kant van de kamer. 'Die eerste keer dat wij elkaar zagen wist ik, ik wíst het gewoon, dat wij voor elkaar gemaakt zijn.'

Helene drukte zachtjes haar sigaret uit in de asbak op het tafeltje naast haar.

'Niet voor hem.' Nu sloop er zelfs wanhoop in Maxi's stemgeluid. 'Voor mij.'

Maxi slaakte een diepe zucht. 'Hij zal niet zijn hele leven aan de macht blijven. Wij zouden samen het rijk kunnen besturen, jij en ik. Míjn keizerin.'

Dat was nog eens een verrassing. Helene geloofde haar oren niet. Ze wist natuurlijk van de onrust en van de aanslag op Franz' leven, daar werd zowel thuis als hier over gesproken. Verwachtte Maxi dat Franz van de troon gestoten zou worden? Maar als de onrust de oorzaak daarvan was, waarom dacht hij dan dat hij zelf keizer zou worden?

Het antwoord kwam van Maxi zelf. 'Er komt oorlog, en Franz wil er niets mee te maken hebben. Als hij buiten het conflict wenst te blijven zullen de generaals iemand op de troon zetten die wel bereid is mee te vechten. Je moet bij hem uit de buurt blijven, hij kan je niet beschermen.'

Helene voelde het bloed naar haar wangen stijgen en haar hart ging als een razende tekeer. Haar bitterheid maakte plaats voor iets wat ze maandenlang niet had gevoeld: oprechte, zuivere bezorgdheid. Angst om haar zus.

Was Sisi in gevaar?

Dat Sisi moest lijden onder Helenes zwijgen, dat ze gestraft moest worden voor haar blunders aan het hof was één ding, maar waar Maxi het nu over had was iets heel anders. Hij maakte zich duidelijk zorgen om Sisi's veiligheid; Helene voelde zijn oprechtheid. Maar als het waar was wat hij zei, zou hij haar dan wél kunnen beschermen?

Maxi sloot zijn ogen en zuchtte diep.

'Zeg gewoon tegen haar wat je voelt,' zei hij tegen zichzelf. 'Zeg dat je van haar houdt.' Hij knikte alsof die laatste woorden hem weer moed hadden gegeven en liep zachtjes de kamer uit, zonder te merken dat Helene daar stond.

Helene bleef nog een poosje met bonkend hart staan en voor het eerst vroeg ze zich af of ze misschien toch beter af was als ze niet met de keizer zou trouwen.

52

Zelfs Esterházy's zure gezicht kon Elisabeths humeur niet bederven. Ze kon Franz' vingertoppen nog tegen haar hals voelen en zijn lichaam dat hij steeds steviger tegen dat van haar had gedrukt toen ze hem vol hartstocht had gekust. Bijna zwevend volgde ze Esterházy door de gangen en streek met uitgestoken handen langs het gladde behang en de vergulde schilderijlijsten.

Esterházy nam haar weer mee naar haar eigen vertrekken, gooide de dubbele deuren open en leidde haar naar binnen. Lachend merkte Elisabeth op hoe vertrouwd het allemaal al voelde na zo'n korte tijd in het paleis. Dit was nu haar thuis. Dit waren haar kamers, het ruitpatroon in de houten vloer, de matblauwe deuren, de plank vol boeken die ze nog niet had gelezen, en een vrolijk wit gipsen beeldje dat naar de hemel reikte. Ze kreeg zin om ook naar de hemel op te stijgen.

Tot haar verbazing stond er een bont gezelschap in haar kamer. Sommige gezichten had ze eerder gezien, andere niet. Ze herkende Leontine, een van de andere hofdames en een paar dienstmeisjes, maar niet de man in het lange, zwarte gewaad, met de blonde baard en het ronde brilletje op zijn neus. En dan was er ook nog een priester, die een dubbele kin had, een paars kalotje op zijn hoofd en een paarse stola over zijn kleed. Bij dat paars stak zijn gelaatskleur onrustbarend roze af.

Esterházy gebaarde dat Elisabeth op het bed moest gaan liggen. 'U kunt uw jurk aanhouden, hoogheid. Het is zó gebeurd.'

Elisabeth knipperde met haar ogen, haar goede humeur was in één klap verdwenen. Wat bedoelde Esterházy? Natuurlijk zou ze haar jurk aanhouden. Er waren mannen in de kamer.

Esterházy werd ongeduldig, maar Elisabeth verroerde geen vin. 'Wát is zo gebeurd?'

'Dokter Fritsch is hier om te bevestigen dat de toekomstige keizerin nog maagd is,' antwoordde Esterházy emotieloos. 'En dat ze in staat is een troonopvolger te baren.'

Elisabeth knipperde nog eens met haar ogen, ontdaan door de plotselinge verschuiving in de gebeurtenissen: van liefde en lichtheid naar iets vreemds en verontrustends. Hoe kon die dokter nu haar maagdelijkheid vaststellen? Die vraag lag als een steen op haar maag. Zwaar. Onwrikbaar. En waarom sprak Esterházy over haar in de derde persoon, alsof zij er zelf niet bij was? Dat was ook verontrustend. Alsof ze afstand nam van Elisabeth en van alles wat er nu ging gebeuren.

'Ik ben zeer vereerd, hoogheid.' De dokter boog.

Elisabeth staarde hem aan maar zei niets.

'Uiteraard ligt het uiteindelijke besluit over haar reinheid en haar geschiktheid voor de troon in Gods handen. Als zij niet rein is zal Hij deze vereniging niet zegenen.' De priester stapte op het dikke groene Perzisch tapijt dat voor Elisabeths bed lag, en ze dacht terug aan de woorden die haar vader in de koets tot haar had gesproken.

Die mensen denken dat ze persoonlijk door God zijn uitverkoren, had hij gezegd. Op dat moment had zij daar geen aandacht aan geschonken, maar nu ervoer ze het volle gewicht van die waarschuwing. Hij wilde zeggen dat mensen die dachten dat ze door God waren aangesteld ook dachten dat dat hun het recht gaf om... te doen wat ze wilden.

'Vanaf morgen,' ging de priester verder, 'zult u een werktuig zijn van Gods wil.'

Toen Elisabeth niet reageerde wees de dokter nog eens naar het bed. 'Zou u op het bed willen gaan liggen, alstublieft?'

Elisabeth voelde de paniek door haar lichaam razen en haar gezicht werd gloeiend heet. Ze wilde weglopen, maar aan Esterházy's gezicht zag ze dat dat geen optie was. Huiverend voldeed ze aan het verzoek, ging op het bed liggen en staarde naar de goudkleurige gordijnen. Eerst had ze ze te licht gevonden, maar nu leken ze loodzwaar.

Naast haar waste de dokter zijn handen. Het geluid van het water dat in de waskom spatte klonk haar vreemd in de oren. Luider dan het zou moeten zijn. De priester wendde zich af en twee hofdames stelden zich aan weerskanten van het bed op. Ze pakten elk een van Elisabeths benen vast, bogen de knie en drukten het been naar buiten. Kwetsbaar. Ze schoven haar rokken naar boven en Elisabeth voelde haar hele onderlijf koud worden. Rilde ze nu van de kou of van datgene wat er stond te gebeuren? Ze had geen idee. De dokter ging onder haar rok kijken, en wat nog meer? Haar hart klopte in haar keel toen ze het gezicht van de dokter boven haar zag verschijnen, een groot wit speculum in zijn hand. Ging hij dat ding...

Daar was het. De gewelddadige inbreuk, de plotselinge druk, de pijn. Elisabeth hapte naar adem, haar keel kneep zich samen en ze kreeg het gevoel dat ze stikte. Was dit waar Maxi haar voor had gewaarschuwd? Dat ze haar pijn zouden doen, zouden vernederen, letterlijk in haar lichaam zouden binnendringen omwille van hun eigen doelstellingen en zonder haar toestemming? Dat het hof gevaar betekende op een manier die zij zich nooit voor had kunnen stellen?

'De dokter is bijna klaar.' Esterházy gaf nog altijd emotieloos commentaar op het vergrijp waarover zij de regie voerde.

Elisabeth drukte haar handen tegen haar wangen en probeerde zich daarop te concentreren in plaats van op de druk in haar onderlichaam. Ze liet haar blik door de ruimte dwalen, zoekend naar iets, wat dan ook, om zich op te focussen. Het donkere hout van het hoofdbord. De krullen op het kapje van het kamermeisje. De fijne grijze lijntjes in het marmer van de haard.

Toen, eindelijk: 'Alles ziet er gezond uit.'

'Gezondheid is natuurlijk belangrijk, maar het bewijs van onschuld is het belangrijkst,' sprak de priester met zijn gezicht nog altijd naar de muur.

'Zeker, monseigneur, dat zal ik nu controleren.'

Onschuld. Elisabeth wist heel goed wat dat betekende. Ze had nog nooit met een man geslapen, maar ze wist dat er andere manieren waren om seks te bedrijven zonder je zogenaamde onschuld te verliezen. Vrouwen die hun maagdelijkheid niet wilden verliezen kozen simpelweg voor de vingers of de tong. Elisabeth was vaak genoeg getuige geweest van haar vaders wilde feestjes om dat te weten. Er waren honderden manieren om deze test niet te verknallen.

Opeens werd haar gevoelloosheid verdrongen door woede. Haar afschuw van de gebeurtenissen maakte plaats voor razernij. Toen de dokter zijn werk wilde hervatten schoot een van haar benen opzij, ze schopte de dokter aan de kant en vloog overeind.

'Hou op! Alstublieft, stop hiermee!' Tranen van schaamte en woede rolden over haar wangen. 'Ik ben maagd. Ik ben kuis, ik zweer het.'

Wat dachten deze mensen wel?

De priester draaide zich om en keek haar aan alsof ze een ongehoorzaam kind was. Hem haatte ze het ergst.

'Hoogheid, dat is allemaal prachtig, maar de dokter moet het nog wel even bevestigen.' Esterházy's gezicht bleef nog steeds uitdrukkingsloos. Elisabeth vroeg zich af of ze nog steeds zo zou kijken als het háár rokken waren geweest die omhoog werden getild zodat er een man met een eendenbek in zijn hand onder kon kruipen.

'Gravin, ik kon eigenlijk geen goed beeld krijgen.' De dokter klonk verontschuldigend, en opnieuw voelde Elisabeth angst opkomen. Een nieuwe angst, niet voor het vergrijp zelf, maar voor de mogelijke uitkomst. Dat zij had toegestaan dat deze mannen haar kwelden, en dat ze haar uiteindelijk toch ongeschikt zouden verklaren. Dat ze tussen haar en Franz in zouden staan. Dat het allemaal voor niets was geweest. Al die maanden van verlangen, al die spanning aan het hof. Dat ze Helene was kwijtgeraakt. Dat ze haar beste vriendin en de liefde van haar leven zou verliezen vanwege iets waar ze geen controle over had en wat ze niet begreep.

'Dat bestaat niet,' zei ze met een klein stemmetje.

Het werd stil in de kamer. Een hartslag, en nog een.

Toen nam Leontine het woord. 'Hoogheid, als ik me niet vergis rijdt u graag paard?'

Elisabeth vroeg zich wanhopig af wat ze kon bedoelen. Ze had geen idee wat dat ertoe deed maar desondanks knikte ze, hopend dat iemand van de aanwezigen haar zou steunen.

'Weet u wat dat betekent?' vroeg Leontine nu aan de dokter.

'Inderdaad,' zei hij na een korte pauze. 'Dat is een mogelijkheid. Het maagdenvlies van de gravin kan gescheurd zijn tijdens het paardrijden.'

Elisabeth voelde haar maag samenknijpen. Ze wist niet of dit goed nieuws was of niet.

'Zonder bewijs van onschuld kan er geen huwelijk plaatsvinden.' De priester keerde haar zijn rug weer toe, alsof daarmee alles was gezegd. In gedachten voegde Elisabeth hem toe aan haar lijstje van mensen die wat haar betrof een eendenbek in hun lichaam geschoven mochten krijgen.

Je houdt van Franz, zei ze tegen zichzelf. *Je houdt meer van hem dan van wat ook ter wereld. Doe het voor hem.*

Misselijk en huilend van ellende ging ze weer op bed liggen. Ze pakte Leontines hand en legde al haar woede, haar frustratie en vernedering in dat ene gebaar. Leontine gaf haar een geruststellend kneepje, en Elisabeth probeerde zichzelf af te leiden. *Vlieg als een zeemeeuw, vlieg over de zee. Je bent vrij. Je bent weg. Je bent overal behalve hier.*

Eindeloos veel minuten later verklaarde de dokter: 'Ik geloof in de maagdelijkheid van de bruid, ook al is haar maagdenvlies niet helemaal intact.'

De dames lieten haar benen los en Elisabeth ging rechtop zitten en balde haar vuisten in haar rokken. De priester draaide zich om en grijnsde, het enorme zilveren kruis om zijn hals reflecteerde een straal zonlicht recht in Elisabeths ogen. 'Mogen er koningen uit uw lendenen voortkomen en een menigte van volkeren uit u ontstaan.'

Hij boog en verliet de kamer.

Elisabeth keek hem na, en alle anderen, op haar hofdames na. De schok lag nog altijd als een natte deken over haar heen. Haar hart bonkte van pijn, ongeloof en woede.

Ze stond op en liep wankelend naar de deur. Ze moest Franz spreken. Ze moest hem vasthouden. Misschien even huilen. Esterházy stak haar hand op om haar tegen te houden. 'Er moet nog veel meer gebeuren vandaag, majesteit,' zei ze verontwaardigd.

'Nee. Niet waar. We zijn klaar. Ik wil naar Franz.'

De vrouw wierp haar een geërgerde blik toe. 'Hoogheid, dat kan niet, dat is niet betamelijk. De keizer heeft vanmiddag belangrijke dingen te doen, en u moet zich voorbereiden op de festiviteiten van vanavond. De kamermeisjes staan klaar om u een gezichtsbehandeling te geven. U mag er vanavond niet moe uitzien, laat staan op uw trouwdag morgen.'

Alsof die gezichtsbehandeling nu belangrijk was. Alsof Elisabeth nog kon verdragen dat er iemand aan haar lichaam zat. Haar maag draaide zich om en toen drong Esterházy's laatste woord opeens tot haar door.

Morgen. Het woord waar ze een paar uur geleden nog naar uitkeek bezorgde haar nu pure paniek. Morgen zou haar lot bezegeld worden, vanaf morgen zou ze voorgoed vastzitten aan dit hof. Ze hield van Franz. Ze verlangde naar hem. Ze had hiervoor gekozen. Maar nu voelde ze de twijfel als een koud mes in haar vlees steken. Als het hof haar op haar eerste dag zó behandelde, zou ze hier dan de komende weken, maanden, jaren mee kunnen leven? Kon ze hier echt blijven, zelfs uit liefde?

Het idee weg te vluchten was afschuwelijk, maar dat gold ook voor blijven. Stokstijf bleef ze staan; wat ze ook koos, alles zou leiden tot vernedering, pijn en het verlies van haar ziel. Haar vader had gelijk: ze zou hier zichzelf kwijtraken.

Ze moest Franz zien, ze wilde horen dat vandaag een uitzondering was, dat hij niet zou toestaan dat ze haar nog eens zó zouden kwellen. Ze wilde dat hij die priester wegstuurde, en Esterházy, dat hij hen allemaal zou straffen. Ze wilde wanhopig graag dat ze met iemand, met Franz, haar afgrijzen kon delen.

'Ik heb Franz nodig. Nu.'

'Hoogheid, met alle respect, zo werkt het hier niet.' Esterházy klemde haar benige, scherpe vingers om Elisabeths elleboog en leidde haar naar de kleedkamer.

Als Elisabeth had geweten waar Franz was, had ze het op een rennen gezet. Ze zou Esterházy laten stikken in het stof dat haar schoenen zouden doen opdwarrelen. Maar ze wist niet waar hij was, en haar knieën knikten zó hevig dat ze niets anders kon dan zich los te rukken uit Esterházy's greep, iedereen de kamer uit te sturen, de deur achter hen op slot te draaien en te huilen.

53

De ondergaande zon wierp lange schaduwen voor Franz uit toen hij door de marmeren gang liep, op weg naar het feest. Naar haar. Zijn Elisabeth. Hij had haar sinds hun dans niet meer gezien, en hij verlangde hevig naar haar. Hij wilde haar alles vertellen over de spoorlijnen, en van haar horen dat ze het een geweldig plan vond. Dat ze hém geweldig vond. Op het feest konden ze uren samen zijn, al waren er natuurlijk wel anderen bij. Maar voor het eerst in maanden zouden ze urenlang in dezelfde ruimte zijn. Hij wist zeker dat ze af en toe even een momentje konden stelen.

In gedachten verzonken werd zijn aandacht opeens getrokken door gekreun en het geluid van een ritmische beweging achter een van de doorgangen aan zijn linkerhand. Hij bleef even staan en keek om het hoekje.

Het was een zitkamer die zelden werd gebruikt, helemaal ingericht naar de laatste mode: bankjes met roze en zilverkleurige bekleding, donkerpaarse gordijnen met pluimpatroon, het plafond roze met witte wolken. In een erker zag hij twee in elkaar verstrengelde lichamen. Een vrouw zat op de vensterbank, haar hoofd achterover, haar mond in extase geopend, één been tegen de lende van haar minnaar gedrukt. Een man – Maxi, realiseerde Franz zich met een schok – bewoog op de maat van haar zachte kreunen ritmisch heen en weer.

Verontwaardigd liep Franz weer de gang op. Hij had Maxi juist gezegd dit soort slippertjes niet meer te maken. Zijn broer had al één vrouw de dood en een ander het gekkenhuis in gejaagd, en nog kon hij niet één dag afzien van seks. Hij zou hen te gronde richten. Franz had zin hem te wurgen.

Hij ontspande zijn vuisten en dwong zichzelf diep in te ademen. Het had geen zin nu in te grijpen, hij zou de vrouw alleen maar in verlegenheid brengen. Maar hij moest Maxi wel beter in de gaten houden, dat was duidelijk. Zijn broer was een tikkende tijdbom. Nog steeds.

Snel liep hij door, in de hoop dat Maxi hem niet had gezien, en met opeengeklemde kaken bereikte hij de feestzaal. Maar zelfs daar kon hij niet ontspannen. Na twee minuten en één slokje witte wijn begon zijn moeder al over het nieuwste politieke conflict. Franz wilde dat Elisabeth binnenkwam zodat hij kon gaan dansen, een excuus had om te toosten of gewoon even diep kon ademhalen.

'De ambtenaren verzoeken om een onmiddellijk antwoord: blijft het Hongaars de officiële voertaal in het oostelijke deel van het rijk?' Sophie had haar glas wijn nog niet aangeraakt, haar hoofd stond alleen maar naar werk.

Voor het feest had ze een korte ontmoeting gehad met een Hongaarse afgevaardigde, gevolgd door een even kort gesprekje met een Kroatische delegatie. Omdat Franz haar eerder had gevraagd hem niet voor onbelangrijke zaken lastig te vallen zodat hij zich op de hoofdzaken kon richten, had ze hem verzekerd dat hij er niet bij hoefde te zijn. Maar ze moest wel weten wat hij besloot.

Hij was dit soort bijeenkomsten zo beu. Wat maakte het uit wat de voertaal was, als hij alles moest doen wat in zijn macht lag om niet in een oorlog betrokken te raken? Als er onrust woedde in zijn rijk, en er een opstand dreigde die hem bijna letterlijk de kop had gekost? Hij werd er doodmoe van.

'Franz?' vroeg zijn moeder ongeduldig.

Franz zuchtte. 'Wat denkt u ervan moeder?' Misschien kon hij hier een concessie doen. Hij stond al tegenover haar als het om oorlog en liefde ging, misschien kon hij naast haar gaan staan als zij de kwestie van de taal belangrijk vond.

'Ik zou zeggen: zeg tegen de Kroaten dat je hun voorstel over een jaar zult heroverwegen, zodra Napoleon je geen geschenken meer stuurt om je te verleiden tot een bondgenootschap.'

Hij knikte. Sophie leek tevreden.

En toen...

Eindelijk.

Elisabeth kwam binnen. Franz was meteen dronken van opluchting. Hoe was het mogelijk dat hij elke keer dat hij haar zag opnieuw verbijsterd was over haar schoonheid? Ze droeg een geel met olijfgroene jurk, met helderrode stippen op het kraagje dat haar hals en schouders omlijstte, waardoor de aandacht uitging naar haar fraai gevormde sleutelbeenderen en dat perfecte plekje waar de ronding van de borsten begint.

In het gedimde licht zag ze er etherisch uit. Kon hij haar maar achter het gordijn trekken voor een heimelijke kus. Konden ze maar samen zijn zodat hij nog veel meer kon doen.

'Daar is ze!' riep een van de aanwezigen stralend. Hij wist hoe iedereen zich moest voelen. Haar aanwezigheid deed de hele kamer oplichten. Iedereen hief zijn glas en hervatte de conversatie.

Elisabeths blik vond de zijne en liet hem niet meer los. Dit moment mocht wat Franz betrof eeuwig duren.

Toen sprak iemand Elisabeth aan, en ook Franz moest uit beleefdheid zijn gesprek afmaken. Vanuit zijn ooghoeken keek hij naar haar. Hij wilde dat hij haar in zijn armen kon nemen en zijn lippen op haar slaap kon drukken. Ze was zo dichtbij, en toch zo onbereikbaar.

54

'Elisabeth, kom even hier zitten!' riep Sophie hartelijk en gastvrij vanaf de andere kant van de zaal.

Elisabeth zuchtte van opluchting. Ze kon wel huilen toen ze Franz voor het eerst sinds hun wals in de balzaal terugzag. Ze zou liever alleen met hem zijn geweest, maar toch was ze opgelucht. Franz, die het voor haar had opgenomen tegenover zijn moeder, die generaals tegensprak, die positie koos tegen een oorlog, die Franz zou haar troosten. Naast haar staan. Ze zou hem vertellen over de dokter, de priester, de schok, de pijn. En hij zou haar te hulp komen, beschermen, hij zou ervoor zorgen dat geen enkele vrouw nog ooit een dergelijk vergrijp hoefde mee te maken.

Maar voordat ze dat tegen hem kon zeggen kreeg ze de schrik van haar leven. De priester was er ook; pontificaal positioneerde hij zich naast Franz en Sophie. 'Oorlog kan ook heel nuttig zijn, hoogheid. Het haalt al het schuim van de straat.'

Franz keek hem zuinigjes aan. 'Oorlog is een laatste redmiddel, monseigneur, geen tijdverdrijf,' antwoordde hij langzaam en bedachtzaam.

Sophie keek de mannen scherpzinnig aan. 'En morgen geven we het volk nieuwe hoop, nietwaar?' Ze glimlachte moederlijk naar Elisabeth.

Franz glimlachte flauwtjes, pakte Elisabeths hand beet, drukte er een kus op en hield hem iets langer vast dan betamelijk was.

'Ik neem aan dat u de aanstaande keizerin al heeft ontmoet, monseigneur?' Sophie leidde de aandacht weer terug naar de vreselijke priester met zijn vreselijke kalotje. Elisabeths maag draaide zich om toen ze naar hem keek en haar hele lichaam verkrampte.

'Zeker, hoogheid, we hebben inmiddels kennisgemaakt.' Hij knikte haar vriendelijk toe alsof er verder die middag niets was gebeurd; alsof zij blij zou zijn hem weer te zien. De priester zuchtte diep. 'Ik had vanmiddag de eer de onschuld van deze dame vast te mogen stellen.'

'Geweldig,' zei Sophie ontspannen, alsof dit het normaalste gespreksonderwerp ooit was.

Elisabeth drukte haar nagels in haar handpalm en klemde haar kaken op elkaar.

De priester verstond deze non-verbale communicatie niet. 'Het is mij een groot genoegen u mede te delen, hoogheid, dat niets de komst van een troonopvolger in de weg staat.'

Elisabeth was verbijsterd dat er weer over haar werd gesproken alsof ze er niet bij was. Alsof ze een voorwerp was, iets wat wel aanwezig was, maar wat zelf niet kon voelen of reageren. Een meubelstuk. Een ding dat hierheen was gehaald om een baby te leveren en verder niets.

Op dat moment besloot Maxi zich bij het groepje te voegen. Nippend van zijn champagne keek hij vragend om zich heen. Franz knikte met zijn hoofd in de richting van de priester, maar Elisabeth wist niet wat dat betekende. Sophie hief haar glas, nog steeds onbetamelijk vrolijk. Dat de mannen net deden of zo'n onderzoek niets voorstelde, was één ding, maar dat Sophie, die dit ongetwijfeld zelf ook had meegemaakt, het 'geweldig' noemde was iets heel anders. Geweldig. Een woord als een wapen. Verwarrend ook, gezien het feit dat Sophie eerder die dag heel teder tegen haar had gesproken en de vertrouwelijkheid van daarnet.

Elisabeth keek de priester aan en beheerste zich niet langer. 'Ik ben blij dat er in elk geval íémand genoegen aan heeft beleefd.'

'Elisabeth!' Sophie hapte naar adem en keek haar geschokt aan. 'Monseigneur deed alleen maar zijn plicht.'

Plicht. Elisabeth dacht dat ze daarmee zou kunnen leven zolang het samenging met liefde. Maar dit was geen kwestie van liefde én plicht. Dit was verstoken blijven van liefde omwille van de plicht. Dit was afzondering en aanranding zonder een moment van rust en intimiteit om het draaglijk te maken.

De priester glimlachte. 'Het spijt me als dit heilige ritueel u ongemak heeft bezorgd.'

Hoe durfden ze iets dergelijks heilig te noemen? Elisabeth keek naar Franz. Zijn gezicht stond bezorgd en dat gaf haar nieuwe moed.

'Een heilig ritueel? O, neem me niet kwalijk. Ik dacht dat er een paar mannen onder mijn rokken stonden te gluren.'

Achter haar hoorde ze een blad met wijnglazen tegen de grond kletteren, en iedereen in het groepje schrok van het lawaai. Elisabeth draaide zich om en zag haar moeder die met een wit weggetrokken gezicht naar de ravage stond te staren.

Rechts van haar was Maxi in lachen uitgebarsten, zijn hand tegen zijn mond gedrukt. 'Neem me niet kwalijk, moeder, sorry.'

De priester gaf het nog niet op. 'Je lijkt wat opgewonden, mijn kind. Je hoeft niet zo hysterisch te doen.'

Dat maakte Elisabeth nóg bozer. 'Ik ben niet hysterisch.'

Met een bezorgde uitdrukking op zijn gezicht stak Franz nu een hand naar haar uit. 'Gaat het, Elisabeth?'

Voordat ze antwoord kon geven nam Sophie het woord. 'Misschien moet de bruid even gaan rusten.'

Elisabeth knipperde met haar ogen. Rust? Stuurde Sophie haar weg van haar eigen feestje omdat ze de waarheid had verteld over wat er die middag was gebeurd? Omdat ze weigerde te doen of het allemaal heel normaal was? Toen het gebeurde voelde ze zich machteloos, ze had geen keus gehad, maar ze dacht dat ze haar kracht terug zou vinden als Franz naast haar zou staan. Ze dacht dat hij het zou waarderen als ze haar mening zou geven. Dat hij zou opkomen voor haar rechten.

Smekend keek ze Franz aan.

'Ik geloof niet dat dat nodig is, moeder.' Hij keek Elisabeth onderzoekend aan en zijn gezichtsuitdrukking werd zacht.

Elisabeth keerde zich weer naar de priester. Ze wilde een excuus van hem. 'Ik...'

'Franz,' zei Sophie. Alle tederheid was inmiddels uit haar stem verdwenen. 'Het was een lange dag voor je aanstaande. En we willen toch dat morgen alles vlekkeloos verloopt? Elisabeth moet echt even gaan rusten.'

Elisabeth keek Franz aan in de hoop dat hij het voor haar zou opnemen.

Maar Franz boog zijn hoofd. 'Het is inderdaad een lange dag geweest. Wat rust zal je goeddoen, Elisabeth.'

Elisabeths hart sloeg een slag over en opeens zag ze zichzelf weer op de dag dat Puck stierf. Hoe ze daar had gestaan, onder het bloed en het zand, tranen over haar wangen, beroofd van alle hoop, en Helene, op dat moment de belangrijkste persoon in haar leven, had geen oog voor haar gehad. Zij had de ontmoeting met de graaf belangrijker gevonden dan Elisabeths gevoelens. En nu? Nu was Franz de belangrijkste persoon in haar leven, en hij verraadde haar op precies dezelfde manier. Zag hij dan niet dat ze terecht boos was? Voelde hij haar verdriet niet aan?

'Nee, alsjeblieft, ik zou graag...' Ze maakte de zin niet af. *... willen blijven. Ik zou je graag even onder vier ogen spreken. Ik zou dit mysterieuze ritueel graag veranderen.*

'Het is toch beter als je even gaat rusten,' zei Franz opnieuw, dit keer minder weifelend.

Elisabeth geloofde haar oren niet. Het was ook altijd hetzelfde. Mannen misdroegen zich, knoopten hun broek open aan tafel, zeiden dat haar dromen er niet toe deden en raakten haar aan zonder toestemming. En zij was altijd degene die werd weggestuurd. Gestraft. Tot zwijgen gebracht.

Was dit hoe haar leven er vanaf nu uit ging zien? Zelfs met de man van wie ze dacht dat hij haar volledig begreep? Het zou hetzelfde zijn als thuis, maar dan met andere bewakers. Met Esterházy in plaats van moeder, met priesters, hofdames, kamermeisjes en dokters die scherpe eendenbekken in gevoelige lichaamsdelen staken. Nu waren er honderd mensen die haar konden kwetsen in plaats van één.

'Maar...'

'Ik sta erop.' Daarmee had Franz het laatste woord.

Hij stak zijn hand uit, maar zij negeerde hem. Ze moest deze zaal uit voordat ze in zou storten. Voordat de scheurtjes in haar breekbare ziel groter werden en zij in zo veel stukjes uiteen zou vallen dat ze niet meer in elkaar gezet kon worden.

Toen ze zich omdraaide kruiste haar blik die van Maxi en in zijn ogen zag ze iets wat haar nog veel meer verwarde. Begrip. Hij had haar eerder die dag al laten weten dat hij aan het hof haar bondgenoot zou zijn, maar ze had hem niet geloofd. Nu geloofde ze hem wel.

Toen de deur achter haar in het slot viel en ze zich alleen in de stille, halfduistere gang bevond, sprongen de tranen in haar ogen, en met elke traan voelde ze ook de twijfel toenemen.

Had ze een vreselijke vergissing begaan? Moest ze erop terugkomen en Helene keizerin laten worden als ze nog wilde? En kon ze na dit alles iemand aan het hof nog vertrouwen?

Het enige huwelijk dat ze van dichtbij kende was dat van haar ouders, en als ze daaraan dacht sloeg de schrik haar om het hart.

Begon zo'n huwelijk op deze manier? Een misverstand, een afwijzing, een weigering de pijn van je geliefde te zien, en dat je daarna elkaar alleen nog maar kon kwetsen?

Zodra ze in haar kamer was schreef ze een gedicht op een met tranen bevlekt vel papier:

De Noordzee raast
En zegt me dat ik mijn
Eigen hart gebroken heb
Mijn na eve zelf heeft me bedrogen
En ik haat alle bedrog

55

FRANZ EXCUSEERDE ZICH, LIEP HET BALKON OP EN STAARde uit over de verlichte tuinen. Elisabeths weigering zijn hand aan te nemen stak hem. Dat hij haar had weggestuurd ook.

Het stak hem, maar hij maakte zich er ook zorgen over.

Het leek de juiste oplossing om te zeggen dat ze even moest gaan rusten. Niet omdat hij wilde dat ze wegging, hij had tenslotte de hele dag naar haar verlangd. Maar ze was overstuur, en zijn moeder was overstuur, en hij wilde het niet laten escaleren waar iedereen bij was. Dit waren conflicten die privé moesten blijven, die afgehandeld dienden te worden achter gesloten deuren.

Niet vanwege die priester. Franz wist niet precies wat de man had misdaan, maar hij mocht hem niet. Hij wilde hem niet verdedigen. Hij maakte zich meer zorgen om Elisabeth, zijn moeder, de hele familie. Er was al genoeg onrust buiten het paleis. Maxi had met zijn schandalige gedrag al genoeg vijanden gemaakt. Franz kon zich niet permitteren nog meer vijanden te maken, nog meer risico te lopen.

Maar Elisabeth had zijn uitgestoken hand genegeerd. Dat betekende dat ze dit niet begreep.

Bij die gedachte begon zijn geweten te knagen. Had hij zich vergist? En zo niet, kon zij hem dan nog vergeven? En misschien nog belangrijker: kon ze nog veranderen?

Franz streek met een vinger over de ruwe ijzeren reling van het balkon en beet op zijn lip. Hij vond het geweldig dat Elisabeth niet op haar mondje was gevallen, dat ze helemaal zichzelf was. Hij vond het geweldig dat ze hem had laten zien hoe ook hij zichzelf kon zijn. Maar zouden ze een goed evenwicht kunnen vinden? Hij wilde dat ze zichzelf was, maar ze moest ook begrijpen dat je bepaalde zaken niet in het openbaar afhandelt, dat ze soms beter haar mond kon houden, niet voor altijd, maar gewoon eventjes.

Hij drukte zijn vinger harder tegen de reling, alsof hij zijn zorgen in het ijzer kon drukken en ze daar achterlaten. Maxi had hem er herhaaldelijk van beschuldigd dat hij Elisabeths leven kapotmaakte, dat hij haar gevangenzette. Voor het eerst vroeg Franz zich af of zijn broer gelijk had. Zou hij haar toverkracht verbreken als hij haar zou vragen haar mond te houden? Zou hij alles wat hij in haar bewonderde stukmaken als hij haar vroeg sommige dingen geheim te houden, en te bewaren voor die momenten waarop ze samen waren?

Achter hem hoorde hij het feest losbarsten: flarden pianomuziek en glazen die tegen elkaar getikt werden. Hij wist dat hij niet lang weg kon blijven. Het bewaren van de vrede bestond voor een deel uit het vermijden van openbare ophef en deels uit glimlachen, handen schudden met generaals en ministers, en felicitaties in ontvangst nemen.

Franz zou willen dat hij met Elisabeth kon ruilen: dat zijn moeder hém rust zou voorschrijven en dat zij hier bleef om handen te schudden en aardig te zijn.

Hij haalde diep adem en probeerde zijn zorgen even opzij te

zetten. Hij kon nu niets doen. Hij kon niet weg, hij kon haar ook niet terughalen. Het enige wat hij kon doen was een hele sliert mensen te woord staan die hem wilden feliciteren, en proberen niet naar haar te verlangen.

56

ELISABETHS HART VOELDE ALS EEN GLASSCHERF IN HAAR borst. Was hij maar niet de keizer! Was hij maar een kleermaker! Ze had nooit naar het hof verlangd, naar officiële diners, jurken en bals. En al helemáál niet naar zulke dingen als wat haar die middag was overkomen. Het had haar uitgehold, de realiteit was dat ze met haar komst naar het hof en haar jawoord zichzelf – haar wil én haar lichaam – had overgeleverd aan de keizer.

Ze kreeg een brok in haar keel en voelde hoofdpijn opkomen. Ze hield van Franz. Ze hield van hem zoals bomen van regen houden, zoals bloemen van de zon houden, zoals een paard houdt van de wind die door zijn manen waait. Haar liefde was iets instinctiefs, iets fysieks: een wolkbreuk, een onweersbui, vallende sterren. Maar hoe zag Franz' liefde eruit? Wat stelde zijn liefde voor nu hij haar had weggestuurd?

In een paar minuten tijd had hij de zekerheid weggenomen dat hij de rots was waar zij op hoopte, de man die haar gedichten bewonderde, de man van haar dromen.

Het is nog niet te laat, had Helene gezegd toen ze zich had

verloofd. Sophie had het tegen Franz gezegd. Maxi had het haar geschreven. Misschien had iedereen gelijk.

Maxi. De enige die bereid was met haar te praten, op wiens gezicht ze bezorgdheid en begrip had gezien in plaats van paniek als ze zei wat ze op haar hart had. Hij had haar die avond voor zijn feestje uitgenodigd. Ze had het kaartje nog. En nu wist ze dat ze moest gaan. Ze wist niet zeker wie of wat ze daar aan zou treffen, ze wist alleen dat ze niet in haar kamer wilde blijven en zichzelf, overmand door twijfel, in slaap huilen.

Elisabeth kleedde zich in haar slaapkamer om, gelukkig zonder de bemoeienis van haar hofdames die ze gevraagd had in de aangrenzende zitkamer te blijven. Ze stak haar haar op in twee rommelige knotten. Ze voelde zich veel meer zichzelf op deze manier, als haar haar wat losser zat en er hier en daar een lok in haar nek en over haar oren viel. Ze droeg een witte kanten blouse met een donkerblauw jasje erover. Ze hield de halsketting om die ze van Sophie had gekregen en voegde daar nog een paar kettinkjes van verschillende lengte aan toe. Juwelen op juwelen. Door het maken van dit soort kleine keuzes over wat ze aantrok en welke sieraden ze droeg pakte ze weer een stukje van zichzelf terug. Het maakte haar rustig, de brok in haar keel en de knoop in haar maag losten weer op.

Gevolgd door haar hofdames verliet Elisabeth haar kamer en liep door de stille gangen naar de soiree, die gehouden werd in een andere balzaal in de tegenovergelegen vleugel van dat deel van het paleis waar het officiële feest werd gegeven. Maxi's feestje was in volle gang, en de chaos kalmeerde haar. Overal waterpijpen, champagnegegiechel en mensen die met hun handen spraken. Korte rokjes, experimentele mode, vrouwen die geheimen verborgen in de boog van hun wenkbrauw, mannen die vragen stelden door een mondhoek op te trekken. Bij de deur stonden mannen in matrozenpakjes, hun buik deels ontbloot. Een man met een volle baard zwierde in een gele baljurk door de zaal.

En niemand keek naar Elisabeth.

De vrijheid bedwelmde haar. Ze had zin om op de tafel te dansen. Er was niemand die haar zei wat te doen en niemand die haar regels uitlegde. Iedereen hier gedroeg zich in feite alsof ze helemaal niet aan het hof waren. Geen gebuig, geen formaliteiten. Maxi had een hele zaal vol mensen weten af te schermen van de onzichtbare, maar allesbepalende hofregels.

De muren hingen vol wandkleden met afbeeldingen uit Parijs, Londen en de Alpen. Daartussen stonden roomkleurige beelden van naakte vrouwen die zich naar de hemel uitstrekten of de ruimte in staarden. Dit was typisch een Maxi-zaal om een feest in te geven. Het zei iets over hem, over de diepgang achter zijn ondeugende grijns en zijn scherpe humor. Dit was niet zomaar een feest, dit was een deur naar een andere wereld. Misschien wel naar Maxi's innerlijke wereld.

Toen Elisabeth de zaal in liep en alles in zich opnam kreeg ze het gevoel dat ze Maxi op een andere manier leerde kennen.

'We kunnen maar beter teruggaan,' zei een van haar hofdames aarzelend achter haar. Maar een van de andere dames zag een beroemde pianist en Elisabeth was blij toen ze allemaal op hem afstoven. Nu waren ze nog wel bij haar maar ze letten niet meer op haar. Ze leunde over de vleugel en liet zich meeslepen door de opwindende muziek. Ze voelde zich levendiger dan ooit, ze voelde zich veel meer zichzelf bij deze experimentele muziek dan bij een Weense wals.

Opeens hoorde ze een bekende stem, en ze voelde een vlaag warme adem in haar nek. 'Heb je het naar je zin?'

Maxi. Het was schokkend om te zien hoe goed hij hier paste, hoe deze zaal hem deed opbloeien, hoe de schaduwen zijn blik diepte gaven en zijn kaaklijn accentueerden. Wat was hij knap. Dat was haar nog niet eerder opgevallen. Het maanlicht, het licht van de lantaarns, zijn schelpenketting, zijn schokkend brede borst: dit was Maxi in volle glorie, zonder dat hij een rol speelde; voor het eerst zag ze hem zoals hij werkelijk was.

'Maak je geen zorgen. Ik heb die enge priester niet uitgenodigd.'

Het leek wel alsof hij haar gedachten kon lezen, alsof hij had gezien wat Franz had moeten zien, en het zich aantrok. Voor het eerst vroeg ze zich af: stel dat ze verliefd zou zijn geworden op Maxi in plaats van op Franz? Op deze man die op een of andere manier honderd mensen had bevrijd van de regels van het hof. Die van reizen hield, die van zijn hart geen moordkuil maakte. Helene zou van Franz mogen houden en...

Nee. Haar maag draaide zich om. Ze was niet verliefd geworden op Maxi, alleen al de gedachte deed pijn. Haar liefde voor Franz was iets kostbaars, een gedicht, een lied, een vogeltje. Niet een 'stel dat'.

'Is Franz hier?' Ze wilde hem zien, hem vertellen hoezeer hij haar had gekwetst, hoe onzeker ze zich voelde.

'Niet dat ik weet. Ik heb hem wel uitgenodigd, maar onze Franz heeft het altijd nogal druk.' Maxi keek om zich heen. 'Is dat een reden om weer weg te gaan?'

'Nee.' Ze wilde Franz zien, maar ze wilde zich ook wentelen in de vrijheid die dit feest uitstraalde, in de euforie. De bevrijding.

'Mooi,' zei Maxi zacht. 'Mag ik je dan even voortellen aan mijn goede vriend, Franz Liszt?' Hij wees naar de pianist. 'Maestro, dit is onze toekomstige keizerin.'

De man leunde over de vleugel en kuste haar langzaam en informeel de hand. Ook dat ervoer ze als een opluchting. Het leek wel of het hof een wereld op zich was en dit een vervormd spiegelbeeld. Ook hier werden handen gekust, jurken gedragen en werd er gedanst op pianomuziek. Maar de kussen waren informeel, de jurken eenvoudig en de piano voerde je mee naar een nieuwe wereld.

'Een lied voor u, hoogheid.' De pianist boog zijn hoofd, zijn lange haar viel over zijn schouders en zijn geborduurde kraag. Toen begonnen zijn elegante, geoefende vingers te spelen.

Het lied was speels, maar ook droevig. Het was als de opkomende zon als je moeder net tegen je had gezegd dat je niet lief genoeg lachte of dat je te dik was. Het was romantiek en liefdesverdriet in een bos. Het was een doorkijkje in haar ziel. Was dit de magie van de ware musicus? Kon deze man in haar ziel kijken?

Ze keek toe hoe de handen van de componist moeiteloos over de toetsen vlogen, en opnieuw voelde ze Maxi achter haar. 'Hier volgt de muziek jou in plaats van andersom.'

Die gedachte en die woorden vervulden haar. Het was pure poëzie. En dat uit Maxi's mond nota bene. Wie had gedacht dat beide broers zo poëtisch waren?

Elisabeth kreeg trek in een sigaret. Vrouwen hoorden niet te roken, maar ze had zin om iets te doen wat niet hoorde. Ze wilde zich helemaal overgeven.

Alsof hij haar gedachten kon lezen bood Maxi haar een sigaret aan. 'De toekomstige bruid mag zich wel een beetje ontspannen. Als je wilt mag je ook waterpijp roken. Die daar staat komt uit Constantinopel.' Hij wees naar een waterpijp achter hen. 'Gemaakt van puur goud.'

Constantinopel. Elisabeth proefde het woord op haar tong. Hoe zou het zijn als je elk moment weg kon gaan, waarheen je maar wilde? Constantinopel, Genève, Griekenland, Hongarije. De plekken waarover hij haar had geschreven. Maxi had zich niet laten opsluiten in de hofcultuur. Misschien kon hij haar vertellen hoe ze hier, aan het hof, bij Franz kon blijven en toch kon ontsnappen aan de regels en beperkingen.

Ze nam de sigaret aan en Maxi gaf haar vuur.

'Hoe doe jij dat?' vroeg ze terwijl ze het puntje van haar sigaret rood zag opgloeien.

'Hoe doe ik wat?' Maxi blies de lucifer uit.

'Reizen. Leven. Grappen maken. Jezelf blijven hier aan het hof. Al deze mensen voor een avond bevrijden van de hofregels.

De nar uithangen in Bad Ischl. De reiziger in je brieven. En hier iets nog groters. Wat is je geheim?'

Maxi schokschouderde. 'Ik ben de tweede zoon. Ik tel niet mee. Als je de nar van de familie bent verwacht niemand iets van je.'

Elisabeth fronste. Was dat de oplossing? Bepaalde je positie in het gezin alles? Had zij haar rol op zich genomen zonder te weten wat dat betekende, precies zoals haar moeder zei?

'Ik ben blij dat je er bent. Ik wist het wel.' Maxi glimlachte weer, oprecht dit keer, zonder de aanmatigende arrogantie die hij normaal aan het hof tentoonspreidde.

'Komt Franz nog?' vroeg ze. Haar verlangen hem te zien werd steeds sterker.

Maxi trok zijn wenkbrauwen op en haalde dramatisch zijn schouders op. 'Blijkbaar heeft hij iets beters te doen. Op de avond voor zijn trouwdag!'

Ze keek kennelijk nogal teleurgesteld, want Maxi overhandigde haar zijn glas champagne. Roekeloos dronk ze het in één teug leeg. Als ze Franz dan toch niet kon vinden, en geen bruikbare antwoorden kreeg van Maxi, kon ze zich net zo goed proberen te ontspannen en genieten van de enige plek aan het hof waar ze vrij adem kon halen. Maxi keek haar bewonderend aan en knipte met zijn vingers naar een bediende voor nog twee glazen.

Elisabeth nam een lange trek van haar sigaret en liet alles over zich heen komen: de ruimte, het feest, de mensen, de alcohol, de nicotine. Haar lichaam ontspande zich en ze zuchtte van opluchting, al wist ze ook wel dat dit maar tijdelijk was. Een glas bubbels maakte niet goed wat er die middag was gebeurd. Het maakte niet goed dat ze op haar eerste dag aan het hof al dreigde te stikken.

Ze dronk ook het tweede glas leeg.

'Weet jij waar hij is?' vroeg ze niet veel later.

Maxi leek even geïrriteerd, maar zijn goede humeur won het van zijn irritatie. 'Franz? Die had het over een of andere afspraak laat op de avond. Probeert interessant te doen, maar ik betwijfel of het iets interessants is. Waarschijnlijk moet hij toezien hoe Kroatië en Hongarije elkaar de hele nacht beledigen. Je hebt geen idee hoe saai zelfs vechten is als het om politiek gaat.'

Franz was dus onbereikbaar. Hij was ook niet in zijn vertrekken, als ze Maxi al zover kunnen krijgen haar te zeggen waar die lagen, zodat ze weg kon glippen om Franz zelf op te zoeken. Ze nam nog een trek van haar sigaret; de warmte van twee glazen alcohol dempte de teleurstelling maar bracht iets anders met zich mee: hoop. Als Franz een bespreking had zou hij misschien daarna nog naar het feest komen. Ze zou op hem blijven wachten.

Het uur dat volgde ging als in een waas voorbij. Maxi stelde haar aan een heleboel mensen voor die ze nu alweer vergeten was. Ze zat op een bankje en liet zich meeslepen door de muziek. Ze danste met mannen die ze niet kende. Ze lachte tot ze pijn in haar zij kreeg. Haar hofdames gedroegen zich gelukkig als normale mensen en niet als oppassers. Ze had weer een vóórnaam geleerd: Amalia. Wie had ooit gedacht dat een naam onthouden zou aanvoelen als een daad van rebellie?

Na een poosje kwam Maxi naast haar zitten. Ze was blij zijn vriendelijke gezicht te zien en glimlachte, rozig van het dansen, de wijn, de sigaret en de vrijheid. Hij boog zich naar haar over en nam de gouden halsketting in zijn hand.

'Vind je hem mooi? Die heb ik van je moeder gekregen.'

'Die is nog van mijn oudtante geweest, Maria Antonia.' Hij liet zijn hand weer zakken.

'Marie Antoinette?'

'Zij droeg die ketting toen ze onder de guillotine werd gelegd.'

Onwillekeurig trok Elisabeth haar neus op. Waarom vertelde hij haar dit? En net als zij zich begon te ontspannen? Het gevaar van het hofleven bedierf haar vreugde weer.

'Mijn familie heeft er talent voor mooie dingen te gebruiken voor iets heel lelijks,' zei Maxi nu op luide toon.

'Franz zei al dat je een duistere kant had.'

Maxi keek haar verbaasd aan. 'Als je maar lang genoeg blijft krijg jij die ook. Een innerlijke storm die je aan flarden trekt.'

Een paar woorden waren genoeg voor Elisabeth om zich weer kwetsbaar te voelen. Er woedde een storm in haar hart, en daar was maar één dag voor nodig geweest.

'Waarom ben je hier als je het hof zo veracht?'

'Ik heb vaak geprobeerd te ontsnappen.' Maxi klonk nu bloedserieus, er trok een gepijnigde uitdrukking over zijn gezicht. Dit was de Maxi die ze uit de brieven kende, ernstig, eerlijk.

'Elisabeth.' Er klonk nu iets rauws in zijn stem door. 'De eerste keer dat ik je zag dacht ik dat je gemaakt was voor dit leven. Dat je gemaakt was voor mij.' Op deze woorden was ze niet voorbereid, noch op de kracht waarmee hij ze uitsprak: zelfverzekerd, wild, een overslaande golf, een geselende windvlaag.

'Maxi, ik ga morgen trouwen.' Ze kon haar eigen woorden nauwelijks geloven. Ging ze inderdaad morgen trouwen? Na alles wat er was gebeurd? Zou ze nog steeds voor dit leven kiezen?

'Het is nog niet te laat.' Maxi boog zich naar haar toe en richtte zijn blik op haar lippen.

Hij kwam dichterbij, en Elisabeth voelde...

... niets.

Geen vonk, geen kippenvel. Geen zielsverwantschap. En het ontbreken van al die dingen bracht haar weer tot zichzelf. Ze wist weer wat Franz en zij met elkaar hadden.

Iets magisch.

Iets ongeëvenaards.

'Nee.' Ze duwde Maxi weg.

Er trok een gepijnigde uitdrukking over zijn gezicht. Elisabeth had nog nooit een man zo ontgoocheld zien kijken. Als een kleine jongen die zijn laatste vriendje was kwijtgeraakt, een zeeman die was aangespoeld op een onbewoond eiland.

Een hartslag. En nog een. Toen verdween de pijn, zo snel dat Elisabeth dacht dat ze het zich had verbeeld. Zó zie je een man die zegt van je te houden, en zó is hij weer weg. Hij houdt niet van haar. Hij heeft nooit van haar gehouden. Ze knipperde even met haar ogen en legde haar hand tegen zijn warme bovenarm.

Maxi lachte. 'Je had jouw gezicht moeten zien! Je dacht zeker dat ik het meende?'

Ze wist dat hij haar voor schut wilde zetten, maar eigenlijk had ze met hem te doen. Je pijn verhullen door je pijlen op een ander te richten was geen kracht. Dat was een zwakte. Een masker. Een leugen.

'Je hebt zeker nog nooit van iemand gehouden? Ik houd van je broer!'

Hij boog zich weer voorover, dit keer bruter. 'En toch ben je nog steeds hier.'

Toen hij haar opnieuw probeerde te kussen stond Elisabeth op. Hij had gelijk. Franz kwam niet, en het werd hoog tijd om te vertrekken.

57

Helene had twee glazen wijn gedronken, keek vanaf de andere kant van de zaal naar Sisi en probeerde haar gevoelens op een rijtje te zetten. De bitterheid en de woede waren er nog, maar ook de bezorgdheid die zich van haar meester had gemaakt toen ze eerder die dag Maxi in zichzelf had horen praten. De beschermingsdrang die ze altijd had gevoeld sijpelde door de barsten in haar wrok. En er stak ook weer wat oude liefde de kop op. Liefde voor haar dronken, lachende en dansende zusje, dat hier zo heerlijk zichzelf was. Met haar rommelige haar en haar ongebreidelde vrolijkheid.

Helene had haar zus al een uur lang gadegeslagen. Ze had gezien hoe Sisi zich mee liet slepen door de muziek. Hoe ze danste. En terwijl ze daar stond te kijken had Maxi zich van achter over haar schouder gebogen en in haar oor gefluisterd: 'Ik weet wat het is om overgeslagen te worden.'

Helene had geschrokken een stapje opzijgedaan en haar wijnglas als een schild tussen hen in gehouden. Ze begreep niet helemaal wat Maxi bedoelde. Ze werd zenuwachtig van hem, zeker na alles wat ze had gehoord, al had ze maar wat graag gewild dat iemand die woorden tegen haar zou zeggen.

'Het zou fijn zijn als mensen me niet meer ontweken,' gaf ze toe, nog altijd op haar hoede.

Vreemd dat zelfs praten tegen iemand die ze niet volledig vertrouwde haar opluchtte. Het was zo lang geleden dat ze iemand in vertrouwen had kunnen nemen. Moeder leende zich daar niet voor, ze had overal een mening over en daar sloeg ze je graag mee om de oren. Papa was al net zo erg: minachtend en altijd bereid om je uit te lachen. Spatz was nog een kind. De paarden konden niet praten. En Helene kon haar hart ook niet bij Sisi uitstorten, zij was tenslotte degene die alle pijn had veroorzaakt.

'Maak je geen zorgen. Ik word al jaren afgewezen.' Maxi hief zijn champagneglas en tikte het tegen het hare.

Helene glimlachte onwillekeurig. Eindelijk begreep ze hoe al die meisjes in de problemen raakten. Ze wist dat Maxi gevaarlijk was, maar toch voelde ze zich ook tot hem aangetrokken. Ze voelde zich gevleid door zijn aandacht. Ze voelde zich gezien. Ze was onder de indruk van zijn charisma. Ze geloofde er geen sikkepit van dat hij wist wat het was om afgewezen te worden, maar zijn zogenaamde solidariteit was als een koud kompres op haar koortsige voorhoofd.

Wat zou het makkelijk zijn geweest daaraan toe te geven, als ze hem niet een paar uur daarvoor zijn liefdesverklaring aan Sisi had horen repeteren. Als ze hem niet zojuist met Sisi had zien flirten bij de vleugel.

Helene had nog een stapje opzijgedaan en naar Sisi gewezen. 'Je speelt met haar.' *En met mij.*

Maxi had haar verbaasd aangekeken. 'Ik speel met iedereen.'

'Dat geloof ik best.'

Hij glimlachte. 'Het leven is een spel. Dan kun je maar net zo goed meespelen.'

Helene wist dat het luchtig bedoeld was, maar dit had onheilspellend geklonken. Was dat waar hij het die middag over had?

Was het voor hem allemaal een spelletje? Keizers kwamen en gingen. Het hele concept zat al vol gevaar, maar als je het als een spel beschouwde werd het nog gevaarlijker.

Ze was blij geweest toen Maxi beleefd afscheid van haar had genomen en opnieuw in een rechte lijn naar haar zus was gelopen. Ze moest Sisi voor hem waarschuwen, dacht ze, maar ze deed niets. *Sisi heeft jou ook nooit in bescherming genomen,* zei ze tegen zichzelf, maar dit keer lag er minder overtuiging in die woorden, haar gevoel voor rechtvaardigheid bleef achterwege.

Nu duwde Sisi Maxi weg. Plotseling stond ze op van de bank en liep in de richting van de deur, daar waar Helene stond. Helene keek snel naar de vloer. Ze voelde dan misschien haar gebruikelijke woede niet, maar ze wilde Sisi nog steeds straffen met haar zwijgen.

Tot haar verbazing bleef Sisi voor haar staan. 'Ben je echt van plan nooit meer iets tegen me te zeggen?' vroeg ze met een stem die doortrokken was van wanhoop en verdriet.

Helene had maandenlang genoten van de wanhoop van haar zus, van de pijn in Sisi's ogen en de dreun die haar zwijgen toebracht; ze had alles in zich opgezogen als een spons. Maar opeens kon ze er niet meer van genieten. Opeens voelde ze zich alleen nog maar schuldig. Ze voelde dat ze haar zus moest beschermen, maar dat ze dat niet deed.

Toch kon ze nog altijd geen woord uitbrengen, ze was nog niet zover dat ze meteen kon toegeven aan deze plotselinge omslag in haar gevoel. Ze viste haar olijf uit haar glas en at hem op.

'Hoe vaak moet ik me nog verontschuldigen? Het spijt me! Het spijt me! Je weet dat ik het heel naar voor je vind!'

'Je bent dronken,' zei Helene emotieloos.

'Dat weet ik.'

'Dat past een aanstaande keizerin niet.' Haar zwijgen was als een dam die opeens doorbrak, al haar liefdeloze gedachten stroomden eruit.

'Helene...' Sisi's stem was zacht, breekbaar, een sneeuwvlok die bij de geringste aanraking zou smelten. 'Het... het is gewoon geen makkelijke dag voor me geweest.'

'Jammer dat het tegenvalt.'

Het gaf haar een venijnig gevoel van gerechtigheid dat Sisi kreeg wat ze verdiende. Maar was dit wie Helene was geworden? Een vrouw die in haar martini stond te roeren en genoot van de wanhoop van haar zus? Boosaardigheid en schuldgevoel streden in haar om voorrang.

Sisi draaide zich om en wilde weglopen, maar Helene wilde haar nog één keer raken met haar losgebroken emoties. Nog één overwinning voor haar boosaardigheid. 'Dat doe jij nou altijd, wist je dat? Als het te moeilijk wordt, loop je weg. Tijd om volwassen te worden, Sisi.'

Sisi voelde het bloed naar haar wangen stijgen en betaalde Helene met gelijke munt terug. 'Weet je wat jij bent geworden?'

Ze zweeg even.

'Onze moeder.'

Toen Sisi de gang in liep keek Helene haar na. Was dat zo? Was ze net zo kleinzielig en wreed geworden als hun moeder? Leerde ze zichzelf aan om haar zachtste gevoelens te verbergen en haar hardste emoties af te vuren op de mensen om haar heen, de mensen van wie ze zou moeten houden?

Opeens stond Maxi weer achter haar. Zijn adem rook naar zoete likeur en kriebelde in haar oor. 'Ik geef die kalverliefde drie maanden. En jij?'

Meteen was daar die vertrouwde woede weer, maar dit keer richtte die zich tot Helenes verbazing niet op Sisi. De hete, krachtige razernij die ze in haar borst voelde opborrelen betrof Maxi. Franz. Moeder. Het hof. Al die tijd had ze Sisi en zichzelf gestraft, maar er waren nog veel meer plekken waar ze haar woede op kon richten.

Op de leugens van haar moeder bijvoorbeeld: als je alles goed doet zul je beloond worden! Op Franz, die niet had hoeven veinzen en haar gewoon had kunnen vertellen dat hij verliefd was op haar zus. En op Maxi, die een spelletje met haar speelde, én met haar zus. Die hun verdriet tegen hen gebruikte. Ze liet de woede toe, liet hem de muren omverwerpen die ze om haar echte mening had opgetrokken, liet hem haar schaamte en haar schuldgevoel platbranden. Ze had zich steeds geschaamd voor haar woede, maar nu besefte ze dat die boosheid haar ook had beschermd. Dat het een kracht was. Een kracht die ze op het verkeerde doel had gericht.

Maxi tilde een hand op om Helenes nek te strelen. Haar ogen gloeiden, haar hart brandde. Ze boog zich een heel klein beetje naar hem toe en kneep haar ogen tot spleetjes.

'Ik ben niet je troostprijs.'

Zij was de baas over haar eigen woede, niet Maxi.

Ze zette haar lege glas op een gietijzeren tafeltje, stak haar neus in de lucht en liep weg. Maxi bleef staan en keek haar na.

De avond had ervoor gezorgd dat er iets in Helene was verschoven. Ze had haar emoties steeds binnengehouden en het was nu tijd alles eruit te gooien. Tijd om de dijken door te steken, de bruggen te verbranden, ongeacht de consequenties. Ze voelde zich een beetje als...

... Elisabeth.

Ze liep haar zus achterna. Elisabeth was al uit het zicht verdwenen, maar Helene wist waar haar kamers lagen. Ze hoopte maar dat Sisi daar inderdaad heen was gegaan.

Voor het eerst sinds maanden voelde ze haar hart weer opengaan als ze aan Sisi dacht. Hoe had ze zo stom kunnen zijn? Ze had gedacht dat Sisi de oorzaak was van haar verdriet, maar dat was niet zo. Dat kwam niet eens in de buurt van de waarheid. Moeder. Sophie. Het Habsburgse hof, zij hadden Helene losgescheurd van haar beste vriendin. Niet alleen de afwijzing van

Franz had een ander mens van haar gemaakt, maar vooral het verlies van degene van wie ze het allermeest hield.

Zonder te kloppen rende Helene Sisi's kamer binnen. Het bed was leeg, de kleedkamer ook. Maar ze kende haar zus beter dan wie ook ter wereld. Ze wist dat bedden en kleedkamers niet de enige plekken waren waar ze haar zus zou kunnen vinden – eigenlijk waren dat de minst waarschijnlijke plekken. Een open raam met daaronder vochtig gras, boomtakken dicht bij het huis, de plooien van een zwaar gordijn waarachter ze luistervinkje kon spelen, dát waren de plekken waar ze moest kijken.

Helene vond haar ineengedoken achter een roomkleurig gordijn in de verste hoek van de slaapkamer. Haar gezicht was nat van de tranen, haar rok waaierde uit rond haar lichaam.

Helene ging op haar hurken zitten en keek naar haar zusters opgezwollen ogen en uitgelopen make-up. 'Gaat het een beetje?'

'Je zult wel gelukkig worden als je me zo ziet,' zei Elisabeth met een klein stemmetje.

Helene voelde hoe haar woede zich als een beschermende laag om haar zus vouwde. Ze veegde een traan van Elisabeths wang. 'Dat dacht ik ook, maar het is niet zo.'

Dat was de waarheid. De nieuwste, zuiverste waarheid.

Na een poosje brak Helene het ijs met een grapje. 'Je ruikt heerlijk, naar verschraalde champagne,' zei ze glimlachend.

Ook Elisabeths mondhoeken krulden nu op. 'Jij ook.' Toen lachte ze voluit. 'Dat korte haar staat je leuk. Je ziet er prachtig uit.'

Helene ontspande. Hoe was het mogelijk dat één complimentje zo'n diepe wond kon helen? Haar woede verkoelde en maakte plaats voor iets anders: opluchting. Haar hele huid tintelde.

'Sorry voor wat ik daarnet heb gezegd.'

'Hetzelfde geldt voor mij.'

'Zeg alsjeblieft dat ik niet op moeder lijk.' Helene drukte met een dramatisch gebaar een hand tegen haar hart.

Toen schoten ze allebei in de lach. Elisabeth ging rechtop zitten, boog zich voorover en sloeg haar armen om de hals van haar zus. 'Je lijkt echt niet op haar, geloof me.'

Huilend knuffelden ze elkaar, en toen ze elkaar loslieten zag Elisabeth dat er een traan langzaam over Helenes wang liep. Met een rauwe ondertoon in haar stem fluisterde Sisi: 'Néné, ik hoop dat hij het waard is.'

Helene lachte, en hoopte dat Sisi zich getroost zou voelen. 'Je went er wel aan. Dat hele circus zal wel een keer afgelopen zijn.'

Elisabeth zuchtte diep. 'Dat bedoelde ik niet.'

Helene keek haar vragend aan.

'Ik bedoel mijn beste vriendin verliezen.'

Helene sloot haar ogen en deed ze toen langzaam weer open. Ze leden hier allebei onder. Ze wilden elkaar niet kwijt. Ze wilden de vriendschap die alleen zussen met elkaar kunnen hebben niet verliezen.

Ze waren elkaar nog niet kwijt, maar ze waren elkaar wel uit het oog verloren.

'Je bent me niet kwijt.'

Elisabeth leunde naar voren en drukte haar voorhoofd tegen dat van Helene. Op dat moment brak er in Helene weer een dijk door. De dijk waarachter ze haar pijn, haar angst en haar wanhoop had verborgen. Ze vertelde Elisabeth wat ze Maxi had horen zeggen, dat ze niet had ingegrepen toen Sophie door Sisi's koffer snuffelde. Haar woede en verdriet maakten plaats voor schuldgevoel.

Helene liet Sisi los en sloeg haar handen voor haar ogen. Tranen trokken koele spoortjes over haar gezicht. 'Het spijt me,' fluisterde ze.

Elisabeth pakte Helenes handen vast. 'Ik vergeef je.'

Zo bleven ze een hele poos zitten, hand in hand, hun gezichten plakkerig van de tranen en de uitgelopen make-up.

Toen Elisabeth weer het woord nam klonk haar stem nog

steeds hees. Breekbaar. Kleintjes. 'Maar stel nou dat ik me vergis, Helene? Stel dat ik dit helemaal niet aankan?'

Helene voelde eerst verbazing, maar al snel was daar die woede weer. Woede op iedereen die Elisabeth deed voelen wat zij maandenlang had gevoeld: je bent niet goed genoeg.

'Hij houdt van je.' Helene pakte Sisi's hand beet en probeerde met een kneepje alle geruststelling over te brengen die ze maar kon vinden. 'Ik heb gezien hoe hij naar je kijkt. Vergeet al het andere. Je had gelijk. Je had al die tijd al gelijk. Liefde is het enige wat ertoe doet. Wat ervoor zorgt dat je alles aankunt.'

'Maar wat als het hof me kapotmaakt? Wat als onze liefde ons niet kan beschermen?'

Helene drukte Sisi's hand tegen haar mond en drukte er een stevige kus op. Fel. 'Jij bent de sterkste vrouw die ik ken. Als er iemand opgewassen is tegen dit hof, ben jij het. Ik had het bij het verkeerde eind toen ik tegen je zei dat je geen goede keizerin zou zijn.'

Tot haar eigen verbazing schoot ze in de lach. 'Nee, eigenlijk had ik gelijk. Je zult geen goede keizerin zijn.'

Elisabeth keek haar niet-begrijpend aan.

Helene gaf weer een kneepje in Sisi's handen. 'Je zult een geweldige keizerin zijn.'

Elisabeth lachte. 'Ik zou willen dat ik met Franz kon praten. Ik heb hem de hele dag nog nauwelijks gezien.'

Verontwaardigd stond Helene op en trok Sisi mee. Eindelijk iets waar zij voor kon zorgen. De rondleiding die zij door het paleis had gekregen was ook langs de keizerlijke vetrekken gegaan.

'Kom, we gaan naar hem toe.'

58

NÉNÉ WAS GEWELDIG, VURIG, WEER HELEMAAL ZICHZELF. Zichzelf. Voor het eerst sinds een jaar. Elisabeth genoot ervan. De speelsheid, de woede, de verontwaardiging. Ze stond op, kwam achter het gordijn vandaan, waste haar gezicht en liep naar Helene die bij de deur op haar stond te wachten. Hand in hand liepen ze de gangen door. Haar grote zus redde haar weer, haar grote zus kon alles. Wat zou moeder dit afkeuren!

Elisabeths hart maakte een sprongetje.

Toen ze eindelijk bij Franz' vertrekken waren aangekomen, was het Helene die op de deur klopte. Er kwam een slaperig antwoord. Helene deed de deur open, gaf Elisabeth een kus op haar wang en duwde haar naar binnen. 'Ik ben hier niet nodig,' fluisterde ze.

'Franz,' fluisterde Elisabeth.

'Elisabeth.' Haar naam vloeide als een zegening van zijn lippen.

Ze begon weer te huilen, ze voelde zich zo kwetsbaar. Franz trok haar naar zich toe en sloeg zijn sterke armen om haar heen, en zij koesterde zich in zijn naar kruidnagel geurende warmte. Ze was veilig. Geliefd. Zichzelf. Drie dingen die ze alleen in zijn armen kon zijn. Maar... was ze wel helemaal veilig? Hij had haar weggestuurd, en die pijn voelde ze nog altijd, al hield die zich schuil onder de opluchting van deze omhelzing.

Franz leidde haar naar het bankje en ze gingen zitten. Franz sloeg een arm om haar schouders en met zijn andere hand pakte hij haar handen vast die ze in haar schoot had gelegd. 'Lieverd, vertel me wat er is gebeurd.'

En dat deed ze. Ze vertelde over de vernedering die ze die middag had ondergaan, over de woede, de pijn en de hulpeloosheid die ze had gevoeld. Ze vertelde dat Sophie door haar spullen had gesnuffeld, en dat ze dat als een schending van haar privacy had ervaren. Ze vertelde dat hij haar had gekwetst door haar weg te sturen en de kant van de priester te kiezen. En hoe diep de twijfel in haar ziel was doorgedrongen.

'Ik was er kapot van,' fluisterde ze. 'Je stuurde me weg in plaats van naar me te luisteren en met me te praten.'

Huilend trok hij haar in zijn armen. Zijn tranen overtuigden haar ervan, meer dan wat dan ook, dat hij eindelijk begreep hoezeer hij haar gekwetst had, hoe ingrijpend het was geweest wat die dokter en die priester hadden gedaan.

'Wat vreselijk,' fluisterde hij in haar haar. 'Ik was zo gespannen over allerlei andere zaken: oorlog, voertaal, Maxi en moeder, en ik dacht dat het voor iedereen beter was als je even ging rusten. Ik was zo bang dat ik mensen tegen me in het harnas zou jagen als het op ruzie uit zou draaien, dat ik niet meer helder kon denken. Ik realiseerde me niet wat het voor jou betekende. Ik wist niet wat ze met je hadden gedaan. Het spijt me vreselijk.'

Elisabeth drukte haar gezicht stevig tegen zijn sterke, warme borst en zuchtte diep. 'Ik wil dat je me belooft dat je me dit nooit meer aan zult doen. Dat je me nooit meer weg zult sturen zonder te vragen waarom ik overstuur ben. Zo kan ik niet leven, afgesloten van jou, eenzaam in mijn strijd.'

Hij keek haar in de ogen. 'Dat beloof ik.'

Hij ademde diep in. 'Ik hou van je.'

Voor het eerst had hij het hardop gezegd, en Elisabeth voelde dat hij oprecht was. 'En ik hou van jou.'

Ze had die woorden zó vaak geoefend, maar nu ze ze hardop had uitgesproken was de uitdrukking op zijn gezicht onbetaalbaar. Ze legde haar hoofd weer tegen zijn borst en voelde hoe hij zijn vingers door haar haar liet glijden. Hij gaf haar een kus op haar hoofd. En nog een. En nóg een.

Ze kon wel gillen van opluchting. Ze had gezien hoe haar ouders ruziemaakten, elkaar kwetsten, en hoe ze het hele gezin in wanhoop hadden gedompeld. Haar vader bedronk zich en versierde een vrouw, haar moeder ging op zoek naar iemand om tegen uit te vallen. Hun geruzie en wangedrag had het slechtste in hen bovengehaald. Dat was eigenlijk waar ze al die tijd bang voor was geweest. Een breekpunt. Strijd. Het moment waarop hun relatie een echo werd van de pijn die ze had gezien in het huwelijk van haar ouders.

Maar dit was iets anders. Iets heel anders. Tussen haar en Franz bestond liefde, geen minachting. Zij en Franz braken de muren af die tussen hen in stonden in plaats van ze op te bouwen. Franz zou niet weglopen voor haar verdriet als hij het zag, hij zou het delen, hij zou haar erdoorheen slepen.

'Voordat ik jou ontmoette had ik het gevoel dat iedereen hier iets van me wilde,' fluisterde hij. 'Alles was een plicht. Mensen wilden oorlog of vrede. Ze wilden macht, een plek aan het hof. Ze wilden een troonopvolger, drongen aan op een huwelijk. Zelfs trouwen was een plicht. Het enige wat helemaal van mijzelf had moeten zijn. Ik was er bang voor.'

Met ingehouden adem luisterde Elisabeth, terwijl ze zijn hart tegen zijn ribben voelde bonken.

'Maar jij, jij wilde alles en niets tegelijk. Ik kan het niet uitleggen. Jij wilde mij, zeker, maar dan om wie ik ben. Niet als een middel tot macht of oorlog of vrede.' Hij lachte. 'Jij wilde mij als kleermaker, als minnaar.'

Elisabeth liet hem los en haar ogen zochten die van hem. Toen hij zachtjes met zijn duimen de tranen van haar wangen veegde sloot ze haar ogen.

'Het spijt me dat ik je vandaag in de steek heb gelaten. Jij hebt me gered. Jij bent de enige met wie ik kan praten over mijn nachtmerries, de enige die me begreep zonder me te vragen te veranderen. Die persoon wil ik ook voor jou zijn. Ik wil degene zijn bij wie je terecht kunt. Ik zal mijn best doen.'

Elisabeth voelde hoe haar hart tot rust kwam en uitging naar deze man, de man die haar zag, die haar kende, die haar vertrouwde. Hij had haar ook gered, net toen zij begon te twijfelen of hun relatie wel toekomst had.

Pijnlijk teder kuste hij haar voorhoofd. 'Jij hebt me niet voor niets moed gegeven. Je was het waard, je bént het waard. En het kan me niet schelen hoeveel strijd we met dit hof moeten leveren voor ons geluk, ik zal nooit opgeven. Nooit. Hier, kijk...'

Hij stond op, trok haar zachtjes mee naar het raam, opende het en gebaarde naar buiten, naar de tuinen, de gebouwen, Wenen dat zich uitstrekte onder de nachtelijke hemel. Een symfonie van lichtjes, duizenden en duizenden lantaarns en kaarsen in blauw, rood en wit, glinsterend in het duister.

Verrukt staarde Elisabeth naar het uitzicht.

Franz pakte haar hand en kuste die. 'Die zijn voor ons, al die lichtjes. Oostenrijkse en Beierse kleuren.'

Elisabeth lachte, helemaal betoverd.

'Wij zijn niet de enigen die gelukkig zijn, vergeet dat niet. Wenen heet je welkom.'

Elisabeth dacht aan de woorden van Helene: je zult een geweldige keizerin zijn. En ze sloot heel Wenen in haar hart, elk kaarsje en lantaarntje dat hoopvol flakkerde in het donker. Het volk gaf haar een cadeau, heette haar welkom, geloofde in haar, en zij zou voor hen vechten. En voor Franz. Voor de liefde. Voor de streep die ze al zo lang geleden in het zand had getrokken.

Echte liefde, en anders niets. Nu pas begreep ze wat die belofte die ze zichzelf had gedaan eigenlijk betekende. Ze dacht dat liefde vóór plicht moest gaan, maar nu besefte ze dat haar grote liefde altijd gepaard zou gaan met plichten, met strijd. Maar ze vocht niet alleen. Niet meer. Franz was nu bij haar, en al die flakkerende lichtjes die 'welkom thuis' tegen haar zeiden.

Elisabeth keerde zich naar Franz en legde een hand tegen zijn wang. Franz sloot zijn ogen en koesterde zich in dat gebaar. Haar adem stokte in haar keel toen ze zich opeens realiseerde dat ze alleen waren. Na al die maanden gescheiden te zijn geweest. De stilte die zich om haar heen uitstrekte, de gedimde lampen in de kamer die alles in een romantisch schemerlicht zetten, de bordeauxrode bankjes, de roestbruine vloerkleden, de gouden kroonluchters. Eindelijk hadden ze waar ze zo lang naar had verlangd: een hele nacht samen. Alleen Helene wist waar ze was en zij zou haar mond niet voorbijpraten.

Ook Franz was zich ervan bewust. Opeens opende hij zijn ogen en trok veelbetekenend zijn wenkbrauwen op.

Hij trok Elisabeth tegen zich aan, tilde met een vinger haar kin op en kuste haar zacht. Zijn lippen vonden haar jukbeenderen, haar kaaklijn, haar oogleden, en bij elke kus smolt Elisabeth. Hij streelde haar hals, haar haar, en daalde daarna af naar haar middel. Niet gehaast dit keer. Niet dringend, eerder onderzoekend.

Eindelijk, eindelijk, eindelijk. Haar lichaam en haar ziel juichten, zongen en dansten. Ze hield van hem. Hij hield van haar. Vanaf morgen zouden ze samen de strijd aangaan, vannacht zouden ze elkaar liefhebben.

Elisabeth maakte de knopen van zijn kraag los en kuste zijn hals. Eerst de ene kant, daarna de andere. Nog een knoop en toen een kus op zijn borst. En nog een en nog een. Toen de laatste knoop open was liet ze haar handen over de gladde huid van zijn buik glijden, over zijn borst, zijn schouders. Ze trok zijn hemd naar beneden en genoot van zijn gespierde bovenarmen, de kruidige geur van zijn parfum, zo dichtbij. Deze scène had ze al honderd keer voor zich gezien, maar in het echt was het nog veel beter.

Elisabeth voelde zich zo licht als een veertje, ze was zich bewust van elke aanraking, elke beweging. De lampjes buiten gloeiden om haar welkom te heten, en nu gloeide haar lichaam om hem welkom te heten.

Zorgvuldig maakte Franz haar jurk los en verkende elk vrijgekomen stukje huid. Zij kuste zijn litteken, hij elke ronding van haar lichaam. En toen ze eindelijk helemaal naakt voor hem stond hapte hij naar adem.

Daar waren zijn handen weer, zijn vingers trokken een spoor van vonkjes over haar huid. Zijn lippen beroerden de welving van haar hals, de welving van haar borsten, het gevoelige plekje aan de binnenkant van haar dij. Toen hij verderging nam haar verlangen het helemaal over, ze wilde méér, dieper in elkaar doordringen, ze wilde hem leren kennen op elke denkbare manier.

Seks. Het was alles wat ze had gehoopt, maar heel anders dan ze had verwacht. Ze hadden haar gezegd dat het pijn zou doen, maar dat was niet zo. Haar hele lichaam verkeerde in extase. O! En nog eens: o! Een kreet die door haar lichaam trok, die doordrong tot in haar binnenste. Ze voelde zich ten diepste verbonden met degene van wie ze meer hield dan van wie dan ook, en slaakte een zucht van verlichting.

'Vind je het fijn?' vroeg Franz, zijn warme adem op haar gezicht. 'Hoe voel je je?'

'Ja,' zei ze ademloos. 'Ga door.'

Ze voelde iets wat ze niet onder woorden kon brengen. Ze was gelukkig zoals ze nog nooit gelukkig was geweest, zorgeloos. Ze ging helemaal op in het moment, haar lichaam tintelde. Haar huid, haar hart, haar hele lichaam deed mee. Ze voelde zich kwetsbaar en geliefd. Mooi zoals ze zich nog nooit mooi had gevoeld, mooi door de ogen van een ander.

Ze genoot van elke sensatie, van het verschil tussen zijn lippen en zijn vingers, het verschil tussen zijn vingers en...

... zijn tong. Ze hapte naar adem. Geschokt, genietend. Hij nam alle tijd. Elisabeth voelde hoe haar lichaam zich strekte en liet haar handen over de zijden lakens glijden.

Urenlang verkenden ze elkaar, totdat hij uiteindelijk zijn greep op haar heupen verstevigde, kreunde en haar liet voelen wat ze nog nooit had gevoeld.

'Hoe voel je je?' vroeg hij nog eens toen hij weer naast haar lag. Nagenietend lieten ze hun hartslag weer tot rust komen, en Elisabeth liet het hele gebeuren nog eens stukje voor stukje in haar hoofd afspelen.

'Gelukkig.' En na even nadenken: 'Veilig.'

Nog een hartslag. 'Jij bent alles waar ik mijn hele leven op heb gewacht.'

Hij strengelde zijn vingers door die van haar. 'Jij ook, al was ik me er niet van bewust.'

Dit was elke strijd die ze ooit aan dit hof zou voeren waard. Hij was het waard. Zij waren het waard.

59

FRANZ HAD DE HOOP OP WARE LIEFDE OPGEGEVEN, MAAR de liefde had hem alsnog weten te vinden. De liefde had zijn lach en zijn hart gevonden, de diepst verborgen plekjes van zijn wezen, de manier waarop hij gezien en gekend wilde worden. Hij en Elisabeth waren tegen elkaar aan in slaap gevallen, huid tegen naakte huid, gestreeld door zijden lakens. Daarvoor hadden ze nog gepraat; over spoorlijnen en wegen, over grote dromen en kleine. Over vrijheid, reizen en paardrijden. Zij wilde naar Hongarije, en hij wilde haar daar mee naartoe nemen.

En nu werd het allemaal werkelijkheid.

Vandaag zou hij gaan trouwen.

Hij stond aan de ingang van de kerk in een pas gesteven uniform, naast een priester met hangwangen als van een basset. Hij vroeg zich af of zij daar straks om zou moeten lachen, of ze het grappig zou vinden dat ze door een priester met een hondenkop zouden worden getrouwd. De Beschermheilige van het Gevallen Hondenbot.

Elisabeth had het paleis in een glazen koets verlaten. De prinses in de sneeuwbol. De keizerin. De enige keer dat ze nog intenser had gestraald was de afgelopen nacht, toen ze na de daad naast elkaar lagen bij te komen. Haar ogen waren als sterren geweest, haar lach de ongebreidelde vreugde van een kabbelend beekje.

De schoonheid van vandaag was van een andere soort. Nu schitterden haar ogen van ondeugd toen ze door het glas van de koets naar buiten keek, haar lippen gestift, haar haar opgestoken rond een zilveren kroon. Toen ze Franz zag legde ze haar hand tegen het glas. Hij legde aan de andere kant ook zijn hand tegen het glas, totdat de koets optrok.

Aan het begin van de ceremonie zag hij haar weer. Het fijne kant van haar jurk omspande de rondingen van haar boezem, en hing gevaarlijk ver over haar schouders. Een slinger van bloemen bedekte een deel van haar nek en viel over haar rug naar beneden. De rok van haar jurk glinsterde toen ze op Franz toeliep. Franz' hart sloeg een slag over. Dit was het. Dit was zijn vrouw. Dit was degene naar wie hij niet eens had gezocht. Wild en beeldschoon, van hém.

De priester nam het woord. 'De keizer vecht voor ons. Hij vecht voor het hele keizerrijk. Hij leidt ons.'

In stilte beloofde Franz zichzelf dat hij voor haar zou vechten.

'Met kracht en wijsheid beschermt onze keizer ons en ons rijk tegen de duistere krachten die het bedreigen.'

Franz beloofde zichzelf dat hij haar zou beschermen.

'Hij heeft ons beschermd tegen de duivelse revolutie die onze toekomst dreigde te ruïneren.'

Maxi en Sophie stonden in de voorste kerkbank en keken om toen Elisabeth naderde. Op Sophies gezicht lag bezorgdheid, op dat van Maxi woede. Maar hun gevoelens raakten Franz niet. Niet vandaag. Niet nu. Maxi zou zijn verdriet dempen met het verleiden van de hofdames, en zijn moeder zou uiteindelijk leren vertrouwen op zijn intuïtie. Het hele hof zou van Elisabeth gaan houden. En hij zou het voor haar opnemen als dat nodig was. Hij zou voor Elisabeth vechten, al moest hij het tegen het hele hof, het hele rijk opnemen.

'En nu heeft de Almachtige God hem een bruid gezonden: Elisabeth.'

Haar naam klonk hem als een zegen in de oren, als een vonkend vuur. Ze was nu bijna bij hem en knipoogde ondeugend toen ze de trappen naar het altaar beklom.

'Zij is het eiland midden in het noodweer.'

Ze wás het eiland, en hij had haar bewoond. Ze was tevens de storm, en hij liet haar met alle liefde over zich heen razen.

'In haar schoot zal onze goddelijke keizer veilig zijn.'

Franz grijnsde ondeugend en Elisabeth trok vragend een wenkbrauw op.

'Deze verbintenis, tussen Franz en Elisabeth, zal ons beschermen, zij zal stralen in alle eeuwigheid.'

Franz nam Elisabeths hand en liet de ring die hij in zijn jaszak had om haar vinger glijden. Zij deed hetzelfde. Een ring voor een ring. Een zachte aanraking voor een zachte aanraking. Een belofte voor een belofte.

'Door de genade Gods verklaar ik u hierbij tot man en vrouw.'

Franz probeerde niet te lachen. Ze hadden het voor elkaar. Ze hoorden bij elkaar. En wat God had verbonden, zo had de priester hem altijd laten weten, kon de mens niet scheiden. Geen man, geen moeder, geen broer, geen rijk. Hij behoorde haar toe.

60

'Door de genade Gods verklaar ik u hierbij tot man en vrouw.'

Man en vrouw. Tranen sprongen Elisabeth in de ogen toen Franz zich naar haar toe boog en haar teder kuste. Zijn lippen voelden inmiddels al vertrouwd en zijn geur was bedwelmend. En dan te bedenken dat ze gisteren zo bang was geweest dat ze er bijna van af had gezien. Dat kon ze zich vandaag al niet meer voorstellen.

Toen ze zich na de kus naar de aanwezigen keerde zag ze dat Helene in de voorste bank stond te applaudisseren. Ook over haar wangen biggelden tranen. Ze was blij voor Elisabeth, oprecht blij. Elisabeths hart zoog het allemaal in zich op tot het leek te barsten. Al dat geluk: Franz glunderde, Helene straalde liefde uit door haar tranen heen, Spatz klapte vrolijk in haar handen, moeder stuiterde van opwinding en lachte tevreden nu een van haar dochters keizerin was geworden. Papa leek nog het gereserveerdst, maar Elisabeth wist zeker dat hij nog wel bij zou trekken. Franz moest maar eens bij een goede sigaar een boom met hem opzetten over zijn spoorlijnen. Haar vader zou het geweldig vinden.

Hand in hand liepen Franz en Elisabeth de kerk uit. Buiten stond een mensenmenigte te zwaaien. 'Elisabeth! We houden van jou!' Toen ze dat hoorde gloeide ze van vreugde.

De zon stond hoog aan de hemel en verwarmde hen door en door. Ze stapten nu samen in de glazen koets. Tijd om naar huis te gaan.

Huis.

Het paleis was nu haar thuis.

Nee, dat was niet helemaal waar. Het paleis was niet haar thuis. Franz was haar thuis. Waar hij zich ook bevond, daar zou zij hem liefhebben, voor hem vechten en hem verdedigen. Hier. In Beieren. Desnoods op de maan.

Toen ze in het paleis aankwamen was het feest net begonnen: aan het plafond hingen glinsterende kroonluchters met honderden kaarsen, op het terras werd champagne geschonken en obers liepen rond met bladen vol champignonhapjes.

'Wat gaat er nu gebeuren?' fluisterde Elisabeth tegen Franz toen vijf koppels de dansvloer op liepen en elegant naar elkaar bogen.

'Het hof danst ter ere van ons. Wij dansen zelf alleen aan het eind van de avond.'

Elisabeth grinnikte, er kwamen weer allerlei grapjes in haar boven. 'O, hebben ze je dat niet verteld? Onze dans is afgelast om jouw eer te redden.'

'Zo erg ben ik nou ook weer niet,' zei hij lachend.

'Nou ja, we hebben eigenlijk niet genoeg geoefend. We werden een beetje... afgeleid,' zei ze plagend.

'Je weet dat je me altijd ontzettend afleidt.' Een kus achter haar oor, haar hele lichaam weer in vuur en vlam.

Toen ze een rukje aan haar rok voelde keek Elisabeth opzij en daar stond Spatz.

'Ik ben zo terug,' zei Elisabeth tegen Franz. Ze draaide zich om en liep met haar zusje mee het terras op.

Eenmaal buiten, in de verkoelende avondlucht, ging ze op haar knieën zitten en kuste Spatz op haar voorhoofd. Haar zusje droeg een donkere, zeegroene jurk met gouden borduursel. Ze zag er prachtig uit. Elisabeth schoot bijna in de lach: ze was nog geen twee dagen aan het hof en nu had ze al oog voor jurken en schoonheid.

'Je lijkt wel een sprookjesprinses,' fluisterde Spatz met grote ogen.

Elisabeth knikte. 'Een sprookjeskeizerin,' zei ze ernstig.

Nu werden Spatz' ogen nog groter.

'Jij bent hier degene die op een sprookjesprinses lijkt.' Liefdevol streek ze de jurk van haar zusje glad. 'Of misschien op een waternimf.'

'Ik ben de godin van de oceaan,' zei Spatz ernstig en draaide in het rond zodat haar jurk om haar heen uitwaaierde.

Elisabeth lachte. Dat was ze inderdaad.

Spatz keek weer naar de balzaal, naar Franz, en daarna weer naar Elisabeth, en er verscheen een denkrimpeltje tussen haar wenkbrauwen. 'En?'

'En wat, zusje?'

'Vervult hij je ziel?'

Elisabeth dacht even terug aan die dag, een paar maanden geleden, toen ze tegen haar zusje had gezegd dat ze een man wilde die haar ziel vervulde. Ze was net uit het raam geklommen om weg te vluchten voor een man die dat niet deed en nooit zou kunnen. Wat was haar leven sindsdien veranderd!

Ook al was de weg erheen zwaar geweest, het antwoord was makkelijk.

'Ja. Ja, dat doet hij.'

Spatz giechelde, vloog in Elisabeths armen en gaf haar een knuffel.

Elisabeth gaf haar zusje een kus op haar hoofd en drukte haar wang tegen haar haar. 'Ik hoop dat jij op een dag ook zo iemand zult vinden. Iemand die je ziel vervult. Onthoud dat goed, neem nooit met minder genoegen.'

Ze sprak een hoop uit, die tegelijk een zegen was. Elisabeth wilde haar eigen vreugde overbrengen op haar zusje, en gaf haar nogmaals een kus op haar hoofd. Het was een vreugde die zwaar bevochten was, en die ze altijd zou moeten blijven bevechten. Ze wist nog steeds niet welke regels ze zou accepteren en welke niet, en voor welke nieuwe uitdagingen het hof haar zou stellen. Maar ze wist wel dat al die uitdagingen de moeite waard zouden zijn. Helemaal, zonder twijfel, volstrekt de moeite waard.

Voor Franz. Voor haarzelf. Voor het Habsburgse rijk.

Voor de liefde.

En voor elke ziel die zich daardoor liet inspireren.

DANKWOORD

Laat ik beginnen met Veronica Park, mijn agente; goedaardige schurk en collega-schrijver. Nog voordat iemand in de bedrijfstak er zich aan durfde wagen geloofde jij in mijn werk en heb je alles op alles gezet om dit boek te laten verschijnen. Ik bof maar met jou. Dank je voor alles.

Dan mijn redacteur, Caolinn Douglas. Vanaf onze eerste ontmoeting wist ik dat het een prettige samenwerking zou worden. Bedankt voor je kundige begeleiding, de razendsnelle reacties en je betrouwbare vriendelijkheid gedurende het hele proces (vooral toen ik je elke dag lastigviel met vragen over zinsbouw).

Dank aan mijn literaire omgeving: aanmoedigers, grappenmakers, vrienden. Het onderwerp van dit boek was een goed bewaard geheim, maar ik waardeerde elke stimulans, de woordaantalfeestjes en alle wilde gokken over waaraan ik werkte (Sami, het spijt me dat ik je droom over de Roosevelts niet waar kan maken). Bijzonder veel dank aan Chandra Fisher (de seksfluisteraar), Scream Town (bewaker van schreeuwen), A.Z. Louise (bewaker van woordaantallen), David De la Rosa (bewaker van mijn geestelijke gezondheid), Lani Frank (mijn werkplekmaatje aan de andere kant van de wereld, en mijn grammatica-orakel), Sarah Rana, Daniela Petrova, Elizabeth Brookbank, Zoe Wallbrook, Jessica Lewis, A.Y. Chao, Gladys Oin, Emily Varga, Sami Ellis, Amanda 'Sexy Stuff' Helander, Kate Dylan, Angel Di Zhang, Vaishnavi Patel, Natasha Hanova, en de volledige bezetting van de No Drama Zone.

Uiteraard zou dit hele project niet tot stand zijn gekomen zonder Netflix (met name dank aan Joe Lawson en Cindy Chang) en de rest van het Zando-team: Molly Stern, Tiff Liao, Emily Bell, Andrew Rein, Nathalie Ramirez, Chloe Texier-Rose, Sierra Stovall, Sarah Schneider en Evan Gaffney.

Gigi Griffis schrijft feministische historische fictie, vaak met een onontdekt verhaal en weerbarstige vrouwelijke personages. Ze woont in Portugal met haar hond Luna. Haar werk is onder meer te lezen in *WestJet Magazine, get lost Magazine* en *Fodor's Travel* en is vertaald in het Frans, Italiaans en Portugees. *Keizerin* is haar eerste roman voor volwassenen.